HEYNE
HARD
CORE

ADAM STERNBERGH

# FEINDESLAND

THRILLER

Aus dem Amerikanischen
von Alexander Wagner

WILHELM HEYNE VERLAG
MÜNCHEN

Die Originalausgabe erschien unter dem Titel
NEAR ENEMY
bei Crown Publishers, an imprint of the Crown Publishing Group,
a division of Random House, Inc., New York

Unter *www.heyne-hardcore.de* finden Sie das komplette
Hardcore-Programm, den monatlichen Newsletter
sowie unser halbjährlich erscheinendes CORE-Magazin
mit Themen rund um das Hardcore-Universum.

Weitere News unter *www.facebook.com/heyne.hardcore*

Verlagsgruppe Random House FSC® N001967
Das für dieses Buch verwendete
FSC®-zertifizierte Papier *Super Snowbright*
liefert Hellefoss AS, Hokksund, Norwegen.


Redaktion: Kristof Kurz
Umschlaggestaltung: Nele Schütz Design, München,
unter Verwendung von shutterstock/fototehnik
Satz: Schaber Datentechnik, Wels
Druck und Bindung: GGP Media GmbH, Pößneck
Printed in Germany

ISBN: 978-3-453-26904-0

*www.heyne-hardcore.de*

*Für RC*

*Ich belästige Sie sehr ungern,*
*aber ich spreche vom Bösen.*

*Es blüht.*
*Es isst.*
*Es grinst.*

ANNE CARSON,
»Der Fall von Rom: Ein Reiseführer«

# I. TEIL

# 1

Die Stimme am Telefon nannte nur einen Namen.

Lesser.

Eine Frauenstimme. Legte gleich wieder auf.

Eine Stunde später war das Geld überwiesen.

Ich kritzelte den Namen auf einen Zettel. Schob ihn in eine Tasche.

In die andere Tasche den Teppichschneider.

Einfach.

Als sie den Namen nannte, konnte ich unmöglich ahnen, dass es so gründlich schiefgehen würde.

# 2

Dies war früher eine Stadt der Schlösser.

Mindestens fünf Stück an jeder Eingangstür, wie bei einem Tresor.

Kettenschloss.

Kastenschloss.

Knaufschloss.

Bolzenschloss.

Aber niemand in New York macht sich mehr die Mühe mit so vielen Schlössern. Die Stadt ist sicherer geworden. Oder zumindest unbelebter. Die Häuser stehen leer. Und keiner macht sich mehr die Mühe, irgendwo einzubrechen, denn es gibt nichts mehr zu klauen. Alles ist restlos geplündert, und jeder, der noch in Manhattan lebt und irgendwas Wertvolles zu beschützen hat – Familie, Würde, die Baseball-Karten-Sammlung –, tut das mit einer Schrotflinte und nicht mit einem Bolzenschloss. Das eigentliche Problem für einen Einbrecher ist nicht reinzukommen, sondern wieder rauszukommen.

Wenn man genügend Gewalt anwendet, gibt jedes Bolzenschloss nach.

Aber Schrotflinten sind erbarmungslos.

Natürlich besitzen die Reichen immer noch jede Menge Luxuskram. Nur bewahren sie den Luxuskram nicht mehr hier draußen auf.

Hier draußen brauchen sie nur noch ein Bett und eine Verbindung.

Alles andere horten sie in der Limnosphäre.

Und wenn man reich ist, so reich, dass man den ganzen Tag seinen Körper verlassen, sich einklinken und in die Limnosphäre abtauchen kann, dann wohnt man vermutlich irgendwo hermetisch abgeriegelt in einem Glasturm, beschützt von Code-Schlössern und Portiers, die rund um die Uhr mit Schrotflinten auf den Knien die Straße beobachten.

Wo man ganz sicher nicht wohnt, wenn man reich ist, ist hier: eine geduckte, weitläufige, baufällige Wohnsiedlung wie Stuyvesant Town, nahe genug am Ufer, um den Fluss riechen zu können. Ein paar Dutzend Ziegel-Apartmenthäuser scharen sich um Innenhöfe, in denen das Gras längst braun und verdorrt ist. Dort verrotten auf Spielplätzen verbeulte Rutschen, schief an Ketten hängende Schaukeln, mit Rostekzemen übersäte Eisen-Schaukeltiere, befallen von irgendeiner ekligen Schaukeltier-Krätze. Diese Apartmenthäuser sind in etwa so einladend wie Gefängnisse der niedrigen Sicherheitsstufe, nur fehlen hier die Sportplätze, die Zäune und die Wachleute, die einschreiten, wenn jemand abzuhauen versucht.

Und deshalb sind auch alle abgehauen.

Die Anlage ist eine Geisterstadt.

Die Lobby steht jedem weit offen.

Nur hereinspaziert.

Stuyvesant Town wurde vor Dekaden für die Mittelklasse gebaut, damals, als es noch so was wie eine Mittelklasse gab. Irgendwann verkaufte die Stadt das Gelände dann an Privatinvestoren. Und nach Times Square überließ man das Ganze einfach sich selbst. Jetzt steht die Siedlung allen offen, ist ein Zuhause für Hausbesetzer, Herumtreiber, Obdachlose, Schmarotzer und Betthüpfer.

Hinter Letzteren bin ich her.

Betthüpfer.

Und zwar hinter einem ganz bestimmten.

Ich muss bekennen, ich habe es vermisst.

Ich war eine Zeit lang anderweitig beschäftigt. Habe mir eine Auszeit genommen. Familienangelegenheiten, wenn man so will. Weil ich jetzt offenbar eine Familie habe. Oder so was in der Art.

Ist irgendwie kompliziert.

Aber das hier?

Das ist einfach.

Sie fragen an. Ich trete in Aktion.

Ursache und Wirkung. So alt wie Kain und Abel. So alt wie das Universum.

Es gibt nicht mehr viele Dinge, die so einfach sind. Nicht in meinem Leben. Nicht in New York. Nicht im Universum.

So viel steht fest.

Sie mögen das vielleicht für kalt und grausam von mir halten, und Sie haben recht. In beiden Fällen.

Kalt und grausam.

Aber so ist das Universum nun mal.

Fragen Sie es doch selbst.

Die Nummer des Apartments steht auf dem Zettel neben Lessers Name.

2B.

Am Ende des Flurs, unter flackerndem Neon.

Unser Freund Lesser scheint weniger vertrauensselig als die meisten zu sein. Er hat ein doppeltes Bolzenschloss und außerdem ein Kastenschloss an der Tür. Also ziehe ich meine kleinen feinen Werkzeuge zum Schlösserknacken aus ihrem Versteck in meinen Haaren –

Scherz.

Ich hieve den Zwölf-Pfund-Vorschlaghammer aus meinem Seesack.

Ich lasse den Sack fallen.

Bevor ich aushole, bemerke ich eine Visitenkarte, die zwischen Tür und Rahmen klemmt.

Ich zupfe die Karte heraus.

Lese sie.

PUSHBROOM.

Keine Nummer.

Kein Garnichts.

Nur Pushbroom.

Ich stecke sie ein.

Dann mache ich mich wieder an die Arbeit.

Packe den Vorschlaghammer.

Sesam, öffne dich.

Ich klopfe dreimal.

Der Türpfosten gibt als Erstes nach.

Gepriesen sei Gott für solche billigen Türrahmen und für nachlässige Vermieter. Und für Nachbarn, die wissen, welche Geräusche sie besser ignorieren.

Ich trete die Tür ein, und erst dann frage ich mich, ob Lesser möglicherweise Gesellschaft hat.

Unwahrscheinlich, dass ich Lesser aufwecke. Er ist berühmt für seinen tiefen Schlaf. Außerdem ist er nicht gerade ein Musterbild an Gesundheit. Er ist fett, und üblicherweise mieft er, als könnte er bestimmte Körperregionen beim Waschen nicht erreichen.

Ich hab Lesser durch meinen Freund Mark Ray kennengelernt, aber vor allem kenne ich ihn, weil ihm ein gewisser Ruf vorauseilt, vor allem in der Hardcore-Einklinkszene. Er war mal eine Art Wunderkind, richtig gut in irgendwas. Aber dann hat er alles hingeschmissen, wurde ein Betthüpfer und verschwendete seine Zeit damit, in den Träumen von anderen Leuten herumzuschnüffeln.

Im Apartment höre ich Schnarchen. Ich folge dem Geräusch den Flur entlang, so wie das Stinktier Pepé Le Pew einem Parfümduft folgt.

Als Kind habe ich Bugs Bunny geliebt.

Aber den Coyoten habe ich gehasst. Und den Road Runner noch mehr.

Sinnentleerter Wüsten-Scheiß.

Le Pew war ganz in Ordnung.

Ich entdecke das Schlafzimmer. Drücke die Tür auf.

Keine Möbel. Ein Besucher. Spindeldürrer Knabe, Junkie-dünn. Hockt vor dem Bett, glotzt Lesser an wie ein besorgter Angehöriger die Leiche bei der Totenwache.

Lessers Bett ist kaum mehr als eine Pritsche. Wirre, verknotete Kabel, alles selbst verlötet, wie bei einem verqueren Jugend-forscht-Projekt.

Übrigens hab ich mir einen von diesen Lern-jeden-Tag-ein-Wort-dazu-Kalendern zugelegt.

Verquer. Wort des Tages von gestern.

Lesser ist abgetaucht, in Träumen versunken. Gelegentliches Schnarchen informiert uns darüber, dass er noch lebt.

Das Licht im Raum hat die Farbe von rostigem Wasser. Vergilbte Druck-Erzeugnisse ersetzen die Vorhänge. Sämtliche Fenster sind mit Zeitungspapier zugeklebt. Alte Schlagzeilen brüllen die teilnahmslose Welt an wie diese verrückten Gehsteig-Propheten.

DAS ENDE IST NAH.

Übrigens ist Lesser nackt.

Das ist so ein Hüpfer-Ding. Manche sind dabei lieber im Adamskostüm. Ist offenbar ein größerer Kick.

Der andere Bursche, der Spindeldürre, hockt einfach da und starrt mit offenem Mund den Fremden an, der da mit einem großen Vorschlaghammer in der Hand hereinspaziert kommt.

Ich stelle den Hammer ab. Sanft. Strecke eine Hand aus.

Mein Name ist Spademan.

Der Junge blinzelt einmal. Immerhin ein Lebenszeichen.

Ich heiße Moore.

Witzig. Moore und Lesser. Mehr oder weniger. Wie ein Komiker-Duo. Er schüttelt meine Hand nicht. Was soll's. Ich lasse die Hand wieder sinken.

Könntest du uns wohl für einen Moment alleine lassen? Ich muss mit Lesser reden.

Ich glaube nicht, dass er gestört werden will.

Es dauert nur eine Minute.

Aber ich soll auf ihn aufpassen.

Ich glaube nicht, dass du das sehen willst.

Spindeldürr kapiert den Wink. Packt eilig seine Sachen zusammen. Ein Armeerucksack und eine khakifarbene Uniformjacke, auf die noch der Name des Soldaten gestickt ist.

Als er geht, verbeugt er sich vor mir wie eine Geisha. Merkwürdig.

Sobald er verschwunden ist, greife ich in meine Tasche.

Zücke mein Teppichmesser.

Ich habe gerade die Klinge ausgefahren, da richtet sich Lesser abrupt auf. Er ist hellwach und schreit wie am Spieß. Lauter als ein Feueralarm.

Reißt sich die Kabel raus.

Blut spritzt.

Schreit immer noch.

Reißt sich die Sensor-Pads ab, zerrt die Infusionskanüle raus. Noch mehr Blut.

Schreit immer noch.

Man nennt das den Weckruf. Die Sinne gehen wieder online. Der plötzliche Schock des Wiedereintritts in die reale Welt.

Er klatscht auf seinen Körper ein, als würde er in Flammen stehen.

Schreit immer noch.

Spindeldürr schlüpft wieder herein. Warum auch immer.

Vielleicht hat seine Neugier über seinen Überlebensinstinkt gesiegt. Womöglich macht er sich auch echte Sorgen um seinen Freund. Obwohl das seinem leisen Abgang vorhin widersprechen würde.

Wer weiß das schon. Hüpfer-Logik. Es ist – wie nennt man das noch gleich?

Paradox.

Das Wort des heutigen Tages.

Betthüpfer hüpfen in der Limnosphäre von Traum zu Traum und bleiben dabei völlig unsichtbar. Sie sind wie Spanner, nur schlimmer, weil sie in deinem Kopf unterwegs sind. Sie schnüffeln in deinen Fantasien herum, in den ganz perversen, die du nur in der Sphäre auszuleben wagst, unter absoluter Geheimhaltung, die natürlich einen Haufen Geld kostet.

Es sind diese Träume, die die Hüpfer interessieren. Das ist ihre Leidenschaft.

Hüpfer schauen zu.

Und aus diesem Grund sind sie nicht allzu beliebt. Das Problem ist: Wenn sie es richtig anstellen, merkst du nicht einmal, dass sie da sind. Sie schauen einfach völlig unbemerkt zu. So wie Onkel Scrooge in dieser alten Weihnachtsgeschichte.

Die Geister der gegenwärtigen Perversen.

Hüpfen ist natürlich höchst illegal, doch wenn sie dich dabei erwischen, kriegst du es nicht etwa mit den Cops zu tun. Vielmehr heuern die Betroffenen dann private Traumreiniger an. Die sind wie Rausschmeißer, nur weniger sanft. Wenn die Traumreiniger dich beim Betthüpfen erwischen, dann sorgen sie dafür, dass du es bereust. Auf recht einprägsame Art.

Und nicht hier draußen.

Sondern da drinnen.

Deshalb arbeiten clevere Hüpfer üblicherweise in Zweierteams. Man hat noch einen Kumpel draußen, der nach einem sieht, so wie Spindeldürr hier. Jemanden, der einen notfalls ausklinkt, wenn man geschnappt wird. Denn andernfalls kann es passieren, so erzählt man sich zumindest, dass der Hüpfer wochenlang in der Limnosphäre festgehalten und rund um die Uhr von fiesen Knochenbrechern bearbeitet wird. Er kann weder aufwachen noch sich ausklinken, und wenn hier draußen niemand aufpasst, dann werden sich die Reiniger an ihm richtig gründlich austoben. Sich Zeit lassen. Wochen und Monate. Die Tage mit X im Kalender ankreuzen. Und weitere Zeichen auf seinem Körper hinterlassen.

Die Reiniger können dich nicht töten. Schließlich kann man in der Limnosphäre nicht sterben. Und das nutzen die Reiniger zu ihrem Vorteil.

Und wenn die Person, die du heimlich ausgespäht hast, besonders rachsüchtig ist, verzichtet sie möglicherweise sogar ganz auf einen Reiniger.

Stattdessen heuert sie jemanden wie mich an.

Einen, der dich aufspürt, da draußen in der echten Welt.

Wo eine Strafe auch endgültig sein kann.

Übrigens schreit Lesser immer noch.

Schätzungsweise ist er irgendwo in der Sphäre in Schwierigkeiten geraten. Vielleicht hatten sie ihn gerade in der Mangel, als ich reinkam, und er hat sich soeben befreit. Ein ziemlich ungünstiges Timing für ihn, denn jetzt bin ich da.

Gewissermaßen vom Regen in die Traufe.

Endlich hört Lesser auf zu schreien. Geht über zu einer Art Stottern.

Murmelt irgendwas.

Er sagt etwa Folgendes:

*Nicht sie nicht sie nicht sie nicht sie nicht sie nicht sie.*

*Nicht hier.*

# 3

Verdammt.

Ein kurzer Hausbesuch wächst sich zu einer fünfzigminütigen Couchsitzung aus. Mit mir in der Rolle des Therapeuten.

Und ausgerechnet heute habe ich meinen Rollkragenpullover und meine Pfeife nicht dabei.

Klar, ich könnte die Sache immer noch schnell hinter mich bringen und früh wieder zu Hause zu sein. Aber ich bin neugierig.

*Nicht sie.*

*Nicht hier.*

Also ziehe ich mir einen Stuhl heran und schicke Spindeldürr runter zum Deli, damit er ein Sixpack und einen Liter Milch holt. Ich drücke ihm zwei Zwanziger in die Hand. Mehr als er braucht. Das großzügige Trinkgeld sorgt hoffentlich dafür, dass er zurückkommt, weil er auf mehr spekuliert.

Er kommt zurück.

Bringt mir das Sixpack, den Liter Milch und ein Truthahn-Sandwich. Für den Fall, dass ich Hunger habe.

So langsam kann ich mich richtig für Spindeldürr erwärmen.

Ich reiße den Milchkarton auf.

Milch beruhigt Hüpfer.

Keine Ahnung, warum.

Das Sixpack ist für mich. Spindeldürr geht leer aus.

Lesser richtet sich im Bett auf, kippt die Milch in sich rein.

Weiße Kaskaden strömen über seine Brust. Rinnen seinen Bauch runter. Bilden eine Pfütze über seinem Intimbereich. Die ihn bedeckt.

Gnädigerweise.

Dann fordere ich Lesser auf, mir zu erzählen, was er gesehen hat.

Finanztyp. Orgie. Jeden Samstagabend. Immer pünktlich um die gleiche Zeit.

Milch blubbert auf Lessers Lippen, während er sich beeilt, seine Geschichte auszuspucken.

Bin da schon öfter reingehüpft. Das ist ziemlich leicht, fast schon so, als wüsste er, dass du kommst und es ihn zusätzlich scharfmacht, wenn ihm jemand zuschaut.

Komm auf den Punkt, Lesser.

Lesser wischt sich über die Lippen. Schaut sich um. Merkt, dass er nackt mit seinem dürren Freund und einem Unbekannten in einem dunklen Raum hockt. Und mit einem Vorschlaghammer, warum auch immer.

Er stellt den leeren Milchkarton ab.

Kann ich meinen Bademantel haben?

Lesser, ich dachte schon, du würdest nie fragen.

Lesser ist aufgestanden, quetscht seinen fetten Leib in einen Sessel. Im Bademantel. Frotteestoff. Kaum gewaschen. Hat schon bessere Tage gesehen. Hoffentlich auch bessere Körper.

Lesser ist erst Anfang zwanzig, aber so wabbelig, dass er auch fünfzig sein könnte. Strähniges, kinnlanges Haar. Die typische Hautfarbe von jemandem, der nie seine Bude verlässt. Ein Teint wie eine Gipsmauer.

Er fährt fort.

Also, ich schlüpfe rein, und zwar im kompletten Tarnmodus. Ich kann ihn sehen, aber niemand kann mich sehen, es sei denn, er hält nach mir Ausschau, was aber definitiv keiner tut. Nicht in diesem Raum, der so voller Ablenkungen ist. Wir reden hier ausschließlich von perfekt geformten Nacktmodellen. Wohin du blickst, überall eingeölte Kurven. Wie so ein Vintage-Playboy-Mansion-Scheiß.

Lesser beugt sich vor, als wolle er uns ein Geheimnis verraten.

Und dieser Typ steht auf Amputierte. Total schräger Fetisch. Die Hälfte der Damen hat keine Beine. Keine Arme. Tja, ich weiß auch nicht. Ein paar –

Das ist ja alles sehr interessant, Lesser. Aber ich schätze, das ist nicht der Grund, weswegen du so rumgeschrien hast.

Nein. Wie auch immer. Dieser Finanztyp. Total durchtrainiert. Da drin zumindest. Hier draußen ist er schätzungsweise so um die siebzig. Aber da drin, da ist er ein goldener Gott. Als wäre er gerade frisch vom Olymp herabgesurft.

Lesser.

Schon gut. Also die Orgie. Das Übliche. Der Raum ist mit Seidentapeten verkleidet, wie ein viktorianischer Salon oder so. Überall Sofas, so altmodische Dinger, mit Samt bezogen. Der Typ ist behängt wie 'n Gaul. Übertreibt es echt ein bisschen, was die Schwanzlänge betrifft. Mein Gott, diese alten Knacker und ihre Fantasien. Ich rede hier von 'nem knielangen Gerät.

Lesser.

Sorry. Also, alles läuft wie erwartet. Dann klopft es an der Tür. Und – der Typ scheint überrascht. Nicht wirklich verängstigt. Noch nicht. Nur – neugierig. Vielleicht ein bisschen genervt. Zunächst.

Okay.

Also, die Tür geht auf, und heilige Scheiße – ich fasse es nicht –, die Temperatur sinkt schlagartig. So unter null Grad. Und diese

Nacktmodelle? Die beginnen einfach – zu flimmern. Frieren ein. Als hätte sich das ganze Programm aufgehängt. Und natürlich ist unser Finanztyp jetzt superangepisst. Weil das Ganze ein absurd teures Konstrukt ist.

Aber wer ist an der Tür?

Lesser verschränkt die Arme. Umklammert sich selbst. Schaut sich um.

Ich muss weg. Hier können wir nicht bleiben. Wir müssen weg.

Er starrt mich an.

Wir müssen unbedingt hier weg.

Lesser, wer war da?

Schwarze Augen.

Er wiederholt es zweimal.

Schwarze Augen.

Schwarze Typen?

Nein. Schwarze Augen. Nur ihre Augen. Die schwebten da. Von ihr war nichts zu sehen. Sie war komplett verhüllt. Schwebte. Sie trug so eine – wie heißt das noch gleich?

Lesser macht eine Geste. Der ganze Körper. Von Kopf bis Fuß. Sucht nach dem Wort.

Du weißt schon, wie ein Geist.

Ein Geist?

Ja. Ein schwarzer Geist.

Mir dämmert, was er meint.

Eine Burka?

Lesser nickt.

Ja. Eine Burka. Also, man konnte nur ihre Augen sehen. Diese schwarzen Augen.

Lesser zittert.

Dieser Banker-Typ, er fing einfach an zu *lachen*. Splitternackt. Fing an zu lachen, als wäre das ein Überraschungsgeschenk, das ihm irgendjemand geschickt hat, um die ganze Sache noch prickelnder zu gestalten. So eine Art Partygag. Diese Frau in der Burka. Sie hat sich nicht bewegt. Hat ihn einfach nur angesehen. Und er marschierte direkt auf sie zu, splitterfasernackt, dieser Typ. Und er schaute sie an und sagte: *Was ist das? Ein Geschenk? Für mich? Dann wollen wir's mal auspacken.* Er kam ihr richtig nahe. Sagte zu ihr, mit tiefer Stimme: *Ich werde dich jetzt aus deinem Gewand schälen.*

Und was passierte dann?

Lessers Augen werden leer. Er antwortet flüsternd.

Oh. Dann hat sie *ihn* geschält.

Spindeldürr meldet sich.

O Scheiße.

Lesser schaut angsterfüllt drein.

Sie hatte diesen Dolch.

Er krächzt jetzt nur noch.

Diesen Krummdolch. Und sie hat den Typ einfach der Länge nach aufgeschlitzt. Ihn *gehäutet* – ohne ihn zu töten.

Und was dann?

Na ja, alle andern sind *ausgerastet*. Diese Nacktmodelle *flimmerten*. Zwei oder drei suchten panisch den Ausgang – keine Ahnung, schätzungsweise waren zwei oder drei von denen real. Also mit einer realen Peson hier draußen verbunden. Freundinnen, Callgirls, keine Ahnung. Und sie kreischten, brüllten *Security! Security!*, als würde das irgendwas helfen. Und diese Frau hatte diesen beschissenen Krummdolch oder was auch immer unter ihrem Umhang hervorgezogen. Die Klinge war jetzt total blutig. Sie hat ihn einfach *aufgeschlitzt*, Mann. Der Länge nach. Und seine *Haut* – sie hielt seine beschissene *Haut* –

Lesser unterbricht sich. Würgt. Kotzt Milch.

Kotze klatscht auf den Holzboden.

Er wischt sich den Mund ab.

Er fährt fort, alles in leuchtenden Farben zu schildern, trotz des gelegentlichen Würgens.

Frau in einer schwarzen Burka. Mit einer blutigen Klinge.

Schwebt zwischen den Nacktmodellen umher.

Sorgt für mehr Amputierte.

Was dann, Lesser?

Was *dann? Dann* hab ich diesem Fliegenschiss hier ein Zeichen gemacht, dass er mich ausstöpseln soll.

Deutet auf Spindeldürr.

Ich hab verdammt noch mal jeden Rettungsruf geschrien, den ich kenne.

Und da bist du zurückgekommen?

Nein. Nein, noch nicht gleich. Aber zum Glück hat er angefangen, mich auszustöpseln.

Was ist passiert?

Was passiert ist? Sie hat sich in die Luft gesprengt.

Lesser durchlebt es erneut. Seine Stimme ist jetzt nur noch ein heiseres Raspeln.

Sie hat einfach ihre Arme um den Banker geschlungen, und dann hat sie sich selbst in die Luft gesprengt.

Wir sehen die Ereignisse über sein Gesicht flackern wie über eine Kinoleinwand.

Alles in Fetzen. Überall Körperteile. Beschissenes Feuer. Ich stand in Flammen.

Spindeldürr zuckt zusammen.

Heilige Scheiße.

Und die Schreie, alle haben geschrien, und ich hab *gebrannt*.

Die Geschichte ist zu Ende. Der Film ist aus. Die letzte Einstellung des Horrorfilms läuft als Endlosschleife auf Lessers bleichem Gesicht.

Lesser und Moore sind beide mehr oder weniger fertig mit den Nerven.

Moore heult. Lesser brabbelt.

Kapierst du nicht? Wenn die draufgekommen sind –

Ich muss nachhaken.

Lesser, wenn die auf *was* gekommen sind –

Wenn die in ein Konstrukt eindringen können, wenn die es sprengen, einfach jemanden in die Luft jagen und töten können, dann sind wir alle geliefert. Kapierst du nicht?

Wen töten, Lesser?

Diesen *Typen*. Den Banker.

Aber Lesser, er ist nicht tot. Nicht wirklich –

Glaub mir, Mann. Ich habe in der Sphäre Millionen Leute sterben sehen. Der hier war anders. Jemand ist eingedrungen.

Lesser, das ist Blödsinn.

Und wenn sie dort eindringen und das tun können, wenn sie einen Typen wirklich töten können –

Aber du bist nicht tot, Lesser. Dir geht's gut. Du bist rausgekommen.

Kapierst du denn nicht? Es ist schon beschissen genug, dass die hier draußen alles in die Luft gesprengt haben. Sie haben die ganze beschissene Stadt hochgehen lassen. Weißt du nicht mehr? Da draußen –

Lesser, du bist draußen. Alles ist in bester Ordnung.

Die Sphäre ist der letzte Ort, an den wir uns flüchten können. Aber wenn sie jetzt da auch noch dort sind? In der beschissenen *Sphäre?*

Das wird schon wieder.

Wenn sie dich in deinen beschissenen *Träumen* finden können –

Lesser –

– wenn die dich da drin aufstöbern und auch noch töten können? Dann ist niemand sicher. Niemand ist mehr sicher. Kapierst du das denn nicht?

Danach ließ ich Lesser natürlich am Leben.

Wenn man so eine Geschichte hört, kann man anschließend schwer sagen: Toll. Danke dafür. Doch da wäre noch eine Kleinigkeit.

Außerdem will ich herausfinden, was genau Lesser da drin gesehen hat. Denn das, was Lesser da auf seine brabbelnde Art beschrieben hat, sollte eigentlich nicht möglich sein.

Getötet zu werden, während man in der Sphäre ist.

Andererseits weiß das niemand besser als ein Hüpfer wie Lesser. Trotzdem wirkt er absolut überzeugt davon.

Ich frage ihn ein letztes Mal.

Wer war es, Lesser? Wen hast du da drin gesehen?

Er zögert. Schweigt. Als würde er nachdenken. Irgendwas abwägen. Dann sagt er schlicht:

Ich weiß nicht. Keine Ahnung.

Was ist mit dem Banker?

Nur so ein Typ, den ich ausgespäht habe. Ich kenne seine Realwelt-Identität nicht.

Und wie können wir rausfinden, ob er wirklich tot ist?

Lesser blicke zu mir auf. Immer noch angsterfüllt. Und immer noch überzeugt.

Vertrau mir. Er ist tot. Ich weiß es.

Ich lasse Lesser mit Spindeldürr und weiteren zwanzig Dollar zurück. Keine Ahnung, warum. Vielleicht damit er ihm ein paar Heftpflaster kauft.

Dann mache ich mich auf den Weg zurück nach Hoboken und denke darüber nach, was er gesagt hat.

*Nicht sie. Nicht hier.*

Terroristen haben diese Stadt zweimal in die Luft gesprengt. Die reale, meine ich jetzt.

World Trade Center und Times Square. Beides hat einen nachhaltigen Eindruck hinterlassen. Und der letzte Anschlag auch noch einen toxischen Nachgeschmack.

Es ist eine Weile lang ruhig gewesen. Kein Wunder, wenn alle nur träumen.

Aber wenn sie jetzt tatsächlich eine Möglichkeit gefunden haben, in die Träume einzudringen –

Ich persönlich bin kein großer Freund des Einklinkens.

Ich habe viel Zeit in den Betten verbracht, aber das war nicht von Dauer.

Ich ziehe die faktische Wirklichkeit vor.

Echte Schmerzen. Harte Tatsachen.

Ich schätze das, ganz im Ernst.

Aber ich verstehe Lessers Sorge.

Diese verkrüppelte Stadt kann ohne ihre Krücken nicht leben.

# 4

Am nächsten Tag, es ist früher Sonntagmorgen, holt mich Mark Ray bei meinem Apartment in Hoboken ab, und wir machen unseren wöchentlichen Ausflug ins Hinterland von New York. Ich erzähle ihm Lessers Geschichte und bitte ihn, mir zu erklären, was das bedeuten soll.

Seine Erklärung fällt ziemlich knapp aus.

Das ist unmöglich.

Bist du dir sicher?

Er lacht, dann dirigiert er unseren gemieteten Mini-Van in Richtung der Holland-Tunnel-Einfahrt.

Wie lautet die erste Regel der Sphäre, Spademan?

Mark sagt das, als hätte er es mit einem Kleinkind zu tun.

Sag du's mir, Mark.

Man kann in der Sphäre nicht getötet werden. Das ist die erste und einzige Regel. Nein, das ist nicht mal wirklich eine Regel. Mehr ein Gesetz. So wie die Schwerkraft.

Ich dachte, in der Sphäre ist alles möglich. So lautet zumindest ihre zentrale Werbebotschaft.

Alles, außer Sterben.

Warum nicht?

Mark wird ernst. Schließlich ist er langjähriger Bett-Junkie. Wenn es um die Sphäre geht, hört für ihn der Spaß irgendwann auf.

Er spricht mit weihevollem Tonfall.

Denn wenn es einen Weg gäbe, jemanden in der Sphäre zu töten, Spademan, wenn einen also tatsächlich jemand dort aufspüren und so töten könnte, sodass man auch hier draußen stirbt – dann wäre es das Ende. Die Sphäre wäre nicht mehr überlebensfähig. Wenn es da drinnen wirklich so gefährlich wäre? Ende der Vorstellung. Dann müsste man den Hauptschalter umlegen und den Laden dichtmachen.

Mark ist ehemaliger Jugendseelsorger aus Minnesota. Auf seinem Kopf sprießt ein Mopp blonder Locken, mit dem er aussieht wie der Leadsänger einer Surf-Band aus den Sechzigern, der Typ, auf den alle Mädchen stehen. Doch zu ihrem Pech steht er nicht auf Frauen. Die unsinnigen Schuldgefühle deswegen haben ihn seine Priesterschaft an den Nagel hängen lassen. Er hat der Kirche den Rücken gekehrt. Ist nach New York geflüchtet und in Vollzeit-Bett-Aufenthalte.

Trotzdem, er hat ein gutes Herz. Ist ein guter Mensch. Vermutlich der beste, den ich kenne. Obwohl das angesichts meines übrigen Bekanntenkreises nicht viel heißen will. Höchstwahrscheinlich wäre er mit diesem Kompliment auch gar nicht einverstanden. Mark geht diesbezüglich ziemlich hart mit sich ins Gericht.

Er hält das Lenkrad mit seinen beiden tätowierten Händen umklammert: DAMN steht auf den Knöcheln seiner einen Faust, ABLE auf der anderen.

DAMN und ABLE.

DAMNABLE. Verdammenswert.

Das fasst Marks Lebensphilosophie ziemlich gut zusammen.

Als wir uns dem Holland Tunnel nähern, geht er vom Gas, und wir rollen im Schritttempo auf die Reihen von Cops zu, die an der Zufahrt Wache schieben. Schließlich winkt uns einer von ihnen durch, wir beschleunigen wieder und tauchen in den strahlenden Glanz der Tunnelröhre ein. Da wir in den Staat New York unterwegs sind, hätten wir natürlich auch einfach auf direktem Weg nach Norden durch Jersey fahren und außerhalb der Stadt den Thruway nehmen können. Doch als stolzer Manhattaner möchte Mark ein bisschen mit dem neu eröffneten Holland Tunnel angeben, der frisch restauriert und wieder voll befahrbar ist; die Eröffnungszeremonie war erst vor wenigen Wochen. Seit Times Square war eine Fahrspur des Holland Tunnel viele Jahre geschlossen und der Rest eine Baustelle. Ein Times-Square-Nachahmungstäter hatte einen holzverkleideten Kombi, vollgestopft mit selbstgebasteltem Sprengstoff, in den Tunnel gefahren und die Kiste auf halber Strecke nach Manhattan in die Luft gejagt.

Mit ihm explodierten ein Ausflugsbus, zwei Taxis und ein kleines Stück Tunneldecke.

Doch ein kleines Stück Decke in einem unter dreißig Metern Wasser verlaufenden Tunnel reicht völlig aus.

Der Tunnel wurde überflutet. Dann lag er lange Zeit brach, man wartete auf Geldmittel der Regierung, die nie kamen. Bis ihn schließlich die Stadt wieder auspumpte, notdürftig reparierte und mit halber Kapazität weiterbetrieb. Wobei sich die wenigen Benutzer nur mit gekreuzten Fingern und aufgeblendeten Scheinwerfern in die finstere Röhre hinabwagten.

Meist waren diese Autos voller Menschen, die ihre Habseligkeiten zusammengepackt hatten und New York für immer verließen.

Doch in diesem Jahr machte der Bürgermeister ein Riesentamtam um die Komplettsanierung. Ein eher zynisch denkender Mensch hätte meinen können, das neu entdeckte Interesse des Bürgermeisters an der Verkehrsinfrastruktur hätte mit den bevorstehenden Wahlen zu tun. Oder mit der Tatsache, dass er diesen Herbst zum ersten Mal seit Times Square einen ernsthaften Konkurrenten zu befürchten hat. Einen Supercop namens Robert Bellarmine. Die Klatschpresse hat ihn *Top Cop* getauft. Er ist der Chef der Anti-Terror-Brigade, die nach Times Square gebildet wurde, um dem Ausbluten der Stadt Einhalt zu gebieten. Die Einheit sollte massiv zurückschlagen, was sie auch tat. Wobei allerdings nicht ganz sicher ist, wie viele ihrer Schläge tatsächlich Terroristen trafen. Doch die Botschaft kam definitiv an.

Jetzt ist Robert Bellarmine wieder da, um eine neue Botschaft zu verkünden.

Während wir den Tunnel in Richtung Manhattan verlassen, kommen wir an riesigen Plakaten vorbei, auf denen steht: MACHT BELLARMINE ZUM BÜRGERMEISTER.

Eine strenge Miene, ein gesträubter, schwarzer Schnauzbart und darunter ein zwei Stockwerke hoher Wahlkampfslogan.

WÄHLEN SIE BELLARMINE. DAMIT SIE RUHIG SCHLAFEN KÖNNEN.

Jeden Sonntag machen Mark und ich dieselbe Tour ins Hinterland. Mark holt mich in Jersey ab, dann verlassen wir New York in Richtung Norden. Er mietet dafür immer denselben Wagen. Einen großen, weißen Mini-Van, obwohl wir nur zu zweit sind. Er sagt, er mag die Beinfreiheit. Er mietet ihn bei diesem Billigladen, einem der letzten Autoverleiher, die noch eine Filiale in der Stadt betreiben. Die großen nationalen Ketten haben keine Vertretungen mehr vor Ort, weswegen man sich mit klobigen Familienkutschen wie dieser zufriedengeben muss.

Die Autovermietung nennt sich »Schon Erledigt«. Auf der Seite des Mini-Vans klebt ihr Webeslogan:

SCHON ERLEDIGT: EINE SACHE WENIGER AUF IHRER TO-DO-LISTE.

Ich persönlich bin lieber in einem etwas sportlicheren Gefährt unterwegs, aber Mark steht nun mal auf seinen Mini-Van. Er bezeichnet ihn gerne als Raumwunder. Ich erkläre ihm, dass heutzutage niemand mehr diesen Ausdruck gebraucht.

Ist nicht wahr, widerspricht er. Ich zum Beispiel.

Also fahren wir jeden Sonntag in unserem Raumwunder rauf in den Staat New York. Gewöhnlich reden wir dabei nicht allzu viel. Wir genießen die Aussicht. Aber heute habe ich Fragen. Ich schildere ihm den Rest von Lessers Szenario.

Mark schüttelt den Kopf.

Wie schon gesagt. Unmöglich.

Aber ich habe doch selbst schon miterlebt, wie du in ein Konstrukt eingedrungen bist.

Klar. Das Problem ist ja auch nicht, dass diese Frau in ein Konstrukt eingebrochen ist. Die Frage ist, ob dabei jemand getötet wurde. Schließlich kannst du in der Sphäre jemanden nach Belieben kurz und klein hacken, ohne dass er hier draußen auch nur den geringsten Kratzer abkriegt. Bist du überhaupt sicher, dass der Typ, den sie angegriffen hat, tot ist?

Ich bin nicht mal sicher, wer er ist. Irgendein perverser Banker.

Mark lacht.

Das engt die infrage kommende Personengruppe wohl kaum ein. Hör zu, man kann niemanden durch die Sphäre töten. Punkt. Dein Banker ist sicher irgendwo in seinem Hightech-Bett reumütig und mit bösen Kopfschmerzen aufgewacht. Unglücklich, aber unversehrt.

Mark hat recht. Damals, als ich mich selbst noch einklinkte, war ich oft genug in der Sphäre, um das zu wissen. In der Sphäre kann man jemandem einen Schlag verpassen, und er spürt den Treffer und den Schmerz, schmeckt vielleicht sogar das Blut. Aber es ist nicht echt, es findet alles nur im Kopf statt; Gefühle und Wahrnehmungen, die direkt ans Gehirn geleitet werden. Höchstwahrscheinlich sind dabei dein Körper und mein Körper in der echten Welt hier draußen kilometerweit voneinander entfernt an unsere jeweiligen Betten geschnallt. Und kein noch so großer Schaden, der mir da drinnen zugefügt wird, kann mich hier draußen umbringen. Die Limnosphäre lässt das nicht zu. Sie spuckt mich aus, bevor das geschieht.

Also frage ich Mark.

Was ist, wenn ich mir eine Axt schnappe und dir den Kopf abhacke? In der Sphäre?

Bringt mich nicht um.

Du rennst einfach ohne Kopf rum?

Klar. Eine Weile lang zumindest.

Was ist, wenn ich dich in eine Hackschnitzelmaschine stopfe? Wie in diesem alten Film?

Spielt keine Rolle, Spademan. Das Konstrukt wirft mich irgendwann raus, sobald das Szenario nicht mehr aufrechtzuerhalten ist. Du wärst dann zwar noch da, aber ich würde verschwinden. Und in meinem Bett wieder aufwachen.

Und was ist mit diesen Tricks, die du abziehst?

Welche Tricks?

Der mit den Flügeln zum Beispiel.

Mark lächelt.

Tja, wenn du dich oft genug einklinkst, bist du irgendwann geübt in solchen Dingen. Du lernst, alle möglichen Dinge heraufzubeschwören. Du kannst zwar das elementare Konstrukt nicht ändern, aber du kannst deine Präsenz darin verändern. Du kannst deine jeweilige Erscheinungsform frei wählen, dir selbst unterschiedliche Attribute verleihen. Zum Beispiel Flügel. Das ist sozusagen eine Zusatzleistung der Limnosphäre. Einmal habe ich einen Typen gesehen, der hat sich seinen Arm, der ihm bei einem Schwertkampf abgehackt worden war, durch reine Willenskraft wieder angefügt. Ich muss zugeben, das war beeindruckend.

Und wer hat ihm den Arm abgehackt?

Mark zuckt mit den Achseln.

Er ist frech geworden.

Eins noch, Mark.

Was denn?

Wenn das alles tatsächlich zutrifft, was genau hat Lesser dann gesehen?

Mark runzelt die Stirn. Starrt auf die Straße. Legt die Stirn noch tiefer in Falten. Dann antwortet er.

Keine Ahnung.

Denn Lesser hat bestimmt schon eine Menge gesehen. Ich glaube nicht, dass er so leicht zu erschrecken ist.

Ich weiß. Und das ist mir unerklärlich. Ich meine, Lesser kennt sich echt aus. Er ist ein cleveres Kerlchen, Spademan.

Warum? Weil er sich in die Träume anderer Leute einschleichen kann?

Mark blickt mich an, überrascht von meiner Ahnungslosigkeit.

Spademan, Lesser ist nicht irgendein x-beliebiger Betthüpfer. Lesser ist der Mann, der die Schwachstelle in der Limnosphäre entdeckt hat, die das Betthüpfen überhaupt erst möglich macht.

Unser Gespräch verstummt, wir setzen unseren Weg nach Norden fort und verfolgen im Rückspiegel, wie die Stadt schrumpft. Manhattan weicht der Bronx, diese weicht Westchester, das wiederum den Wäldern weicht. Alles inzwischen mehr oder weniger verlassen.

Allerdings sind die Wälder etwas netter anzuschauen.

Schließlich stellt Mark mir die Frage, von der ich weiß, dass sie ihm schon die ganze Zeit auf den Nägeln brennt.

Warum in aller Welt hast du überhaupt mit Lesser gesprochen?

Wir sind uns zufällig über den Weg gelaufen.

Mark wirkt skeptisch. Verständlicherweise.

Er ist ein guter Junge, Spademan. Er hat es nicht verdient – was auch immer du mit ihm vorhattest.

Diesmal runzle ich die Stirn.

Wer hat das schon?

Danach fahren wir schweigend weiter. Irgendwann erreichen wir unsere Ausfahrt. Mark biegt vom Highway ab und rollt tiefer in die Wälder hinein.

Die ganze Zeit über ist er in Gedanken versunken. Er scheint verwirrt. Irgendwie besorgt. Trotz all seiner an sich selbst diagnostizierten Fehler ist er im Grunde seines Herzens ein Chorknabe. Trinkt nicht. Raucht nicht. Flucht nur selten. Möglicherweise finde ich es gerade deswegen alarmierend, dass er das Thema schließlich wieder aufgreift.

Man kann nicht in der Limnosphäre sterben, Spademan. Ende der Diskussion. Lesser muss falschliegen. Er muss da was missverstanden haben.

Dann murmelt er einen letzten Satz leise vor sich hin, fast wie ein flehendes Gebet.

Verdammt noch mal, zumindest hoffe ich das.

# 5

In den Jahren nach Times Square blühte das Hinterland auf.

Die Ortschaft Beacon.

Ein Musterbeispiel.

Beacon war früher ein kleines Kaff mit einem optimistischen Namen, das mehr oder weniger ausstarb, als die Fabriken im Umkreis geschlossen wurden. Eine Weile lag Beacon verödet da. Bis die günstigen Mieten irgendwann einen Haufen Künstlertypen anlockten. Dann kam Times Square. Und danach der große Exodus aus New York.

Die Ortschaften im Staat New York erhielten neuen Zulauf.

Allen voran Beacon.

Plötzlich wurde es zu einer Boomtown. Komisches Wort.

Boomtown.

In anderem Zusammenhang wäre diese Bezeichnung auch für New York zutreffend.

Jetzt leben eine Menge von diesen Zurück-zur-Natur-Typen in Beacon. Leute, die dachten: Scheiß auf die verseuchte Stadt – lass uns raus ins Grüne ziehen und neu anfangen. Eine Farm gründen. Mit eigener Hände Arbeit. Wo die Kinder wieder barfuß herumrennen können. Lasst uns öffentlich verkünden, dass wir ohne Limnosphäre leben wollen. Ein ganzer Ort, ausgeklinkt, gewissermaßen unplugged. Die Regeln des Zusammenlebens werden an der Rathaustür angeschlagen und per Abstimmung beschlossen. Ein echtes Paradies für Hippies, oder was man mal so nannte. Diese Typen hier sind wesentlich gepflegter und haben mehr Geld. Fahren Hybrid-Autos. Tragen zwar immer noch Latzhosen, aber maßgeschneiderte.

Eine dörfliche Idylle am Fluss, mehr oder weniger abgeschnitten von der verkabelten, vernetzten Welt. Nicht viel, was einen daran stören könnte. Und eine großartige Gegend, um sich anzusiedeln.

Oder um – wie in unserem Fall – eine Freundin dort anzusiedeln.

Wir vermeiden die Hauptstraße.

Rollen ohne anzuhalten durch den Ort.

Nach einigen Kilometern erreichen wir eine unauffällige kleine Seitenstraße. Wir folgen ihr eine Weile bis zu einem Feldweg, der aus kaum mehr als Reifenspuren im Gelände besteht. Dieser Weg ist auf keiner Landkarte verzeichnet, und das GPS kann man sowieso vergessen. Wir biegen nach rechts auf den Feldweg, der von abgerissenen Ästen übersät ist. Außerdem schrecken ein paar ordentliche Steinbrocken im Matsch allzu Neugierige ab.

Es dauert weitere zwanzig holprige Minuten, bis wir das Haus erspähen.

Eine Blockhütte aus Zedernholz, verborgen in einer kleinen Waldlichtung. Wenn man nicht weiß, wonach man sucht, würde man sie niemals bemerken.

Mark rollt im Schritttempo die lange, schlammige Zufahrt hinauf. Dornige Zweige kratzen wie Bettler an den Fenstern. Er fährt den Wagen hinters Haus und parkt ihn dort.

Sie steht bereits in der Tür, als wir die Veranda erklimmen.

Wo bleibt ihr denn? Habt ihr Jungs im Ort noch Souvenirs gekauft?

Sie wischt sich die Hände an ihrem Kleid mit Blümchenmuster ab. Hinterlässt Mehlspuren darauf. Sieht unsere skeptischen Gesichter. Lächelt.

Ja, ich backe einen Kuchen.

Sie hebt einen mit Mehl bestäubten Finger.

Und wenn einer von euch auch nur ein Wort darüber verliert, kriegt er keinen beschissenen Krümel davon ab.

Ihre wilden Locken sind hinten zu einer Art Pferdeschwanz zusammengebunden.

Schwer zu zähmen.

Genau wie sie.

Persephone.

In ihrem Exil in der Waldeinsamkeit.

/

Drinnen riecht es nach Blockhütte. Flickenteppiche und Schaukelstühle. Ein Klapptisch mit einer verwaschenen Spitzentischdecke und einer altertümlichen Petroleumlampe darauf, falls der Strom ausfällt. So weit abseits der Zivilisation ist die Energieversorgung unzuverlässig.

Allerdings ist die Lampe nicht unbedingt kindersicher. Ich werde sie später darauf ansprechen.

Tja, schau mich einer an. Auf einmal so ganz auf Kindersicherheit bedacht.

Die Hütte ist klein, aber gemütlich. Offenbar hat Persephone eine häusliche Ader. Sie backt öfters mal einen Kuchen. Hat sogar ein Stickmustertuch angefertigt. Und sie wird nicht müde, einem zu erzählen, dass sie dieser Tage jede Menge Zeit hat.

Das Stickmustertuch hängt über der Tür. Ihr bevorzugter Bibelvers.

2. Thessalonicher, Kapitel 3, Vers 3.

*Aber der Herr ist treu; er wird euch stärken und bewahren vor dem Bösen.*

Der Vers ist umrahmt von gestickten Blumen und dornigen Efeublättern. Persephones Handschrift. Sie geht geschickt mit der Nadel um. Sie bemerkt, dass ich das Tuch bemerkt habe. Daher frage ich sie.

Und wer ist der Böse?

Sie verschränkt die Arme vor der Brust.

Weiß ich noch nicht. Aber ich hoffe, ich weiß es, sobald er seinen Schatten auf meine Tür wirft.

Ein schöner Vers.

Ja, ich mochte ihn schon als kleines Mädchen. Letztes Jahr habe ich sogar überlegt, ihn mir als Tattoo stechen zu lassen. Genau hier.

Sie fährt mit den Fingern die Innenseite ihres rechten Unterarms entlang.

Warum hast du's nicht getan?

Sie zuckt mit den Achseln.

Während einer Schwangerschaft soll man sich nicht tätowieren lassen.

Und warum nicht jetzt?

Sie blickt hinüber zu ihrer Tochter. Das lächelnde Baby sitzt auf einer Decke in seiner Ecke und spielt. Ein wunderhübsches kleines Mädchen. Licht der Welt.

Ich muss doch ein gutes Vorbild sein, oder?

# 6

Als ich Persephone vor etwa einem Jahr kennenlernte, war sie schwanger und auf der Flucht. Vor ihrem Vater, wie sie erklärte. Außerdem behauptete sie, er hätte sie in andere Umstände gebracht.

Merkwürdiger Ausdruck. Andere Umstände.

Außerdem war das gelogen. Sie war zwar schwanger, aber nicht von ihrem Vater. Doch ich vergab ihr diese Lüge, denn die Wahrheit über ihren Vater erwies sich noch als weitaus schlimmer.

Ihr Vater war Prediger. Sein Name war T. K. Harrow. Und er hatte im Lauf seines Lebens ein beträchtliches Sündenregister angesammelt. Einige seiner Sünden waren eher althergebracht. Andere erstaunlich innovativ.

Zum Beispiel heuerte er mich an, seine eigene Tochter zu töten.

Was am Ende nicht gut für ihn ausging.

T. K. Harrow war ein berühmter Wanderprediger und Chef einer Megakirche namens Crystal Corral, bundesweit bekannt, sehr einflussreich und durch und durch korrupt. Inzwischen genießt er die ewige Ruhe auf einem stillen Friedhof in Vermont.

Ein Messer ins Herz, empfangen durch die Hände seiner eigenen Tochter.

Eine unerwartete Wendung.

Es traf ihn völlig unvorbereitet.

Okay, ich gestehe.

Ich habe mitgeholfen.

Ein langer Zimmermannsnagel. Mitten durch seine Stirn. In seinem Bett. Während er eingeklinkt war.

Sie erstach ihn also in der Sphäre, während ich ihn hier draußen tötete. Was bedeutet: Ich brachte ihn auf die Art um, die wirklich zählt. Wir mussten ihn jedoch an beiden Orten zugleich töten, im gleichen Moment. Nur so konnten wir ihn in einer Endlosschleife gefangen halten.

Die Endlosschleife war Persephones Idee. Es gibt da so eine Theorie: Wenn man stirbt, während man in der Sphäre eingeklinkt ist, bildet der allerletzte bewusst erlebte Moment eine Schleife, einen Loop. Das eigene Bewusstsein existiert als finales, elektrisches Zucken auf ewig weiter, und man durchlebt diesen letzten Augenblick in der Sphäre immer und immer wieder. Klingt für mich nicht allzu plausibel, aber schließlich kann es mir in Harrows Fall ja egal sein.

Für ihn ist der Idealfall, hier draußen tot und begraben zu sein.

Das ist der Idealfall.

Der schlimmste anzunehmende Fall ist, dass er hier draußen tot und begraben ist, während er für alle Ewigkeit in der Sphäre festhängt, im letzten elektrischen Flimmern seines sterbenden Gehirns gefangen, wo er immer und immer wieder durch die Hand seiner Tochter stirbt.

Wie dem auch sei, ich kann jedenfalls mit beiden Szenarien gut leben.

Offizielle Todesursache war allerdings eine Herzattacke.

Eine merkwürdige Diagnose angesichts einer Nagelwunde in seiner Stirn. Aber sie mussten CNN ja irgendwas erzählen.

Diese Geschichte wurde also von seiner Kirche verbreitet, und die ganzen Nachrichtenkanäle hielten sich daran. Die offizielle

Version lautete, dass T. K. Harrow nach einem erfüllten Leben des heiligen Dienstes an seinen Mitmenschen friedlich entschlafen war und nun die verdiente himmlische Ruhe genoss.

Das war die offizielle Story. Allerdings wurde diese etwas angekratzt, als sich seine ersten Opfer zu Wort meldeten.

Dazu muss man wissen, dass Harrow nebenher ein Unternehmen betrieb, das sich Gepflastert mit Gold nannte. Eine gewaltige Bewegung. Jede Menge Konvertiten. Ihr Werbeslogan versprach einem den Himmel hier und jetzt, in der Limnosphäre. Das Konzept lautete, auf Erden ein himmlisches Jenseits zu schaffen, in das sich die übereifrigen Konvertiten bereits heute einklinken konnten, ohne bis zum eigentlichen Ende ihres Lebens warten zu müssen.

Warum warten?

So lautete ihr Slogan.

Harrow versprach seinen Schäfchen einen Vorgeschmack auf den Himmel.

Doch was sie wirklich bekamen, war etwas ganz anderes.

Wenn er dich mochte, dann klinkte er dich in einen Traum ein. Aber nicht in deinen eigenen Traum. Sondern in den Traum eines reichen Spenders seiner Kirche. Dann hielt Harrow dich darin gefangen. Als Spielzeug des Spenders.

Eine finstere Gestalt namens Milgram, Harrows rechte Hand, erarbeitete die ganzen technischen Details.

Milgram ist übrigens auch schon in die Ewigkeit eingegangen.

Ein Schnitt durch die Luftröhre mit dem Teppichmesser. Kein Familiengrab, keine anständige Beerdigung. Er endete in einer Verbrennungsanlage.

Nur lodernde Flammen, mehr hatte er nicht verdient.

Und Gepflastert mit Gold schloss für immer die Pforten. Das große Camp unten im Süden wurde dem Erdboden gleichgemacht, und die Kirche, die Harrow hinterlassen hatte, erfuhr unter einer Interimsführung eine intensive Säuberung. Gepflastert mit Gold wurde als ein bedauerlicher Irrtum bezeichnet und die alleinige Schuld daran Milgram in die Schuhe geschoben. Was ziemlich bequem war, denn er war tot und konnte daher nicht mehr allzu laut dagegen protestieren.

Die Opfer von Gepflastert mit Gold, und es gab Dutzende, waren ein paar Wochen lang die große Attraktion in den Nachrichten. Man zerrte sie für tränenreiche Interviews vor die Kameras. Aufgebrachte TV-Experten trösteten sie, hämmerten mit Fäusten auf ihre wackligen Kulissenschreibtische und fragten sich, was aus diesem Land geworden sei. Eine Gruppe von Opfern tat sich zusammen und erhob eine Sammelklage gegen Crystal Corral.

Man einigte sich außergerichtlich. Fette Entschädigungszahlungen gegen zukünftiges Schweigen.

Die Opfer hielten den Mund. Die Medienberichterstattung schlief ein.

Einige Überlebende landeten in der Therapie.

Eine Handvoll erhängte sich.

Aber nur eine Handvoll.

Möge Gott, oder wer auch immer, ihren armen Seelen gnädig sein.

Und Crystal Corral überlebt. Irgendwie.

Prosperiert sogar.

Nicht zuletzt dank Simon dem Magier.

Simon war Harrows andere rechte Hand, sein Sicherheitschef. Er nannte sich Simon der Magier, nach einem Scharlatan aus biblischen Zeiten, den es wirklich gegeben hat. Und ebenso wie sein Namenspatron ist Simon der Magier ein Mann mit zwielichtigen Moralvorstellungen. Er hat Harrow verraten und bei seinem Ende mitgeholfen, um anschließend selbst nach der Macht zu greifen. Unangenehmer Kerl mit einer leicht sadistischen Ader.

Außerdem ist Simon der Vater von Persephones Kind.

Eine zweite unerwartete Wendung. Eine, auf die ich nicht gefasst war.

Wegen all dem stehen Simon und ich nicht gerade auf bestem Fuß miteinander.

Zum Glück taucht Simon in letzter Zeit nicht mehr allzu häufig auf. Das Letzte, was ich von ihm hörte, war, dass er sich um Harrows Thronfolge bemüht. Doch angeblich tut er sich schwer, als Nachfolger akzeptiert zu werden. Anscheinend sind viele der treuen Gefolgsleute von Crystal Corral, obwohl sie durchaus gutherzige Menschen sein mögen, noch nicht bereit, sich von einem Farbigen ins Gelobte Land führen zu lassen.

Was Simon den Magier vermutlich schier verrückt machen dürfte.

Denn schließlich hatten alle in der Bibel erwähnten Männer eine dunkle Hautfarbe.

Was Persephone betrifft, so ist sie nach dem Tod ihres Vaters in der Nähe von New York geblieben.

In Hoboken, um genau zu sein. In meinem Apartment.

Ich habe monatelang auf der Couch geschlafen.

Während Persephone dicker wurde. Und immer dicker.

Bis sie schließlich platzte.

Und einem wunderhübschen kleinen Baby das Leben schenkte.

Eine waschechte New Yorkerin. Geboren in Manhattan. Ich hatte zwar für Jersey votiert, wurde aber überstimmt. Und als die Zeit reif war, schipperte ich die schwangere Persephone über den Fluss nach St. Luke. Begleitete sie in die Notaufnahme.

Später, im Krankenzimmer, hielt Persephone ihr in dicke Decken gewickeltes, neugeborenes Mädchen in den Armen und weinte. Dann lachte sie. Und sie verkündete, sie würde die Kleine Hannah nennen.

Eine weitere biblische Geschichte. Hannah, die Frau, die zu Gott betete, damit Er ihr ein Kind schenken möge. Was Er auch tat.

Ein Wunder, heißt es.

Hannah.

Der Name bedeutet so viel wie: Gott hat mich bevorzugt.

Außerdem ist es ein Palindrom. Liest sich von vorne wie von hinten. Persephone gefällt das. Sie glaubt, es bringt Glück.

Mark Ray erklärte mir später, dass der Name Hannah noch eine weitere Bedeutung hat. In diesem Falle erscheint sie besonders passend.

Persephones Geburtsname ist Grace Chastity Harrow.

Persephone ist nur ihr selbst gewählter Name.

Jetzt lautet der Geburtsname ihrer Tochter Hannah.

Der ins Englische übersetzt so viel heißt wie Grace.

Grace Junior.

An diesem Punkt, so dachte ich, würden wir nun alle getrennte Wege gehen.

Klar doch, man bleibt in Kontakt. Umarmt sich noch mal zum Abschied. Schreibt sich Postkarten. Sobald Persephone wieder auf dem Damm wäre.

Ich würde mein Schlafzimmer zurückbekommen. Wieder meiner Arbeit nachgehen.

Ich würde wieder zur Kugel.

Menschen töten.

Einfach.

Sobald ich wusste, dass Persephone und Hannah in Sicherheit waren.

Denn schließlich ist New York kein Ort, um ein Kind aufzuziehen. Und der Rest von Amerika ist immer noch groß. Und er funktioniert noch. Einigermaßen zumindest.

Honigfarbene Weizenfelder und azurblaue Berge, etc. etc.

Doch Persephone beschloss zu bleiben. Sie und Hannah. Sie wollten hier einen Neuanfang wagen.

Ich verstand es zwar nicht, aber schließlich war es ihr Kind.

Also versuchte ich, für sie eine Wohnung in Hoboken zu finden. Doch es gab gewisse Komplikationen.

Dazu muss man wissen, dass Harrow zwar endgültig weg vom Fenster ist, aber immer noch viele treue Anhänger hat. Und diese Anhänger bekamen mit, dass seine älteste Tochter, die Ausreißerin, noch am Leben war. Und dass sie ein Kind hatte.

Einige seiner ehemaligen Schäfchen glaubten, Persephone wäre für Harrows Untergang verantwortlich. Andere dagegen betrachten sie als die rechtmäßige Erbin seiner Kirche. Und davon wiederum glaubten einige sogar, Persephones Kind wäre eine Auserwählte, dazu erkoren, diese Welt von was auch immer zu befreien.

Ich halte sie übrigens alle gleichermaßen für verrückt.

Jedenfalls tauchten einige von diesen Verrückten ein paar Wochen nach Hannahs Geburt im Norden auf.

Sie stöberten die beiden auf. Folgten der Spur von Mutter und Kind bis zu meinem Apartment nach Hoboken.

Es waren diejenigen Anhänger Harrows, die Hannah als Usurpatorin betrachteten.

Usurpatorin.

Interessantes Wort. Ich musste es eigens nachschlagen.

Offensichtlich bedeutet es, dass man sich in dem Glauben wähnen darf, man hätte das Recht, ein Baby zu töten.

Wie auch immer, diese treuen Schäfchen tauchten in Hoboken auf.

Ein halbes Dutzend. Schwer bewaffnet. Mit bösen Absichten.

Doch zu ihrem großen Pech war ich gerade zu Hause.

Und deshalb ist sie jetzt hier gelandet, in der Nähe von Beacon, im tiefen Wald. Sicher verborgen in ihrem Unterschlupf. Für den Augenblick zumindest.

Wie es weitergehen soll, weiß ich noch nicht. Wir arbeiten noch an einer Lösung. Und bis dahin fahren Mark und ich jede Woche raus, um sie zu besuchen. Um ihr Gesellschaft zu leisten. Um ihr Nahrungsmittel zu bringen.

Und um Hannah zu sehen.

Zugegeben, in dieser Hinsicht bin ich voreingenommen.

Aber soweit ich das beurteilen kann, ist sie das perfekte Kind.

Ein Gesicht wie ein Engel. Ein Lachen wie ein Schlitzohr. Augen, denen nichts entgeht.

Ein wilder Busch karamellfarbener Locken. Wie die ihrer Mutter. Wie ihr Vater. Locken sind ihr in die Wiege gelegt.

Persephone ist weiß. Simon ist schwarz.

Hannah ist beides.

Außerdem ist sie ein kleiner Einstein. Das ist jetzt schon unübersehbar.

Und stur ist sie. Genau wie ihre Mutter.

Hannah ist jetzt etwas über ein Jahr alt, daher redet sie noch nicht allzu viel. Ein Kind weniger Worte. Was ich absolut respektiere.

Meistens brabbelt sie nur, obwohl ich schwören könnte, dass ich sie einmal Spademan sagen hörte.

Persephone nennt mich ihren Onkel.

Onkel Spademan.

Ich gebe zu.

Das hat was.

# 7

Wir sitzen draußen auf der Veranda und essen Kuchen.

Hannah spielt in der Ecke in ihrem Laufstall.

Mark hat sich in einem Korbstuhl ausgestreckt und balanciert einen Porzellanteller auf seinem Schoß. Auf dem Teller sind nur noch Krümel.

Persephone und ich teilen uns die Hollywoodschaukel.

Um ehrlich zu sein, hat in keiner meiner Zukunftsvisionen meines Lebens eine Hollywoodschaukel je eine Rolle gespielt.

Hollywoodschaukeln und Teppichmesser. Eine seltsame Mischung.

Trotzdem sitze ich auf der Hollywoodschaukel, umgeben von dieser zusammengewürfelten Familie, und betrachte die friedlichen Wälder. Ich lausche dem beruhigenden Zirpen der Grillen, den Baumfröschen und Persephones wiederholten lautstarken Beschwerden.

Wie alle Familien kabbeln wir uns.

Vielleicht mehr als die meisten Familien.

Persephone hängt in den Polstern und schmollt. Sie schlenkert mit den Beinen und setzt damit die Hollywoodschaukel in Bewegung. Es ist immer dieselbe Klage.

Wir sind nur zwei Stunden von der Stadt weg. Warum können wir nicht wenigstens mal einen kurzen Ausflug dorthin machen? Nur um Lebensmittel einzukaufen? Spademan, der Aufenthalt hier sollte nur vorübergehend sein.

Er ist nur vorübergehend.

So ein Scheiß! Wir sind jetzt schon fast ein Jahr hier draußen! Das ist nicht vorübergehend. Das ist wie lebenslänglich.

Hey.

Was?

Ich nicke in Hannahs Richtung.

Achte auf deine Ausdrucksweise.

Persephone grinst. Dann ein Bühnenflüstern.

Leck mich.

Sie hat nicht ganz unrecht. Ich bezahle Margo, eine alte Freundin und Krankenschwester aus Hackensack, damit sie ein paarmal in der Woche rausfährt und nach Hannah schaut. Außerdem sorgt sie für Gesellschaft. Spielt Karten mit Persephone.

Mau-Mau. Schwarzer Peter.

Aber ich habe das Gefühl, das hilft nicht wirklich.

Persephone richtet sich in der Schaukel auf und rattert ihre Probleme herunter.

In New York sind immer noch Museen geöffnet, Spademan. Das weißt du, oder? Du hast doch schon mal davon gehört? Museen?

Zum Beispiel?

Keine Ahnung. Die großen. Das Frick. Vielleicht das MoMa. Hör zu, ich weiß, das ist nicht so dein Ding, aber Museen sind wichtig für Kinder. Hannah braucht Anregungen. Sie braucht Freunde. Irgendwann muss sie zur Schule gehen. Gott, ich brauche Freunde. Ich brauche *irgendwas*. Ich bin neunzehn, aber hier draußen fühle ich mich, als wäre ich neunzig. Weißt du, was ich neulich gemacht habe? Ich habe angefangen, einen beschissenen Quilt zu nähen, Spademan.

Quilten ist eine schöne alte Tradition.

Sie boxt gegen meinen Arm. Die Hollywoodschaukel wackelt. Dann fischt sie ein Päckchen Zigaretten heraus.

Ich runzle die Stirn.

Seit wann rauchst du?

Sie klopft sich eine heraus.

Hilft mir, die Zeit zu vertreiben.

Ich nicke erneut in Richtung des Babys. Persephone blickt finster.

Ist schon in Ordnung, Spademan. Wir sind auf der Veranda.

Sie wühlt Streichhölzer heraus. Versucht welche anzureißen, aber die feuchten Zündholzköpfe zerbröseln. Sie schleudert die Streichholzschachtel ins Gebüsch und knurrt.

Diese beschissene Feuchtigkeit bringt mich noch um.

Ich ziehe ein Zippo raus, entzünde es, und sie taucht ihre Zigarette in die Flamme. Dann gebe ich ihr das Feuerzeug.

Du kannst es behalten. Ich habe noch jede Menge davon. So ein Ding ist manchmal ganz praktisch.

Sie zuckt mit den Achseln und steckt das Zippo in die Tasche. Dann nimmt sie einen tiefen Zug und atmet mit einem verzweifelten Seufzer aus. Sie rauchen zu sehen erinnert mich an die Zeit, als ich selbst neunzehn war, ruhelos und scheinbar unbesiegbar. Das ist jetzt etwa zwanzig Jahre her.

Ich korrigiere. Fünfzehn Jahre.

Greifen wir den Dingen nicht voraus.

Sie nimmt einen weiteren Zug. Atmet langsam aus. Dann rückt sie mit der Sprache heraus.

Übrigens, Simon hat sich gemeldet.

Ehrlich.

Ja. Hat mich auf dem Handy angerufen. Ich konnte ihn kaum verstehen. Weißt du, wie schwer es ist, hier draußen eine Verbindung zu kriegen?

Warum hat er dich angerufen?

Spademan, sie ist auch seine Tochter. Wenn er sie schon nicht besuchen kann, kann er sich wenigstens nach ihr erkundigen.

Was hat er gesagt?

Er hat mir versprochen, dass er hier rauskommt und mich rettet, wenn er bei Crystal Corral alles im Griff hat. Er entführt mich. Ganz romantisch. Holt mich aus alldem hier raus.

Ich will nicht, dass er in deine Nähe kommt.

Sie nimmt einen weiteren Zug.

Ich bin auch nicht sonderlich scharf drauf, aber ich werde noch verrückt hier draußen.

Betrachte doch mal die Vorteile.

Welche Vorteile?

Ich halte meine Gabel hoch. Die Zinken sind fein säuberlich abgeleckt.

Du machst echte Fortschritte im Kuchenbacken.

Sie zieht eine höhnische Grimasse und boxt erneut gegen meinen Arm, diesmal fester und ohne zu lächeln. Dann schleudert sie ihren mit Kuchenresten verschmierten Porzellanteller wie ein Frisbee hinaus in den Wald.

Bleibt wenigstens über Nacht. Ich hab ein Gästezimmer.

Ich muss zurück. Ich muss noch jemanden treffen.

Persephone brummt enttäuscht.

Klar. Natürlich.

Mark schaltet sich ein.

Ich kann bleiben. Vorausgesetzt, du vergisst nicht, den Mini-Van zurückzugeben.

Er wirft mir die Schlüssel zu. Ich danke ihm, denn ich weiß, wie hart es für ihn ist, nicht eingeklinkt zu sein, auch wenn er das Gegenteil behauptet. Selbst einige wenige Tage sind für ihn unerträglich.

Ich wende mich an Persephone.

Siehst du? Jetzt hast du Gesellschaft. Du kannst Mark beibringen, wie man Quartett spielt.

Eine letzte Umarmung. Dann kann ich los.

Hebe Hannah hoch.

Ein ganz ordentliches Gewicht.

Ich ermahne sie.

Sei anständig zu deiner Mutter.

Sie kichert. Natürlich.

Macht sich wie üblich über mich lustig.

Auf dem Rückweg halte ich in Beacon bei einem Eisenwarenladen. Frage nach einer mobilen Klimaanlage. Ich bin nicht sonderlich überrascht, dass alle ausverkauft sind. Der Verkäufer sagt, dass eine Hitzewelle im Anrollen ist. Aber sie erwarten eine größere Lieferung mobiler Klimaanlagen, und er ist bereit, mir eine zurückzulegen. Er fragt nach der Lieferadresse, die ich ihm aber nicht gebe. Stattdessen zahle ich im Voraus und bitte ihn, das Gerät für mich aufzubewahren, bis ein Freund vorbeikommt, um es abzuholen.

Ich mache mir eine mentale Notiz, Mark deswegen anzurufen.

Immerhin haben wir Sommer.

Und ich bin kein Unmensch.

Zumindest nicht immer.

Es gibt einen weiteren Grund, warum ich Persephone in der Nähe von Beacon untergebracht habe. Bevor es für Harrow und Milgram zu Ende ging, wedelten die beiden mit einer Information vor meiner Nase, in der Hoffnung, mich damit kaufen zu können. Hinweise auf einen siebten Attentäter, der am Times-Square-Anschlag beteiligt war.

Der Wagenführer.

Ein U-Bahn-Fahrer, der möglicherweise das Attentat auf den Zug vorzubereiten half, der etwa eine Stunde vor Times Square explodierte. Milgram ging davon aus, dass ich vielleicht daran interessiert sei.

Schließlich war meine Frau in diesem Zug gewesen.

Und obwohl ich seinen Köder nicht schluckte, hörte ich aufmerksam zu.

Akribisch Indizien zu sammeln und Spuren nachzugehen war noch nie mein Ding. Also das ganze Brimborium mit Oberst von Gatow in der Bibliothek mit dem Kerzenleuchter.

Ich habe dieses Spiel als Kind übrigens genau ein Mal gespielt, damals mit meinem Dad, als er noch lebte. Ich war vielleicht zehn und saß am Küchentisch. Mutter spielte halb mit, halb erledigte sie den Abwasch.

Nachdem wir etwa vierzig Minuten gespielt hatten, hatte mein Vater die Nase voll, riss den kleinen Umschlag auf und las alle Karten laut vor: Baronin von Porz in der Küche mit der Rohrzange. Dann schmiss er die Karten auf den Tisch und sagte: Wenn mich jemand braucht, ich bin jetzt der Vater im Fernsehzimmer mit dem Bier.

Zu seiner Verteidigung: Es ist ein bescheuertes Spiel.

Und ich wurde nie wirklich gut darin.

Trotzdem hab ich ein bisschen über den U-Bahn-Fahrer nachgeforscht.

Eine Spur gefunden.

Eine dünne Spur.

Aber immerhin eine Spur.

Nur ein Name. Ein paar Fakten. Und eine Adresse.

Ratet mal, wo.

Auf meinem Weg durch Beacon mache ich also einen kleinen Abstecher zu seinem Haus.

Um mit dem Typen zu reden.

Einfach nur reden.

Sonst nichts.

Zumindest noch nicht.

Ich rolle langsam im Van vorbei.

Die Auffahrt ist leer. Nirgendwo brennen Lichter. Niemand zu Hause.

Und ich habe keine Zeit, hier rumzuhängen, denn ich muss zurück in die Stadt, um mir Lessers Banker vorzunehmen.

Der U-Bahn-Fahrer wird warten müssen. Die Geschichte mit Lesser nagt immer noch an mir, und ich möchte diese Angelegenheit zum Abschluss bringen.

Es sollte ein einfacher Auftrag sein. Könnte es immer noch werden.

Wenn ich Lessers Banker aufspüre und der immer noch lebt, eingeklinkt ist und glücklich träumt, dann lag Lesser offensichtlich falsch. Dann war der Anschlag, dessen Zeuge er wurde, nur irgendein dummer Scherz oder blinder Alarm, und ich kann die ganze Sache vergessen und meinen Auftrag zu Ende bringen.

Lesser erledigen.

Andererseits besteht die Möglichkeit, dass ich bei meiner Rückkehr in die Stadt feststellen muss, dass der Banker tot ist. Dass Lesser recht hatte und seine Beobachtungen der Wahrheit entsprechen. Dann hat irgendjemand eine Möglichkeit gefunden, Menschen zu töten, während sie sich in der Sphäre aufhalten.

Und wenn das stimmt?

Dann kann ich Lesser vergessen.

Dann habe ich dringendere Probleme. Dann haben wir die alle.

Diese Stadt ist bereits verkrüppelt, aber das würde ihr den Todesstoß versetzen.

Die Folge wäre eine Abwärtsspirale in die Panik.

Ins Chaos.

Oder noch schlimmer.

# 8

Im Gegensatz zu Mark lege ich keinen Wert auf die landschaftlich schönere Route.

Daher nehme ich den hässlichen Major Deegan Expressway direkt hinab in den Schlund der Bronx.

Die Stadt ist ruhig.

Die Skyline ragt stoisch empor.

Man würde nicht vermuten, dass sie langsam stirbt.

Der Vorteil ist: Ich bin im Handumdrehen in Chinatown.

Ich parke den Wagen in einer Gasse. Schließe ihn gründlich ab. Es gibt eine Menge Langfinger in Chinatown.

Als ich den Knopf am Schlüsselbund drücke, klacken die Türschlösser. Dann zücke ich mein Handy, um Mark wegen der Klimaanlage anzurufen. Schlechter Empfang, daher muss ich es ihm zweimal erklären. Bevor er mich daran erinnert, dass er keinen Wagen hat.

Du hast ihn mitgenommen, schon vergessen?

Natürlich. Scheiße. Echt völlig vergessen. Also mache ich Mark einen anderen Vorschlag.

Okay, hör zu. Vielleicht rufe ich Margo an und bitte sie, das Ding mitzubringen, wenn sie das nächste Mal zu euch rausfährt. Könnte allerdings ein paar Tage dauern.

Soweit ich gehört habe, erwarten wir hier eine Hitzewelle, Spademan.

Sag Persephone, dass ich mein Bestes tue.

Ich beende das Gespräch. Füge meiner mentalen To-do-Liste einen weiteren Eintrag hinzu.

Dann denke ich zurück an die guten alten Zeiten.

Spademan, alleine in Tribeca, früher Morgen, wandert über die Pflastersteine.

Nimmt Anrufe entgegen.

Tötet Menschen.

Sorgenfrei.

Bevor ich plötzlich eine Familie hatte.

In Chinatown suche ich Mina Machina auf.

Sie war mal die Lebensgefährtin von Rick dem Technikfreak, einem alten Freund von mir. Leider weilt Rick nicht mehr unter uns, Simon sei Dank. Ein weiterer Punkt auf der langen Liste von Dingen, für die Simon sich wird verantworten müssen. Was Mina betrifft, so ist auch sie eine ausgezeichnete Limno-Technikerin, eine Tüftlerin wie Rick, vielleicht sogar besser, wenn auch definitiv nicht so zuverlässig. Sie war eine schwere Limno-Userin, aber sie schwört, dass sie nach Ricks Tod damit aufgehört hat. Jetzt ist sie clean, behauptet sie, und führt Rick's Place weiter, seinen alten Schlafsaal, eine der vielen billigen Einklink-Stationen im verödeten Chinatown. Eine weitläufige Etage voller Betten, notdürftig zusammengebastelte, spartanische Pritschen mit Kabeln dran, aufgereiht wie in einem Feldlazarett. Allerdings hat Mina den Namen des Ladens geändert. Zu viele Erinnerungen, sagt sie.

Sie hat ihn Kakumu Lounge getauft. Um eine gehobenere Klientel anzulocken.

Sie hat mir erklärt, dass *Kakumu* japanischer Slang für *Touristentraum* ist. Also der Traum, den man hat, wenn man von zu Hause fort ist.

Nur die Japaner können ein eigenes Wort für so was erfinden.

Mina hatte früher ein wildes Nest langer, statisch aufgeladener schwarzer Haare und einen tief in die Augen hängenden Pony, was sozusagen ihr Markenzeichen war. Jetzt hat sie sich den Schädel kahl rasiert.

Als Symbol der Trauer, sagt sie.

Ich gebe zu, es bringt ihre Augen vorteilhaft zur Geltung.

Als ob ich jetzt so was wie ein Friseur wäre.

Wir hocken auf Sitzsäcken im beengten Empfangsbereich. Während ich langsam darin versinke, frage ich Mina über den Banker aus, bei dem Lesser den Voyeur gespielt hat. Lessers Beschreibung zufolge hörte es sich nicht so an, als würde dieser Banker irgendwelche Einklink-Stationen in Chinatown aufsuchen. Bestimmt hat er irgendwo in einem Penthouse seine eigene luxuriöse Anlage stehen. Hat seine eigene Krankenschwester, ein Hightech-Bett, das ganze Programm. Aber Hüpfer tratschen gern. Und Hüpfer und Tüftler tauschen sich häufig aus. Und wenn irgendjemand eine besonders ausgefallene oder ausgeprägte Perversion pflegt, beispielsweise Orgien mit amputierten Nacktmodellen, dann spricht sich das für gewöhnlich rum. Es sickert durch, selbst bis zu Mina.

Sie kratzt sich den geschorenen Schädel. Denkt eine Minute nach.

Ihr sind immer noch Anzeichen der für Limno-User typischen verzögerten Wahrnehmung anzumerken.

Sie ist ganz in Schwarz gekleidet, auch das aus Gründen der Trauer. Ein langer schwarzer Umhang. Schwarze Socken in Bambussandalen. Dicker Lidstrich. Noch dicker als üblich.

Und sie hat immer noch diese kreuzförmige Narbe auf der Stirn, obwohl sie inzwischen schon ein wenig verblasst ist.

Ein weiteres Souvenir von Simon.

Und noch etwas, für das er Rechenschaft wird ablegen müssen.

Mina denkt.

Dann spricht sie.

Seit sie mit dem Einklinken aufgehört hat, plappert sie, wenn sie erst mal loslegt, wie ein Sturzbach.

Ja, ich hab von so einem Kerl gehört, so ein Banker-Typ mit einem Haufen Kohle, und weißt du, diese Amputierten-Geschichten, die sind zwar gar nicht so ungewöhnlich, aber wie du sicher weißt, geht manchen Leuten echt einer dabei ab, wenn sie wissen, dass sie da drinnen mit realen Menschen hier draußen verbunden sind, also heuert dieser Typ gerne amputierte Callgirls an, richtig echte, die sich dann einklinken, um für das extra bisschen Gefühlsechtheit zu sorgen.

Amputierte Callgirls?

Mina zuckt mit den Achseln.

Hey, da gibt's beachtliche Nachfrage.

Dann nennt sie mir den Namen des Bankers, der eine Menge Dollars dafür springen lässt, diese Callgirls zu rekrutieren. Er heißt Piers Langland. Soweit sie gehört hat, lebt er im Astor Place, diesem luxuriösen Apartment-Hochhaus mit der gewellten blauen Glasfassade, die so aussieht, als würde sie schmelzen.

Astor Place ist von Chinatown aus gut zu Fuß zu erreichen, und es ist ein schöner Tag. Also danke ich Mina und mache mich auf den Weg, um diesem Langland einen Besuch abzustatten und ihm ein paar Fragen zu stellen, solange seine Erinnerung daran, wie er in der Sphäre gehäutet und dann von einer Selbstmordattentäterin in die Luft gesprengt wurde, noch frisch ist.

Ich bleibe an der Ecke vor dem Gebäude stehen und ziehe mein Handy heraus. Rufe die Auskunft an. Bitte die Computerstimme, mich zum Empfang in Langlands Apartmenthaus durchzustellen.

Der Portier nimmt ab. Ich frage nach Mr. Langland.

Kurzes Schweigen.

Es tut mir leid, Ihnen das mitteilen zu müssen, Sir, aber Mr. Langland ist letzte Nacht friedlich in seinem Bett entschlafen.

Ich nehme die Beileidsbekundungen des Portiers entgegen.

Dann klappe ich mein Telefon zu.

Es könnte auch ein bloßer Zufall sein, oder?

In diesem Moment wendet auf der Canal Street ein Streifenwagen mit kreischenden Reifen, rumpelt zehn Schritte vor mir auf den Gehsteig und lässt kurz die Sirene aufheulen, damit er auch wirklich meine volle Aufmerksamkeit hat.

Der Fahrer winkt mich zu sich.

Er sieht aus wie ein Latino. Seine Partnerin, eine Afroamerikanerin mit dunkler Sonnenbrille, sitzt reglos auf dem Beifahrersitz, die Kappe tief ins Gesicht gezogen. Der erste Cop, der Fahrer, trägt keine Kopfbedeckung. Sein Haar ist militärisch kurz geschnitten und scharf ausrasiert, und der Ellbogen seines winkenden Arms ruht auf der Fensteröffnung. Es ist so heiß, dass er ein kurzärmliges Uniformhemd trägt. Seine Arme sind bis zum Ellbogen tätowiert. Es überrascht mich immer, wenn die Tattoos eines Cops über den Rand ihres Hemds hinausragen.

Noch dazu so ungewöhnliche. Nicht die üblichen Namen von Freundinnen, Hula-Girls oder verschnörkelte Bänder, auf denen MOM steht.

Nur Schlangen und Flammen.

Ich nähere mich dem Streifenwagen.

Kann ich Ihnen helfen, Officer?

Steigen Sie einfach ein, Spademan.

Ich könnte wegrennen, aber ich habe gerade keine Lust auf sportliche Betätigung.

Außerdem haben sie einen Wagen. Und es sind Cops.

Also steige ich ein.

Ich schlüpfe in den hinteren, hermetisch abgeschlossenen Teil des Wagens, in dem es heiß und stickig wie in einem Brennofen ist. Ich bin durch mindestens drei Zentimeter dickes Plexiglas von meinen Chauffeuren getrennt. Die Luft ist erfüllt von den hartnäckigen Gerüchen früherer Passagiere, die sich entweder hier auf den Sitzen vor Angst eingeschissen haben oder die bereits beim Einsteigen zum Himmel stanken.

Wie auch immer, die Rückbank ist ekelhaft.

Und die Sommerhitze macht es nicht gerade besser.

Der Streifenwagen legt eine weitere kreischende Kehrtwende auf der Canal hin, die mich abrupt mit der anderen Seite der Rückbank Bekanntschaft schließen lässt.

Den Rest der Fahrt nach Midtown verbringe ich damit, darüber nachzugrübeln, woher der Cop meinen Namen weiß.

# 9

Der Streifenwagen jagt mit eingeschaltetem Blaulicht und Sirene den leeren Franklin D. Roosevelt East River Drive in nördlicher Richtung hinauf. Völlig unsinnig, da keinerlei Verkehr herrscht.

Aber die Cops lieben nun mal ihre Licht- und Soundanlage.

Nach Times Square musste sich das New York Police Department eine Menge Vorwürfe und Beschimpfungen anhören, und beides nicht ganz zu Unrecht. Anders als beim ersten Mal, am 11. September, standen die Uniformträger nach Times Square nicht als selbstlose Helden da. Beim Anschlag auf den Times Square war der 11. September schon fast zwanzig Jahre her, inzwischen waren viele weitere Attentate vereitelt worden, sodass die Menschen vergessen hatten, sich angemessen zu fürchten. Stattdessen waren sie jetzt einfach nur enttäuscht und sauer. Und zum großen Pech der New Yorker Polizei ist der Schutz dieser Stadt ein Job, bei dem man bereits als Versager gilt, wenn man ihn nur ein einziges Mal vermasselt.

Und sie haben es zweimal vermasselt.

Das erste Mal bei der U-Bahn-Bombe. Der Bombe, die meine Frau getötet hat.

Möglicherweise ein Anschlag auf ein zufällig ausgewähltes Ziel. Schwer vorauszusehen. Kaum zu verhindern. Aber trotzdem.

Und dann, eine Stunde später, folgte Times Square.

Eine schmutzige Bombe. Sorgfältig geplant. Es gab im Vorfeld diverse Hinweise, die man eigentlich in Verbindung miteinander hätte bringen können. Geldtransfers, Gerüchte im Netz, alles nachvollziehbare Datenspuren.

Rückblickend waren die Fingerabdrücke der Täter überall zu entdecken.

Radioaktive Fingerabdrücke. Fluoreszierend leuchtende Spuren im Dunkeln.

Natürlich weiß man es hinterher immer besser. Doch es kommt darauf an, es vorherzusehen. Und im Fall von Times Square lagen sie einfach falsch.

Die Cops, die Bundesbehörden, alle.

Eine nationale Tragödie.

Und die Autobomben, die folgten, waren wie ein böser Kater beim Erwachen; eine üble Nachricht wurde von der nächsten überboten.

Anfänglich wurde natürlich heftig mit den Säbeln gerasselt. Es gab unzählige Pressekonferenzen mit stoischen Cops in Galauniformen vor tadellosen Flaggenreihen und lautstarke Rufe nach drastischen Vergeltungsmaßnahmen. Fäuste hämmerten auf Stehpulte, um dem Gesagten Nachdruck zu verleihen.

Wir. Werden. Das. Nicht. Durchgehen. Lassen.

Die Stehpulte mussten in diesem Jahr jede Menge Prügel einstecken.

Der Bürgermeister, der Gouverneur und der Präsident, sämtliche Politiker die ganze Nahrungskette hinauf, versprachen immer wieder neue Geldmittel, Zusatzausbildungen, hartes Durchgreifen. Dann heuerte die Stadt Robert Bellarmine an, einen erfahrenen Spezialisten für verdeckte Operationen, um neuen Schwung in die Bemühungen der örtlichen Behörden zu bringen. Er trat mit seinem schlecht sitzenden Anzug und seinem gesträubten schwarzen Schnauzbart vors Mikro, stellte sich – von einer kreischenden Rückkopplung begleitet – der Öffentlichkeit vor, räusperte sich und versprach andere Taktiken und andere Resultate.

In der Zwischenzeit verödete der Times Square. Die Touristen blieben aus. Die Läden ließen ihre stählernen Rollläden für immer herab. Und die ersten Einheimischen verließen New York.

Alle waren auf eindrucksvolle Weise daran erinnert worden, sich angemessen zu fürchten.

Der Streifenwagen nimmt schlitternd die Ausfahrt an der Thirty-Fourth Street, die Reifen quietschen auf dem Asphalt. Der Fahrer dreht das Lenkrad mit einer Hand.

Tauben flattern auf.

Der Wagen fliegt praktisch die Park Avenue hinauf. Das Blaulicht pulsiert, während jede Verkehrsampel auf Grün schaltet. Man könnte meinen, sie hätten den sterbenden Präsidenten hinten drin, niedergestreckt von der Kugel eines Attentäters.

Dabei bin es nur ich.

Nur ein Müllmann.

Weitere Läden machten dicht. Noch mehr Einheimische wanderten aus.

Und trotz aller Reden des Präsidenten, trotz der von attraktiven Filmstars moderierten Spendengalas zur Hauptsendezeit stellte sich heraus, dass der Rest des Landes gerade eine wirtschaftlich ziemlich harte Phase durchmachte und nicht sonderlich daran interessiert war, New York zu retten. Die übrige Bevölkerung wollte kein Geld mehr für neue Barrikaden und neue Cops lockermachen, wollte nicht noch mehr Steuergelder in diese am Boden liegende Stadt pumpen, die sie ohnehin nie wirklich gemocht hatte und die sie nun auch bestimmt nicht mehr besuchen würde.

Und an irgendeinem Punkt, zwischen den Autobomben, den Budgetkürzungen und den täglichen Beschimpfungen auf der

Straße, weil man in zwanzig Jahren zweimal seinen Job nicht gut gemacht hatte, hörte die schlecht bezahlte, überforderte, unterbesetzte und nicht ausreichend gewürdigte New Yorker Polizei ganz offiziell auf, sich einen Dreck um die Stadt zu scheren.

Worauf der Bürgermeister nur drei Jahre nach dem ganzen Händeschütteln, den Pressekonferenzen, dem Säbelrasseln und den Regierungsversprechungen eine kleinere Pressekonferenz einberief. Nur ein Raum voller lokaler Reporter. Er verkündete eine weitere Initiative, eine innovative öffentlich-private Partnerschaft, wie er es nannte: Sie würde es ermöglichen, dass einige große Unternehmen, die noch in der Gegend verblieben waren, direkt in die Verteidigung New Yorks investieren konnten, wie er es ausdrückte. *Initiative Starke Stadt*, so nannte er das Vorhaben, während er ein samtenes Tuch herunterriss, um ein auf Pappkarton gedrucktes Logo zu präsentieren. Zwei sich schüttelnde Hände vor einer wiederauferstehenden Skyline. Die eine Hand steckte in einer Polizeiuniform. Die andere in einem Business-Anzug.

Kurz gesagt: Der Bürgermeister hatte die New Yorker Polizei verscherbelt.

Die Cops arbeiteten zwar offiziell immer noch für die Stadt, wurden jetzt aber von privaten Unternehmern finanziert.

New Yorks ganzer Stolz. Verramscht als Sonderangebot.

Verstehen Sie mich nicht falsch. Es gibt da draußen immer noch ein paar gute Cops. So erzählt man sich zumindest.

Und ich freue mich darauf, irgendwann mal einem zu begegnen.

Gleichzeitig haben große Teile von Brooklyn seit zwei Jahren keinen Streifenbeamten mehr gesehen. Dasselbe gilt für Queens. Die Bronx. Weite Bereiche des nördlichen Manhattans.

Wenn die Leute da oben einen Streifenwagen sichten, dann gehen sie davon aus, dass er falsch abgebogen ist und sich verfahren hat.

Entweder das, oder die Cops erledigen irgendeine Art von Lieferdienst.

Als Nebenerwerb.

Trotzdem war die Initiative des Bürgermeisters in Ordnung, weil ihr zweiter wichtiger Teil darin bestand, die Waffengesetze der Stadt zu lockern. Und zwar ziemlich umfassend.

Die Bürger waren also gewissermaßen indirekt aufgefordert, ihre Probleme in die eigene Hand zu nehmen.

Und gleich am nächsten Tag gingen die Schrotflinten weg wie warme Semmeln.

Die Fahrt ist zu Ende.

Der Streifenwagen hält vor der Grand Central Station. Der Fahrer steigt aus und öffnet mir die Tür. Ich werfe einen Blick auf seine Dienstmarke: Officer Puchs.

Seine Partnerin mit der Sonnenbrille umrundet den Streifenwagen und baut sich neben mir auf. Auf ihrer Dienstmarke steht: Officer Luckner.

Ich zwänge mich aus dem Wagen, nur leicht blessiert von unserer Fahrt.

Immer noch kein Wort, warum wir hier sind.

Sie eskortieren mich schweigend in das Gebäude.

Grand Central Station.

Das letzte verbleibende Juwel in der zerschrammten Krone der Stadt.

Und ich muss zugeben, der Bahnhof hat nichts von seinem Reiz verloren. Der Blick von der Galerie auf die Haupthalle lässt einen immer noch staunen.

Ein majestätisches Baudenkmal.

Selbst wenn es menschenleer ist.

# 10

Ich korrigiere.

Fast menschenleer.

Ein einzelner Mann im Anzug wartet bei der großen Uhr in der Mitte der Haupthalle auf mich.

Er wirft einen Blick auf seine Armbanduhr.

Offenkundig traut er der großen Uhr nicht.

Die Cops führen mich die Stufen hinab. Die Schritte unserer Stiefel auf dem Marmorboden hallen von den Wänden wider.

Die Anzeigetafeln sind leer. Die Ticketschalter geschlossen.

Was merkwürdig ist.

Denn selbst an einem Sonntagnachmittag sollte es eigentlich ein paar Pendler geben. Schließlich ist die Penn Station seit Langem geschlossen. Und auf dem Busbahnhof Port Authority wächst jetzt Unkraut zwischen dem Schutt. Also steuern Amtrak, LIRR, Metro-North und alle anderen Zuglinien jetzt ausschließlich Grand Central an.

Die Stadt braucht jetzt nur noch einen Bahnhof.

Der Mann im Anzug streckt mir die Hand hin.

Seine monströse Armbanduhr rasselt. Eins dieser Metallarmbänder mit Kettengliedern. Ein Zifferblatt, so groß wie ein Schiffskompass.

Ostentativ.

Wort des Tages.

Spademan, sehr erfreut, Sie kennenzulernen. Mein Name ist Joseph Boonce.

Ein perfekt geschneiderter Nadelstreifenanzug. Es bleibt ihm wohl auch keine andere Wahl, denn er ist einen Kopf kleiner als ich. Vielleicht ein Meter siebzig. Höchstens. Also lässt er seine Anzüge entweder maßschneidern, oder er kauft sie in irgendwelchen Läden, die das Gegenteil von XXL-Mode anbieten. Sein weißblondes Haar ist kurz und konservativ geschnitten. Er wirkt jung. Noch keine dreißig. Es gibt ein Wort dafür.

Wunderkind.

Er ist der Typ, der von seinen Kollegen entweder bewundert oder verachtet wird. Oder beides. Jedenfalls ist sein ganzes Äußeres dazu bestimmt, den Eindruck außergewöhnlicher Kompetenz zu vermitteln. Kleide dich für die Position, die du erreichen willst etc. etc.

Auch wenn er vermutlich bereits die Position innehält, die er erreichen wollte.

Er hebt seine Armbanduhr gen Himmel und deutet auf die berühmte Decke der Haupthalle, die sich fünfzig Meter über uns wölbt. Ein gigantisches Wandgemälde der Tierkreiszeichen vor grünem Himmel.

Dann hebt er zu seiner Rede an.

Wissen Sie, wir haben hart gekämpft, um diesen Ort hier zu erhalten, als die übrige Stadt den Bach runterging. Und ob Sie es glauben oder nicht, um 1970 herum musste man schon einmal darum kämpfen, das Gebäude vor der Abrissbirne zu bewahren. Die Bürokraten wollten es dem Erdboden gleichmachen und durch einen modernen Neubau ersetzen. Schon damals hat man sich dafür eingesetzt, den Bahnhof zu erhalten. Und wir mussten nun sogar an zwei Fronten kämpfen, um ihn zu schützen. Zum einen gegen die Barbaren, die nicht eher Ruhe geben, bis diese Stadt auf die Grundmauern niedergebrannt ist.

Und zum anderen gegen die Bürokraten, die alles Alte niederreißen und ganz von vorne anfangen wollen.

Er schaut mir in die Augen.

Aber noch steht der Bahnhof.

Seine Augen lächeln. Das Gesicht tut es ihnen nach.

Freut mich, Sie kennenzulernen, Spademan. Ich halte meine Meetings gerne hier ab. Dazu lasse ich eigens die Haupthalle sperren. Ich finde, es sorgt für einen imposanten ersten Eindruck.

Er wendet sich an Puchs und Luckner. Sagt ihnen, dass sie die Türen wieder öffnen und die Leute durchlassen können. Puchs macht jemandem, den ich nicht sehen kann, ein Zeichen. Die Anzeigetafeln erwachen flatternd zum Leben. Die Schritte vereinzelter Pendler, die ihren Weg nun eilig fortsetzen, hallen durch das Gebäude.

Boonce bedeutet Puchs und Luckner, dass sie wegtreten können. Die beiden ziehen sich zurück und stehen in einiger Entfernung Wache.

Er wendet sich mir zu.

Also, Spademan – mögen Sie Austern?

Die Austernbar im Untergeschoss der Grand Central Station hat immer noch geöffnet. An der Theke löffeln ein paar einsame Wochenendreisende ihre Fünfzig-Dollar-Schüsseln mit Austerncremesuppe, die auf einem klassischen Rezept basiert: eine halbe Auster und ein Viertelliter Sahne.

Boonce und ich gehen in den hinteren Speiseraum, den Salon, der natürlich menschenleer ist. Der ältliche Oberkellner verbeugt sich vor Boonce und führt uns dann zu unserem Tisch genau in der Mitte des Raumes. Der einzige Tisch im Lokal, der weiß eingedeckt ist.

Der Salon ist in maritimem Stil dekoriert. An den dunkel getäfelten Holzwänden hängen Modelle von Segelschiffen. Wütende

Schwertfische sind so auf Tafeln präpariert, dass sie immer noch verzweifelt gegen die Gefangennahme anzukämpfen scheinen. Bullaugen statt Fenstern, die jedoch nirgendwo hinführen.

Boonce schüttelt seine Leinenserviette aus und streicht sie auf seinem Schoß glatt.

Ich nehme an, Sie wissen, wer Robert Bellarmine ist.

Klar. Ich kenne seinen Namen von der Säuberungsaktion auf der Atlantic Avenue.

Boonce lächelt.

Die Säuberungsaktion. Tja, wenn man es denn so nennen will. Eigentlich war es mehr ein Massaker, wenn Sie mich fragen. Aber die Botschaft kam an. Was vermutlich die eigentliche Absicht war, richtig?

Boonce hantiert mit seinem Besteck. Arrangiert es um. Dann wendet er sich wieder an mich.

Nun, ich arbeite für Bellarmine.

Wenn Sie ein Cop sind, Boonce, warum führen wir diese Unterhaltung dann nicht auf dem Polizeirevier?

Boonce richtet seine Gabel exakt gerade aus. Blickt zu mir auf.

Ich arbeite verdeckt.

Dann zieht er einen Tablet-PC heraus und legt ihn mit dem Bildschirm nach unten auf den Tisch.

Spademan, ich werde Ihnen jetzt drei Fotos zeigen. Ich glaube, die Aufnahmen dürften Sie interessieren.

In Ordnung.

Aber bevor ich das tue, muss ich Sie etwas fragen. Ich muss wissen, ob wir zusammenarbeiten.

Wobei zusammenarbeiten?

Er lächelt. Tippt mit dem Finger auf die Rückseite des Tablet-PCs.

Lassen Sie es mich so ausdrücken: Wenn ich Ihnen diese Fotos zeige, diese Informationen mit Ihnen teile und wir anschließend nicht zusammenarbeiten, dann haben wir ein Problem.

In Ordnung. Warum beginnen Sie nicht damit, mir die Fotos zu zeigen?

Er dreht das Tablet um. Zeigt mir Foto Nummer eins. Ein grobkörniges Überwachungsfoto von Lesser, aufgenommen in Stuyvesant Town.

Ich nehme an, Sie wissen, wer das ist. Jonathan Lesser.

Klar. Ich kenne ihn. Ein Betthüpfer. Ein Spanner.

Boonce grinst.

Gute Antwort. Aber er ist natürlich nicht irgendein Hüpfer. Er ist der König der Hüpfer.

Boonce wischt mit dem Finger, um mir Foto Nummer zwei zu zeigen. Diesmal erkenne ich die Person darauf nicht. Ein weiteres Überwachungsfoto, das auf der Straße geschossen wurde. Ein junger Mann im Tweed-Anzug mit runder Brille. Er sieht aus, als käme er irgendwo aus dem Nahen Osten. Ägypter vielleicht. Ein zarter Junge, schlank wie ein Schilfrohr. Über eine Seite seines Gesichts ziehen sich Verbrennungsnarben wie der Abdruck einer Ohrfeige.

Kommt Ihnen dieser Mann bekannt vor?

Nein.

Nun, dann möchte ich Sie mit ihm bekannt machen. Sein Name ist Salem Shaban alias Salem Kat alias Sam Kat, wie ihn seine Freunde nennen.

Warum Kat?

Das ist eine Droge. Man kaut sie. Sieht aus wie Zweige und Blätter.

Tut mir leid, da klingelt nichts bei mir.

Sagt Ihnen dann vielleicht der Name Hussein el-Shaban etwas?

Nein.

Sind Sie sicher? Er war überall in den Zeitungen.

Ich lese keine Zeitungen.

Nun, Hussein el-Shaban war Terrorist, eine kleine Nummer. Die rechte Hand eines Mannes, der die rechte Hand eines anderen Mannes war. Er wurde vor einigen Jahren in Ägypten getötet. Von einer Drohne. Seine Frau auch. Genau genommen wurde ein ganzes Gebäude voller Menschen ausgelöscht. Seine Frau war allerdings amerikanische Staatsbürgerin, was bei einigen mitfühlenden Herzen hier in den Staaten für Empörung sorgte. Was aber viel wichtiger ist: Er hatte einen Sohn.

Lassen Sie mich raten.

Boonce deutet auf das Foto.

Shaban junior hier überlebte den Drohnenangriff, wurde aus den Trümmern des Hauses geborgen und lebt mittlerweile hier in Brooklyn, wo er auf der Atlantic Avenue einen Duftladen betreibt.

Ich dachte, auf der Atlantic Avenue lebt niemand mehr. Nicht nach der Säuberung.

Shaban versucht gerade, genau das zu ändern. Er ermutigt die Muslime dazu, zurück ins Viertel zu ziehen. Und er ist auf dem besten Weg, dort so was wie eine Berühmtheit zu werden.

Wieso darf er überhaupt hier in den Staaten sein?

Boonce nestelt an seiner Armbanduhr herum.

Wie schon gesagt, seine Mutter war Amerikanerin. Vertrauen Sie mir, er steht auf sämtlichen Beobachtungslisten, einschließlich meiner eigenen. Aber er war so eine Art junges Computergenie, deswegen hat man ihn mit einem speziellen Visum hier rübergeholt. Da wurden im Hintergrund alle möglichen Fäden gezogen. Die Pointe ist, irgendwann hat er diesen ganzen Technik-Kram plötzlich aufgegeben und zur Religion gefunden. Er wurde zum gläubigen Muslim. Und schließlich zum Aktivisten.

Ich studiere erneut das Foto. Der Junge sieht harmlos aus. Wie ein Bücherwurm. Weiche Wangen, bis auf die Verbrennungen, die sich über eine Seite seines Gesichts ziehen und sich dann um den Hals winden. Der mindestens zwei Nummern zu große Tweed-Anzug hängt schlabbrig an ihm herunter.

Er sieht aus wie fünfzehn.

Boonce kichert.

Lassen Sie sich nicht von seinem Milchgesicht täuschen. Sein Vater hatte auch noch eine Tochter. Raten Sie mal, was mit ihr passiert ist. Die Tochter ist tot. Gerüchten zufolge hat Salem Shaban seine eigene Schwester ermordet, damals in Ägypten. Ehrenmord. So nennt man das da. Sie wurde das Opfer einer Gruppenvergewaltigung, also musste er sie töten. Aber damit war noch nicht Schluss. Er spürte auch die Vergewaltiger auf. Tötete sie alle. Spürte ihre Frauen auf. Tötete auch sie. Und in einigen Fällen sogar ihre Kinder. Kleine Kinder. Hat da wohl ein ziemliches Blutbad angerichtet.

Verstehe, aber warum wird er dann nicht einfach verhaftet?

Hey, ich bin vom NYPD und nicht von Interpol. Außerdem ist das alles nur ein Gerücht. Die entsprechenden Ermittlungsberichte aus Ägypten sind im besten Fall lückenhaft. Vermutlich haben Sie die Fernsehberichte über das Land gesehen. Da drüben geht es im Moment etwas chaotisch zu.

Wie schon gesagt, ich schaue keine Nachrichten.

Boonce grinst.

Nun ja, hoffentlich hatten Sie Gelegenheit, das Land damals zu besuchen, als die Pyramiden noch intakt waren.

Er deutet erneut auf Shabans Foto.

Dieser Bursche hat es sich zur Aufgabe gesetzt, einen Kreuzzug zur Wiederbevölkerung der Atlantic Avenue zu starten. Im Moment bewegt sich das noch in bescheidenem Rahmen, aber er hat regen Zulauf. Außerdem – und hier kommt der Knaller – er kennt Lesser.

Woher?

Sie waren in ihren frühen Computergenie-Tagen beste Kumpel.

Okay. Aber was hat das alles mit mir zu tun?

Boonce nimmt das Tablet. Wischt erneut.

Nicht vergessen. Ich habe noch ein Foto, das ich Ihnen zeigen möchte.

Er dreht den Bildschirm zu mir.

Ich nehme an, Sie kennen dieses Arschloch.

Ich studiere das Foto. Es ist unscharf, aber ich kenne den Typen. Ich bin es selbst.

Das Foto wurde in Stuyvesant Town in der Lobby geschossen. Von einer Sicherheitskamera, dem steilen Winkel nach zu urteilen. Es ist von Samstagabend. Ich schleppe meinen Seesack auf den Schultern und will gerade Lesser einen Besuch abstatten.

Ein Kellner im weißen Jackett taucht mit zwei Schüsseln dampfender Cremesuppe auf. Ich kann mich nicht erinnern, dass einer von uns dergleichen bestellt hätte. Boonce bedankt sich beim Kellner und deutet dann auf die geschwungenen Holzwände des Salons mit ihren nutzlosen blinden Bullaugen.

Wissen Sie, was mir an diesem Lokal so gefällt, Spademan?

Nein, was?

Keine Fenster. Niemand kann reinschauen.

Er nimmt seinen Löffel und rührt seine Suppe um.

Denn das ist mein Job. Damit verbringe ich meine Zeit. Ich schaue in jeden Raum dieser Stadt.

Er bläst über den Löffel.

Und ich sehe alles.

Also sind Sie hier, um mich zu verhaften?

Boonce lächelt.

Nicht, um Sie zu verhaften. Um Sie zu rekrutieren.

Er kostet vorsichtig seine Suppe.

Hören Sie, Spademan, um die Wahrheit zu sagen, es ist mir ziemlich egal, was Sie so tun. Sie spüren Leute auf. Ich spüre Leute auf. So verdienen wir nun mal unsere Brötchen.

Er schluckt einen ganzen Löffel voll hinunter. Runzelt die Stirn. Legt den Löffel ab. Schiebt die Schüssel beiseite, die er kaum angerührt hat.

Er beugt sich vor.

Ich liebe diesen Salon. Die letzte Bastion einer ganz anderen Stadt. Das einzige Problem ist –

Er legt eine Hand seitlich an den Mund. Bühnenflüstern.

– diese Suppe schmeckt beschissen.

Er lehnt sich zurück.

Ich will lediglich wissen, was Lesser gesehen hat, Spademan. Oder was er sich einbildet, gesehen zu haben. Denn ich weiß, dass er es Ihnen erzählt hat. Und ich schätze, Sie sind so ziemlich die letzte Person, mit der er darüber gesprochen hat.

Warum fragen Sie ihn denn nicht selbst?

Haben Sie es noch nicht gehört, Spademan? Lesser ist verschwunden. Puff. Einfach weg.

Wohin?

Boonce rasselt mit der Uhr an seinem Handgelenk und verschränkt dann die Arme vor der Brust.

Ich hatte gehofft, dass Sie mir das sagen könnten.

Der Kellner trägt die beiden Suppenschüsseln wieder ab.

Ich zucke mit den Achseln.

Ich wünschte, ich könnte Ihnen weiterhelfen. Aber die Suche nach vermissten Personen gehört nicht zu meinem Geschäft. Ich habe zwar gestern Abend mit Lesser gesprochen, habe ihn dann aber in seinem Apartment sitzen lassen.

Boonce blickt erneut auf die Uhr, schüttelt das mit Juwelen besetzte Gehäuse unter der gestärkten Manschette hervor. Boonce ist genau die Art von Schnösel, die immer noch Manschettenknöpfe trägt. Und zwar mit nichts Geringerem als dem Wappen der New Yorker Polizei darauf.

Er blickt wieder auf. Scheint unter Zeitdruck zu stehen. Also kommt er endlich zum Punkt.

Im Gegensatz zu einigen anderen Menschen, unter anderem auch meinen Kollegen, bin ich nicht willens, diese Stadt aufzugeben. Ich bin noch nicht bereit, sie den Barbaren zum Plündern zu überantworten oder sie von Abrissbirnen zermalmen zu lassen. Ich bin in New York aufgewachsen, in Hell's Kitchen. Als Jugendlicher habe ich oft die Schule geschwänzt, um mir auf dem Times Square Kinomatineen anzusehen. Nach den Anschlägen von Times Square habe ich beschlossen, mich bei den Cops zu bewerben und in der Antiterrorabteilung zu arbeiten, denn was gab es Sinnvolleres? Und ich werde nicht zulassen, dass so etwas noch einmal geschieht. Nicht auf unseren Straßen. Und auch nicht in der Limnosphäre.

Er beugt sich vor.

Lesser ist ein ziemlich genialer Bursche. Das ist Ihnen doch bewusst, oder?

Es wird allgemein behauptet.

Und es ist die Wahrheit. Er hat an irgendetwas Genialem gearbeitet, Spademan. Ein geniales, aber sehr gefährliches Projekt. Deshalb haben wir ihn überwacht. Es gab Gerüchte, dass er an einem neuen Trick in der Limnosphäre tüftelt. Einem Trick, der weit über das Betthüpfen hinausgeht.

Nämlich?

Ich glaube, das wissen Sie bereits, Spademan. Oder Sie ahnen es zumindest.

Sie glauben, Lesser hat eine Methode gefunden, einen Menschen in der Sphäre zu töten.

Boonce lehnt sich zurück. Grinst.

Nun, soweit wir beide wissen, ist das ja wohl unmöglich.

Trotzdem glauben Sie, dass es genau darum geht.

Also, wenn irgendjemand so etwas bewerkstelligen kann, dann nur Lesser. Wie gesagt, er ist ein ziemlich genialer Bursche.

Aber er ist nur ein Hüpfer, Boonce. Warum sollte Lesser jemanden in der Sphäre töten wollen?

Ich bezweifle, dass er das wirklich vorhatte. Ich vermute lediglich, dass er herausgefunden hat, wie es funktioniert. Und dann ist sein Geheimnis möglicherweise in die falschen Hände gefallen.

Shaban?

Vielleicht. Überlegen Sie doch mal, Spademan. Wenn Shaban tatsächlich einen Weg gefunden haben sollte, Lessers Wissen nutzbar zu machen? Um Menschen in der Sphäre zu ermorden? Das wäre ein Riesending. Besonders angesichts dessen, was gerade auf unsere Stadt zukommt.

Sie meinen die Wahl. Bei der sich Ihr Boss als Kandidat hat aufstellen lassen.

Boonce versucht seine Hände ruhig zu halten. Lächelt.

Sie lesen also doch Zeitung.

Ich überfliege sie.

Boonce knetet seine Fingerknöchel. Er scheint jetzt fast ehrlich besorgt.

Dann verstehen Sie wohl auch, Spademan, dass die Sphäre das Einzige ist, was diese Stadt immer noch attraktiv macht. Die Menschen haben mehr als genügend Gründe, sie zu verlassen. Die Sphäre ist das Einzige, was sie hier hält.

Das trifft aber nicht auf alle zu.

Nein, aber auf die meisten. Jedenfalls auf diejenigen mit Geld.

Also, was wollen Sie von mir?

Ich schlage vor, Sie finden zunächst einmal heraus, wen Lesser da genau ausgespäht hat. Und wie das aktuelle Befinden dieser

Person ist. Denn Gott gnade uns allen, wenn dieser arme Teufel tatsächlich tot sein sollte.

Das ist interessant. Denn es bedeutet, dass Boonce noch nichts von Langland weiß. Was wiederum bedeutet, dass es zumindest eine Sache in der Welt gibt, die mir bekannt ist und ihm nicht. Was ich ihm natürlich nicht auf die Nase binden werde. Stattdessen stelle ich ihm eine naheliegende Frage.

Warum ich?

Warum Sie was?

Warum wollen Sie ausgerechnet mich für diesen Job, Boonce? Ihnen stehen doch vermutlich jede Menge personelle Ressourcen zur Verfügung.

Wenn die Leute uns kommen sehen, Spademan, dann verkriechen sie sich sofort in ihren Löchern. Und ich muss unbedingt erfahren, was Lesser weiß, dummerweise hat er jedoch keinen wirklichen Grund, es mir zu verraten. Sie dagegen haben bewiesen, dass Sie sehr überzeugend sein können. Und ich gehe davon aus, dass Sie ihn aufstöbern werden. Schließlich haben Sie ihn schon einmal gefunden.

Mag sein. Aber warum genau sollte ich Ihnen dabei helfen?

Boonce grinst mich an wie ein geduldiger Jäger, der seelenruhig in seinem Versteck hockt und nur darauf wartet, dass seine sorgfältig aufgestellte Falle zuschnappt.

Weil es noch ein paar andere Dinge gibt, die ich über Sie weiß, Spademan. Zum Beispiel, dass Sie im Hinterland in einer Blockhütte eine Frau versteckt halten und dass in diesem Augenblick eine Schar religiöser Spinner auf der Suche nach ihr die Wälder durchkämmt. Außerdem glauben Sie, Sie könnten diese Frau beschützen, gleichzeitig sind Sie jedoch insgeheim sehr besorgt, es könnte Ihnen nicht gelingen. Und Sie sorgen sich zu Recht. Denn das können Sie tatsächlich nicht. Aber wissen Sie, wer es kann?

Sie.

Hören Sie, Sie könnten jetzt einfach hier rausspazieren, nach Hoboken und zu Ihrem alten Leben zurückkehren. Aber Sie sollten Folgendes bedenken: Ich habe die Schlüssel zu Räumen in dieser Stadt, in die niemand hineinschauen kann. Über diese Macht verfüge ich. Wenn Sie mit mir zusammenarbeiten, dann verschaffe ich Ihrer Freundin freies Geleit zurück in den Süden oder wo immer sie hinwill. Zur Hölle, Sie können sogar alle zusammen hier sorgenfrei in der Stadt leben, wenn Sie das wollen. Ich kann Ihnen das ermöglichen. Sofern Sie Lesser für mich finden. Das ist mein Angebot.

Die Falle ist zugeschnappt. Nun legt er eine kleine Pause ein. Rasselt erneut mit seinem Uhrarmband. Und dann kommt der abschließende Knaller. Das, was im Verkaufsjargon üblicherweise als Dreingabe bezeichnet wird.

Das ist mein Angebot an Sie. An die Frau. Und an ihr kleines Baby.

Ich kann Ihnen nichts versprechen, Boonce.

Ich will keine Versprechungen, Spademan. Ich will Lesser.

Und was stellen Sie mit ihm an, wenn ich ihn gefunden habe?

Machen Sie sich deswegen keine Sorgen. Allerdings gehe ich davon aus, dass Sie ihm nicht nur Blumen liefern wollten, als Sie gestern in sein Apartment eingedrungen sind.

Er reicht mir eine Visitenkarte. Nur eine Telefonnummer, sonst nichts.

Wenn Sie ihn gefunden haben, rufen Sie mich unter dieser Nummer an. Ein direkter Draht. Tag und Nacht. Betrachten Sie es als mein rotes Batman-Telefon.

Ich stecke die Karte ein.

Ich melde mich.

Boonce erhebt sich und hinterlässt mit großkotziger Geste ein Riesentrinkgeld für ein Essen, das wir gar nicht bezahlen mussten. Dann eskortiert er mich hinaus in die Haupthalle, wo Puchs und Luckner immer noch Wache schieben. Boonce lächelt das Lächeln eines schmierigen Vertreters, der gerade ein schwieriges Geschäft in trockene Tücher gebracht hat, ohne dabei auch nur eine Sekunde an seinem Erfolg zu zweifeln.

Er streckt mir die Hand hin, um unsere Vereinbarung zu besiegeln.

Dann sagt er mit einem Augenzwinkern.

Ja, er zwinkert tatsächlich.

Willkommen an Bord, Spademan.

# 11

Officer Puchs will wissen, wo er mich absetzen soll. Union Square, sage ich, denn der liegt in der Nähe des Orts, zu dem ich tatsächlich möchte. Aber nicht so nah, dass er mich dorthin verfolgen könnte. Das meiste von dem, was Boonce mir da aufbinden wollte, kaufe ich ihm nicht ab. Er hat mir höchstens die halbe Wahrheit erzählt. Aber wenn er Persephone helfen kann, dann soll es mir recht sein. Möglicherweise kann er sie und Hannah an einem sicheren Ort unterbringen. Mit einem Garten. Vielleicht sogar mit einer Schaukel.

Das wäre nicht das Schlechteste.

Außerdem muss ich zugeben, dass ich inzwischen definitiv neugierig bin. Ist es tatsächlich möglich, jemanden in der Sphäre zu töten?

Boonce ist offenkundig davon überzeugt. Ebenso wie Lesser.

Und falls Boonces Aussage zutrifft, dass die Terroristen einen neuen Weg gefunden haben, diese Stadt in die Luft zu jagen, nur diesmal sozusagen von innen her, dann will ich auch darüber Bescheid wissen.

Und vielleicht helfe ich diesmal sogar dabei mit, sie aufzuhalten.

Wozu ich letztes Mal keine Gelegenheit hatte.

Der Streifenwagen hält mit kreischenden Reifen vor dem Plaza am Union Square. Ein paar der heruntergekommenen Schnorrer, die unter der Reiterstatue von George Washington abhängen, hieven sich hoch und wanken mit aufgehaltenen Händen auf uns zu.

Ich klettere aus dem Fond des Wagens und bedanke mich bei Puchs für die Fahrt. Der lüftet auf dem Vordersitz seine Dienstmütze.

Viel Spaß mit den Pennern.

Dann schaltet er seine Sirene ein und jagt mit quietschenden Reifen davon, einfach nur aus Spaß an der Freude.

Die Schnorrer stieben auseinander.

Ich beschließe, meine Suche bei dem toten Banker namens Langland zu beginnen – dem Puzzleteilchen, das ich für mich behalten habe und von dem Boonce noch nichts weiß.

Sobald ich den Platz verlassen habe, zücke ich mein Handy und wähle. Wenn ich früher Informationen brauchte, rief ich einen befreundeten Journalisten namens Rockwell an. Leider weilt er nicht mehr unter uns. Er fing sich auf einem Barhocker eine Kugel ein, die eigentlich für mich bestimmt gewesen war.

Guter Mann. Ich vermisse ihn immer noch.

Allerdings stellte sich heraus, dass Rockwell eine Praktikantin hatte.

Ich erfuhr erst von ihr, als sie mich nach seinem Tod aufspürte und behauptete, dass ich ihr jetzt einen neuen Job schuldig sei.

Sie ist jung, Anfang zwanzig, clever wie die Hölle und eine Expertin darin, das alte Internet zu durchkämmen. Irgendwann hat sie mir anvertraut, dass sie ursprünglich aus Sri Lanka kommt. Als ich sie fragte, wo das ist, erklärte sie: Stell dir den abgelegensten Ort auf der Welt vor.

Okay.

Es liegt noch ein paar Kilometer dahinter.

Sie hat eine Vorliebe für Zoot Suits mit Schulterpolstern. Sie trägt zweifarbige Herrenschuhe, und ihr Geldbeutel hängt an einer langen Kette. Ihr Kopf ist kahlrasiert bis auf einen lilafarbenen Pony, der ihr tief in die Augen fällt.

Sie hat mir mal erzählt, sie ließe sich in Modefragen und auch sonst von Malcolm Little inspirieren, der sich Malcolm X nannte, bevor er seinen Namen in X änderte. Dann fragte sie mich, ob ich wisse, wer X sei.

Ich erwiderte, dass ich *Malcom X, die Autobiografie* gelesen hatte. Ich hatte das Buch zufällig in einem Bus gefunden. Ziemlich spannend. Hatte deswegen sogar vergessen, an meiner Haltestelle auszusteigen.

Ihr Spitzname ist übrigens Hymen Roth. Das ist ihr Straßenname. Wie ein Rapper, sagt sie.

Als sie mir das verriet, verzog ich das Gesicht, und sie fragte: Was denn? Hast du nie *Der Pate – Teil 2* gesehen?

Ich erklärte ihr, dass ich nicht deshalb das Gesicht verzog.

Inzwischen nenne ich sie einfach Hy.

Sie und ihre Clique bezeichnen sich selbst als Netniks. Hängen in einem Clubhaus in Williamsburg ab, ein Zufluchtsort für selbst ernannte Info-Chaos-Aktivisten, die Typen, die die Ruinen des Internets durchstöbern, um alle möglichen miesen Machenschaften aufzudecken.

Und sie ist die Beste unter ihnen.

Gegen entsprechende Bezahlung kann sie alles Mögliche zutage fördern.

Es klingelt einmal. Hy geht ran.

Spademan, du weißt doch, dass ich übers Telefon keine Geschäfte abwickle.

Ich hab keine Zeit, nach Williamsburg rauszufahren. Lass mich dir einfach einen Namen geben.

Ich hoffe für dich, dass die Sache echt dringend ist. Wie lautet der Name?

Piers Langland. Ein Banker.

Ist notiert.

Ich will mich noch bei ihr bedanken, aber da hat sie schon aufgelegt.

Die Jugend von heute.

Keine Zeit für Höflichkeiten.

Was mich betrifft, so mache ich mich auf den Weg zum Astor Place. Den Fußmarsch nutze ich, um eine Liste von Leuten zusammenzustellen, die Interesse an Lessers Verschwinden haben.

Wie sich herausstellt, wird es eine ziemlich lange Liste.

Ganz oben: Langland, der Banker mit dem Geheimnis. Er wäre sicher verdammt angepisst gewesen, wenn er herausgefunden hätte, dass irgendein Spanner durch seine virtuellen Vorhänge gelinst hat.

Das Problem ist nur: Langland ist bereits tot.

Friedlich entschlafen. Angeblich.

Was uns zu der Person bringt, die Lesser in dieser Nacht in der Sphäre gesehen hat. Die Frau in der Burka, die ins Konstrukt des Bankers eindrang und ihn in die Luft sprengte. Vielleicht hat sie bemerkt, dass Lesser Zeuge des Ganzen war, und sich an seine Fersen geheftet, um ihm hier draußen dasselbe anzutun. Aber wer auch immer hinter dem Attentat steckt, er wollte, dass es als Botschaft verstanden wird. Möglicherweise war es sogar beabsichtigt, dass es einen Zeugen gab. Jemanden, der zurückkehrt, um der wirklichen Welt davon zu berichten.

Genau das hat Lesser getan. Vielleicht hatten sie danach keine Verwendung mehr für ihn. Trotzdem scheint es mehr als zweifelhaft, dass sie bereits mit ihm fertig waren. Wenn man schon einen Singvogel züchtet, ist es sehr ungewöhnlich, dass man ihn gleich nach dem ersten Zwitschern wieder abmurkst.

Also, weiter mit Verdachtsperson Nummer drei: die Frau, die mich ursprünglich angeheuert hat, um Lesser auszuschalten. Ganz offenkundig hat sie ein Motiv. Doch wenn es ihr eigentlicher Plan war, ihn zu entführen, warum hat sie mich dann angeheuert, um ihn zu töten? Vielleicht wurde sie ungeduldig und hat jemand anderen geschickt, den Job zu erledigen. Allerdings sind vierundzwanzig Stunden selbst für mich ein eher knapp bemessenes Zeitfenster für einen solchen Auftrag.

Was mich zu der letzten Person auf meiner Liste führt: jemanden aus der unübersehbaren Menge von Leuten, die von Lesser persönlich belogen, betrogen, bedroht, ausspioniert oder gedemütigt wurden; oder einer der zahllosen Betthüpfer, die Lesser erschuf, als er seinen gruseligen kleinen Sphären-Voyeurs-Trick erfand. Man stelle sich nur mal vor, man würde in der Sphäre seine Bedürfnisse, Begierden und verdrehten kleinen Vorlieben ausleben, von denen niemand etwas wissen soll.

Und plötzlich findet man heraus, dass einem doch jemand dabei zugesehen hat. Ein heimlicher Zeuge.

Möglicherweise stellen sich da bei manchem die Nackenhaare auf.

Der Zorn wächst.

Rachegelüste erwachen.

Unnötig, eine Liste dieser Leute anzufertigen. Ebenso gut kann man das Telefonbuch nehmen und es an irgendeiner beliebigen Stelle aufschlagen. Die Wahrscheinlichkeit ist hoch, dass man bei jemandem landet, der einen Groll gegen einen Betthüpfer hegt.

Nur ein Scherz.

So was wie Telefonbücher gibt es nicht mehr.

Als ich das Astor Place erreiche, endet gerade die Tagesschicht, daher ist der Bürgersteig vor der »Skulptur zum Leben« bevölkert von Krankenschwestern, die in den Feierabend gehen.

So taufte man übrigens das Apartmenthaus, als man es erbaute.

Skulptur zum Leben.

Das muss einmal einen Sinn ergeben haben.

Die Krankenschwestern, die durch den Hauptausgang strömen, sind nicht von der altmodischen, medizinischen Sorte. Sondern solche, die von wohlhabenden Leuten angeheuert werden, damit sie ihre Betten überwachen, während sie eingeklinkt sind. Man erkennt die Schwestern an ihren Uniformen. Zeitlose weiße Kostüme, sehr traditionell, mit weißen Röcken, weißen Strümpfen und weißen Hauben mit roten Kreuzen darauf, die mit Haarnadeln in ihren Hochfrisuren befestigt sind. Die Sphäre ist an sich schon teuer genug, aber wenn man sich häufig einklinkt und über ausreichend Geld verfügt, ist eine Schwester eine nette Dreingabe. Jemand, der einen zudeckt, die Vitalfunktionen überwacht, einen hübsch sauber und trocken hält und mit allem Nötigen versorgt, während der Körper langsam verwelkt und man träumend durch die Sphäre driftet.

Die Krankenschwestern arbeiten in Schichten rund um die Uhr, und jetzt drängen sich Grüppchen von ihnen auf dem Gehweg, rauchen und versuchen, die Anspannung des Tages mit dem Zigarettenqualm auszustoßen. Andere checken ihre Smartphones oder winken Taxis herbei, von denen bereits einige in der Nähe auf Fahrgäste lauern.

Ich lasse mich auf der anderen Straßenseite auf einer Parkbank nieder und betrachte das Apartmenthaus.

Langland, mein Banker, wohnte oben im Penthouse. Vermutlich müsste ich drei schwer bewaffnete Portiers und ein ganzes Gebäude voller Wachmänner in Zivil überwinden, um mich ein wenig in seinem Apartment umschauen zu können.

Während ich über diese Herausforderung nachsinne, nippe ich an einem lauwarmen Kaffee, den ich mir bei einem Straßenverkauf besorgt habe, und überfliege eine herrenlose Ausgabe der *Post*. Auf der Titelseite prangt ein großes Foto von Bellarmine und darunter die Schlagzeile: BELLARMINE MACHT BODEN GUT! UMFRAGEWERTE DES TOP COPS STEIGEN WEITER!

Ich frage mich, wie wohl die Nachricht von einer terroristischen Infiltration der Sphäre die steigenden Umfragewerte Bellarmines beeinflusst.

Möglicherweise schießen sie dadurch sogar noch weiter nach oben. Sofern die Menschen verängstigt genug sind.

Schließlich dreht sich Bellarmines ganze Kampagne darum.

Damit Sie ruhig schlafen können.

Gegenüber entdecke ich seinen Konkurrenten, den ehrenwerten amtierenden Bürgermeister der Stadt, der mir lächelnd zuwinkt. Zumindest erweckt er diesen Eindruck auf dem Plakat, das neben einer geschlossenen Bankfiliale hängt. Der Bürgermeister wirkt darauf noch nicht allzu besorgt über den Ausgang der Wahl.

Jemand hat ein Dollar-Zeichen quer über das Lächeln des Bürgermeisters gesprayt. Ein eigenwilliger Beitrag zu dessen Wahlkampagne.

Ich blättere durch die Zeitung. Suche nach den Sportseiten. Entdecke einen kleinen Artikel über Crystal Corral.

SCHWESTERNSTREIT UM MEGAKIRCHEN-MILLIONEN.

Ich überfliege den Artikel.

Wie es sich herausstellt, hatte Harrow vier Töchter. Persephone ist die älteste. Die anderen drei sind noch Teenager, die jüngste fast noch ein Kind. Alle sind jetzt Schutzbefohlene seiner Kirche und erheben Anspruch auf einen Teil des Königreichs ihres Vaters. Was Simon dem Magier jede Menge Kopfzerbrechen bereiten dürfte.

Ich kann nicht sagen, dass er mir deswegen leidtut. Oder dass es mich sonderlich kümmert, was mit Crystal Corral geschieht.

Ich werfe die Zeitung weg und lehne mich auf meiner Bank zurück. Wende meine Aufmerksamkeit wieder Langlands Apartmenthaus zu.

Ich beobachte die Krankenschwestern.

Der Weg nach drinnen führt über die Schwestern.

Stellt sich nur eine Frage.

Welche Schwester?

Die Krankenschwestern in ihren frisch gebügelten, weißen Uniformen kommen und gehen. Ich hoffe auf eine mit besonderen Merkmalen. Irgendetwas Verräterisches. Aber sie tragen alle genau dieselbe Uniform.

Alle bis auf eine.

Beinahe hätte ich sie übersehen.

Die diskrete schwarze Armbinde.

Und dann ist da diese glänzende Limousine, die am Straßenrand auf sie wartet.

Vielleicht arbeitet sie ja im Penthouse. Jedenfalls scheint sie gut bezahlt zu werden.

Und sie scheint seit Kurzem um jemanden zu trauern.

Ich werfe meinen Kaffee weg.

Beginnen wir mit ihr.

# 12

Die Krankenschwester bleibt vor der Limousine stehen und durchwühlt ihre Handtasche, als hätte sie irgendwas oben vergessen. Ich packe die Gelegenheit beim Schopf.

Ich trete neben sie. Öffne ihr die Wagentür. Sie wirkt überrascht, bedankt sich aber. Dann spreche ich sie an.

Darf ich Sie auf einen Kaffee einladen?

Sie wirft mir einen erstaunten Blick zu.

Danke, aber ich muss nach Hause.

Nur auf einen schnellen Kaffee. Und vielleicht auf ein paar Fragen. Über Ihren Arbeitgeber, Mr. Langland.

Ich nicke in Richtung ihrer schwarzen Armbinde.

Mein Beileid übrigens.

Danke. Sehr nett von Ihnen. Aber ich mag keine Fragen.

Das ist schon in Ordnung. Ich mag auch keinen Kaffee.

Ein Lächeln huscht über ihr Gesicht.

Sind Sie ein Reporter?

Nur ein besorgter Bekannter. Es wird nicht lange dauern, versprochen.

Sie mustert mich von oben bis unten. Überlegt. Dann klopft sie ans Wagenfenster und erklärt dem Fahrer:

Frank, drehen Sie noch mal eine Runde und holen Sie mich um acht Uhr hier ab.

Der Fahrer nickt. Lässt den Motor an. Da es erst sechs ist, bin ich einigermaßen zuversichtlich.

Die Schwester wendet sich wieder mir zu.

Frank kann Judo. Falls Sie auf merkwürdige Ideen kommen sollten.

Ich würde nicht mal im Traum daran denken.

Ich kann übrigens auch Judo. Frank ist ein guter Lehrer.

Schwarzgurt?

Sie zeigt mir ein volles Lächeln.

Hoffen wir mal, dass Sie das nicht rausfinden müssen.

Die Krankenschwester hat auch keine Lust auf Kaffee und schlägt vor, dass wir uns stattdessen einen Drink genehmigen. Sie kennt ein Lokal ein Stück den Block runter am St. Mark's Place, ein Kellerlokal namens Plowman. Dort ist es dunkel. Unter Straßenniveau. Keine Musik. Gefällt mir. Und der Begrüßung des Barmannes nach zu urteilen, war meine Krankenschwester schon öfter hier.

Wir lassen uns an der Bar nieder, und ich wende mich an die Schwester.

Ich würde Ihnen ja gerne einen Drink spendieren, allerdings lade ich nur ungern jemanden ein, wenn ich nicht zumindest seinen Namen kenne.

Verstehe. Sie können mich Schwester nennen.

Würde es Ihnen was ausmachen, etwas spezifischer zu werden?

Einfach Schwester. Für den Augenblick muss das reichen. Spendieren Sie mir trotzdem einen Drink?

Klar. Was hätten Sie denn gerne, Schwester?

Sie stellt ihre weiße Schwesterntasche aus Leder auf der Bar ab. Streicht ihren Rock glatt. Blickt mir in die Augen.

Raten Sie. Schauen wir mal, wie gut Ihre Menschenkenntnis ist.

Ich winke dem Barkeeper und bestelle zwei Wild Turkey mit extra Eis. Als die Drinks eintreffen, nehme ich zwei Eiswürfel aus meinem Glas und lasse sie in ihres fallen. Dann hebe ich mein Glas.

Cheers.

Sie lächelt.

Bourbon. Gut geraten.

Nicht irgendein Bourbon. Das ist ein spezieller Drink, den ich selbst erfunden habe. Er hat sogar einen eigenen Namen.

Wirklich? Wie heißt er?

Cold Turkey.

Sie lacht. Wider Willen. Hebt ihr Glas, um mit mir anzustoßen.

Auf die Cold Turkeys.

Wir stoßen an. Sie nimmt einen Schluck. Ich frage.

Also, wie gut ist meine Menschenkenntnis?

Ein weiterer Schluck. Ein weiteres Lächeln.

Tja, ich bin immer noch hier, oder?

Wir reden ein bisschen. Nicht über Langland. Sondern über Schwester.

Sie sieht aus wie dreißig, vielleicht fünfunddreißig, also etwa mein Alter, obwohl das bei Krankenschwestern in Uniform immer schwer zu sagen ist. Ihre Haare haben die Farbe von starkem schwarzen Kaffee und sind vorschriftsmäßig hochgesteckt. Grüne Augen. Ungewöhnlich grün. Das ist selbst im Schummerlicht der Bar offensichtlich. Roter Lippenstift. Weiße Strumpfhose. Die übliche Schwesterntracht. Doch an ihr sieht sie irgendwie besser aus.

Wir plaudern. Ich erzähle Schwester, dass meine Mutter ebenfalls Krankenschwester war. Was der Wahrheit entspricht, obwohl meine Mutter natürlich eine echte Krankenschwester war, die sich um tatsächliche Kranke kümmerte. Schwester scheint beeindruckt. Sie erzählt, dass sie keine Ausbildung zur Krankenpflegerin gemacht hat. Sie hat sich den anstrengenden Teil geschenkt und lediglich ein Zertifikat erworben, mit dem sie als Einklink-Jockey arbeiten kann.

Einklink-Jockey – ihre Worte. Sie lacht, als sie es sagt. Ich weiß, dass ich langsam ihr Vertrauen gewinne, da sie schließlich ihre Haube mit dem großen roten Kreuz darauf abnimmt. Sorgfältig zieht sie die Haarnadeln heraus. Legt die Haube vorsichtig neben ihrer Tasche auf die Bar.

Blickt mich an.

Langer Tag.

Sie lässt ihr Haar hochgesteckt. Das ist in Ordnung. Kleine Schritte.

Sie verrät mir, dass sie ganz oben in Manhattan lebt, in der Nähe des Fort-Tryon-Parks. Daher ist es schwierig, mit der U-Bahn zum Astor Place zu gelangen. Besonders jetzt, wo so selten Züge fahren. Also spendiert ihr Boss ihr die Fahrt.

Oder besser: Er hat sie spendiert.

Wie auch immer, es erklärt jedenfalls die Limousine.

Wie sich herausstellt, stammt sie aus Kanada. Irgendeine Stadt namens Saskatoon. Sie schwört, dass es ein echter Ort ist und nicht aus Dr. Seuss' Kinderbüchern stammt.

Ich winke dem Barkeeper und bestelle Runde zwei. Als die Drinks eintreffen, hebe ich erneut mein Glas.

Auf Kanada.

Auf Kanada.

Wir trinken.

Also, wenn Sie Kanadierin sind, dann bedeutet das wohl auch, dass Sie netter sind.

Sie grinst.

Netter als wer?

Netter als die meisten Leute.

Ehrlich? Glauben Sie das tatsächlich?

Runde drei.

Also, warum sind Sie heute zur Arbeit erschienen, Schwester? Angesichts der Umstände hätte Ihr Boss doch wohl nichts dagegen gehabt, wenn Sie sich ein paar Tage freinehmen.

Sie meinen, weil er nicht länger unter uns weilt?

Zum Beispiel.

Ich wollte nur meine Sachen abholen. Außerdem muss immer irgendwelcher Papierkram erledigt werden, wenn ein Klient – wenn eine Geschäftsbeziehung endet.

Ist Ihnen das schon mal bei einem Klienten passiert?

Sie zögert einen Augenblick.

Ja.

Tut mir leid.

Sie nimmt einen Schluck.

Berufsrisiko.

Standen Sie einander nahe?

Ich und Langland? Wenn wir einander nahegestanden hätten, würde ich dann jetzt hier mit Ihnen sitzen?

Hat sich vor mir schon jemand nach ihm erkundigt?

Langland war reich genug, um die Sonderbehandlung seitens der Stadt zu kriegen. Was unter anderem bedeutet, dass eine echte Ambulanz aufgetaucht ist. Außerdem haben sich ein paar gelangweilte Cops und irgendein langgesichtiger Detective gezeigt. Der Detective hat ein paar Fragen gestellt und ein paar Notizen gemacht, aber niemand schien allzu besorgt darüber, dass ein alter Mann im Schlaf gestorben ist.

Sonst ist niemand aufgetaucht?

Niemand. Nur Sie. Warum?

Es ist steht doch zu vermuten, dass die Leute Notiz davon nehmen, wenn einer wie Langland abtritt.

Sie grinst mich über ihr Glas hinweg schief an.

Ich kann Ihnen versichern, Langland ist schon vor einer ganzen Weile abgetreten.

Dann erklärt sie mir, dass Langland reich genug war, um sich einen niemals endenden Bettaufenthalt zu gönnen. Ihr Job bestand im Wesentlichen nur noch darin, ihn trocken und sauber zu halten und ihm Nahrung einzuflößen. Jedenfalls stellt sie es so dar. Sie unterstreicht ihre Worte mit einem trockenen Lachen. Ich frage sie:

Haben Sie ihn gefunden?

Nicht wirklich. Eigentlich bin ich die ganze Zeit dabei gewesen. Auf den Monitoren waren irgendwann einfach nur noch Nulllinien zu sehen. Das war Samstagnacht. Er ist einfach hinübergeglitten. So was kann passieren.

Sie hatten die Nachtschicht?

Ich bin für die Nachtschwester eingesprungen. Sie war aus persönlichen Gründen verhindert. Glück muss der Mensch haben, oder? Ich springe eine einzige Nacht für sie ein, und genau da passiert es.

Der Barkeeper füllt unsere Gläser. Schwester wühlt ihr Smartphone aus der Tasche und beginnt zu tippen. Blinzelt zu mir hoch.

Ich schreibe Frank eine Nachricht. Er soll sich den Rest des Abends freinehmen.

Ich werfe einen Blick auf die Uhr. Es ist schon lange nach acht. Ein gutes Zeichen, finde ich.

Sie verstaut ihr Smartphone wieder.

Und jetzt, Mr. Spademan, sollte ich Sie wohl fragen, was Sie eigentlich mit dieser ganzen Geschichte zu tun haben?

Wie schon gesagt, ich bin lediglich ein interessierter Außenstehender.

Und zu was macht mich das in Ihren Augen?

Ich hebe mein frisches Glas.

Zu einer Person von Interesse.

Sie hebt ihr Glas.

Auf Menschen von Interesse.

Klink.

Runde vier.

Sie greift nach ihrer weißen Tasche auf der Bar. Beginnt darin herumzuwühlen. Dann murmelt sie.

Wo hab ich bloß meinen Lippenstift?

Sie blickt zu mir auf.

Ich dachte, er könnte etwas Auffrischung vertragen. Offenbar ist das meiste davon an den Rändern dieser Gläser hängen geblieben.

Ich finde, Sie sehen gut aus.

Sie lächelt. Wühlt weiter. Die Handtasche kippt um. Der Inhalt fällt heraus. Ein zerfleddertes Taschenbuch rutscht wie eine unerwartete Botenlieferung auf die Bar. *Sämtliche Gedichte von Emily Dickinson.* Mit zahlreichen Eselsohren.

Schwester deutet auf das Buch.

Kennen Sie die?

Nicht wirklich. Vielleicht habe ich auf der Highschool mal was von ihr gelesen. Höchstwahrscheinlich in irgendeinem Lyrik-Sammelband für den Unterricht.

Sie ist richtig gut. Sogar tiefsinnig.

Um ehrlich zu sein, erinnere ich mich nur noch daran, dass ihre Gedichte wie dringende Telegramme klingen.

Sie lacht.

Das gefällt mir. Kein unzutreffendes Urteil.

Sie klappt das Taschenbuch auf. Blättert darin herum. Findet das Eselsohr, nach dem sie gesucht hat.

Hier ist eines, das Ihnen möglicherweise gefällt.

Sie liest es laut vor.

*Ein Todesstoß ist wie ein Stoß ins Leben*
*für manche, die erst im Sterben*
*leben, und die zeitlebens sterben,*
*um erst im Tod Vitalität zu erben.*

Sie klappt das Buch zu.

Gut, oder?

Klar. Gefällt mir.

Sie verstaut das Buch.

Für mich ist es wie die Bibel.

Sie hebt erneut ihr Glas. Es muss wieder gefüllt werden. Aber zunächst ein weiterer Trinkspruch.

Auf Todesstöße.

Auf Todesstöße.

Sie blickt mir tief in die Augen, während unsere Gläser klirrend aneinanderstoßen.

Inzwischen sind wir bei der fünften Runde, und vor uns wartet geduldig eine weitere. Wir lassen das Thema Langland fallen und reden wieder über sie, dann ein wenig über mich, alles in kleinen Dosen, so wie zwei vorsichtige Boxer, die sich umrunden und abwarten, bevor sie in den Clinch gehen. Die wenigen anderen Gäste haben das Lokal schon lange verlassen. Die Barkeeperin wahrt Distanz, ist mit diversen Arbeiten beschäftigt, vermutlich hat sie diese Art von Balzritual schon unzählige Male ablaufen sehen. Und um ehrlich zu sein, nach fünf Runden bin ich auch nicht mehr auf der Höhe meiner investigativen Fähigkeiten. Ich denke, Schwester und ich wissen inzwischen beide, dass wir es entweder bald dabei bewenden lassen oder die Lokalität wechseln.

Alleine oder gemeinsam.

Zumindest denke ich darüber nach.

Und sie offensichtlich auch.

Denn sie schnappt sich ihre Handtasche.

Also, ich wohne ganz oben in der Nähe des Fort-Tryon-Parks, und ich habe meinem Chauffeur den Abend freigegeben. Wie Sie sicher wissen, sind die U-Bahnen um diese Uhrzeit kein sicherer Aufenthaltsort für attraktive Ladys wie mich. Also, sofern Sie mir nicht zwei Hunderter für ein Taxi borgen wollen, bin ich allen anderen Vorschlägen gegenüber offen.

Also, ich wohne in Hoboken.

Sie lacht.

Sie meinen das in New Jersey?

Gibt es noch ein anderes Hoboken?

Sie deutet eine resignierte Geste an.

Was hab ich auch immer für ein Glück.

Mögen Sie Jersey nicht?

Ich mag keinen Pendelverkehr.

Daraufhin lanciere ich einen Vorschlag, der mir schon den ganzen Abend durch den Kopf geht.

Was ist mit der Wohnung Ihres Bosses? Ich habe noch nie den Ausblick von einem Penthouse genossen.

Schwester scheint überrascht, aber nicht allzu sehr. An ihrem Blick erkenne ich, dass es genau die Art schlechter Idee ist, für die sie sich erwärmen kann.

Sie überlegt einen Augenblick lang.

Kippt Nummer fünf.

Scheiß drauf.

Und ich signalisiere der Barkeeperin, dass ich zahlen will.

# 13

Der Portier ist nicht begeistert.

Der Portier kauft ihr die Geschichte nicht ab.

Es ist nach Mitternacht. Die Krankenschwester ist eindeutig beschwipst. Und hat eine ziemlich merkwürdige Gestalt im Schlepptau.

Schwester schwankt leicht. Dann sagt sie:

Ich bin mir ziemlich sicher, dass ich meinen Lippenstift oben vergessen hab.

Der Portier runzelt die Stirn.

Ich schicke jemanden hoch.

Aber ich weiß nicht genau, wo ich ihn hingelegt habe. Ich muss mich gründlich umschauen.

Sie beugt sich vor. Ihr Uniformoberteil spannt sich.

Es ist mein Lieblingslippenstift.

Der Portier blickt noch strenger.

In Ordnung, aber Ihr Freund bleibt hier unten.

Und wenn ich ein weiteres Augenpaar benötige?

Schwester unterdrückt ein Kichern.

Oder ein weiteres Paar Hände?

Die Miene des Portiers bleibt ungerührt.

Tut mir leid, Ma'am, aber –

Sie unterbricht ihn. Winkt ihn mit gekrümmtem Zeigefinger zu sich. Stellt sich auf Zehenspitzen. Beugt sich dicht zu ihm vor.

Flüstert etwas.

Es war bestimmt nicht »Sesam öffne dich«, aber es hat dieselbe magische Wirkung.

Wir nehmen den Lift zum Penthouse.

Die Aufzugstüren öffnen sich direkt ins Apartment. Das Penthouse ist dunkel, doch der Blick auf die Stadt bietet ein eindrucksvolles, aus pointillistischen Lichtpunkten zusammengesetztes Panorama.

Tja, egal was Persephone denkt, ich gehe tatsächlich manchmal ins Museum. Schließe mich manchmal sogar unauffällig Führungen an. Dabei schnappe ich dann auch ein oder zwei Fachausdrücke auf.

Pointillistisch zum Beispiel.

Schwester und ich treten ein. Ich hab eine ganz nette Wohnung in Hoboken, ein luxuriöses Loft, das irgendein schnieker Finanztyp verwaist zurückgelassen hat. Doch gegen Langlands Domizil wirkt es wie eine Dienstbotenkammer.

Die Lifttüren schließen sich hinter uns. Schwester dreht sich um und verriegelt sie, indem sie einen Code in eine Tastatur tippt.

Dann wendet sie sich wieder mir zu. Legt einen Finger auf die Lippen. Flüstert.

Damit wir nicht gestört werden.

In der Mitte des Raumes thront ein leeres Hightech-Bett. Es sieht aus wie ein ledriger Kokon, aus dem kürzlich irgendetwas geschlüpft ist. Von dem Bett hängen nachlässig Fetzen gelben Polizei-Absperrbands wie die Werbebanner einer Wahlkampftour, die längst die Stadt verlassen hat. Vermutlich sind die Ermittlungen ziemlich oberflächlich ausgefallen, und die Cops haben die Akte schnell geschlossen. Ein alter Mann, der mitten in der Nacht sanft entschlafen ist. Nicht gerade ein mysteriöser Kriminalfall. Zumindest nicht auf den ersten Blick.

Schwester deutet auf das Schlafzimmer, dann wischt sie mit der Hand über ein Touchpad in der Wand. Flüsternd öffnen sich die Türen. Sie kichert und mahnt mich erneut mit dem Finger auf den Lippen, leise zu sein, obwohl niemand außer uns hier ist. Dann packt sie mein Handgelenk und zieht mich zum Bett, als wären wir zwei Teenager, die nur darauf warten, dass die Eltern endlich das Haus verlassen, und sie eben gerade aus der Einfahrt fahren hören.

Ein XL-Bett. Vielleicht sogar größer. XXXXL, wenn es so etwas gibt.
Und auch von dort hat man eine umwerfende Aussicht.
Schwester klettert an Bord. Wippt auf der Matratze. Dann winkt sie mir.
Ich zögere.
Sie wirkt angesäuert.
Was ist?
Ich zucke mit den Achseln.
Was für eine Verschwendung. So ein riesiges Bett. Und es wurde kaum genutzt.
Sie lässt sich zurückfallen. Bewegt Arme und Beine hin und her und hinterlässt einen Abdruck in Form eines Schneeengels auf der elfenbeinfarbenen Tagesdecke. Kichert. Dann stützt sie sich auf die Ellbogen.
Tätschelt die Matratze.
Da bin ich absolut Ihrer Meinung, Mr. Spademan.

Das nächste Problem, mit dem ich kämpfe, ist ihr Reißverschluss.
Eine Schwesternuniform. Sie sitzt ziemlich knapp.
Und wirkt auf merkwürdige Art sexy, bei richtigem Licht betrachtet.

Der Portier meinte, er gibt uns maximal zwanzig Minuten.
Wir nehmen uns vierzig.

Dann weitere vierzig.

Dann machen wir eine Open-End-Veranstaltung daraus.

Erst schnell. Dann etwas bedachter. Ohne Eile, aber mit einer gewissen Dringlichkeit. Bei mir ist das letzte Mal schon eine Weile her. Bei ihr weiß ich es nicht, allerdings ist sie definitiv nicht aus der Übung. Und dafür, dass sie eine Kanadierin ist, ist sie ziemlich ungezogen.

Ich frage mich, ob der Portier überhaupt auf die Uhr schaut. Keine Ahnung, was sie ihm versprochen hat, damit er uns hier rauflässt, aber so wie wir die Zeit überziehen, wird sie ihm den vereinbarten Preis möglicherweise doppelt entrichten müssen.

Und plötzlich beschließe ich, dass ich den Portier nicht sonderlich mag.

Vermutlich muss ich ein Wörtchen mit ihm reden.

Noch mal neu mit ihm verhandeln.

Später liegen wir eine Weile einfach nebeneinander. Schauen hinaus auf das Flimmern der Stadt jenseits der dunkel getönten Panoramafenster. Von hier aus gesehen wirkt die Stadt gar nicht so krank, was vermutlich der Grund dafür ist, weshalb man so weit oben wohnen will.

Dann werfe ich einen Blick auf die Uhr. Drei Uhr dreißig. Ich drehe mich zu Schwester um.

Ich glaube nicht, dass du es heute Nacht noch zurück nach Fort Tryon schaffst.

Sie legt ihren Kopf auf meine Brust.

Keine Sorge. Ich glaube kaum, dass sich mein Boss beschwert, wenn ich heute zu spät zur Arbeit komme.

Ihr Boss. Ihr Job. Der Banker. Stimmt, da war doch was. Langland.

Um ehrlich zu sein, habe ich für einen langen, seltenen, glücklichen Moment vergessen, warum ich eigentlich hier bin.

# 14

Am nächsten Morgen. Die Sonne klopft an.

Ich werfe einen Blick auf die Uhr. Es ist sechs.

Ich richte mich auf. Das Bett ist leer. Schwester zieht sich im Nebenzimmer an. Stülpt ihre Kreppsohlen-Schuhe über die weißen Strümpfe.

Morgen, Spademan. Hast du Hunger?

Ich finde mein Hemd. Ja, hab ich. Ich kenne da ein Lokal. Magst du Waffeln?

Sie wirft mir einen komischen Blick zu.

Wer mag denn keine Waffeln?

Ich muss zugeben, diese Schwester gefällt mir immer besser.

Wir schleichen uns geduckt am Morgenportier vorbei aus der Lobby und wenden uns in Richtung Osten. Schwester hakt sich bei mir unter, als wären wir ein lange verheiratetes Ehepaar, das am Wochenende zu einem gemütlichen Schaufensterbummel aufbricht.

Das stört mich nicht. Irgendwie gefällt es mir sogar.

Um sechs Uhr morgens ist im East Village üblicherweise nicht allzu viel los. Allerdings kommen wir an einigen älteren Frauen vorbei, die Broschüren verteilen. Sie sind gekleidet wie für die Kirche, doch heute ist Montag, also haben sie noch eine längere Wartezeit vor sich.

Eine der Frauen reicht mir eine Broschüre, die ich aus Höflichkeit annehme.

Sobald wir außer Sichtweite sind, zerknülle ich sie.

Schwester stoppt mich. Sie entknittert die Broschüre wieder. Quer über die erste Seite ist in fetten Lettern ein Wort gedruckt.

ERWACHET!

Schwester hält mir das Heft hin und fragt:

Was ist das? Irgendeine Art Sekte?

Nicht wirklich. Es sind die Erwecker. Eine Anti-Sphären-Bewegung, die ins Leben gerufen wurde, als das mit den Betten überhandnahm. Sie bekennen sich zur Wachheit, wie sie es ausdrücken. Hast du sie noch nie bemerkt?

Schwester zuckt mit den Achseln.

Doch. Auf dem Weg zur Arbeit seh ich sie ständig. Ich hab nur noch nie eine ihrer Broschüren gelesen.

Sie öffnet das Traktat. Überfliegt es.

Ich weiß nicht, klingt gar nicht so schlecht, Spademan. Ich meine, schau dir Langland an. Besitzt alle Reichtümer dieser Welt, hat das beste Leben, das man für Geld kaufen kann, und trotzdem hat es ihm nicht gereicht. Er brauchte immer noch mehr. Hat es in der Sphäre gesucht. Was ihn aber nur noch weiter von dem entfernt hat, was wirklich wichtig ist.

Glaub mir, Schwester, damit rennst du bei mir offene Türen ein.

Ich deute auf das Traktat.

Übrigens, falls du interessiert bist, an diesem Wochenende halten die Erwecker offenbar eine Versammlung ab, da oben in deiner Gegend. In diesem alten Cloisters-Museum im Fort-Tryon-Park.

Sie steckt die Broschüre ein.

Vielleicht schau ich da vorbei.

Brauchst du eine Eskorte? Du weißt schon, um sicherzustellen, dass sie dich keiner Gehirnwäsche unterziehen?

Sie drückt meinen Arm.

Jetzt schauen wir erst mal, wie das mit den Waffeln so läuft.

Das Lokal nennt sich das Waffel-Loch. Ein furchtbarer Name. Es liegt im Souterrain verborgen, man steigt ein paar ramponierte Stufen hinab und tritt durch eine Tür, die so niedrig ist, dass man sich ducken muss. Das Lokal hat nur vier Tische, was aber kein Problem darstellt, da wir im Augenblick die einzigen Gäste sind. Der Name des Kochs ist Horace, und er ist außerdem der Besitzer, der Kellner und der Empfangschef. Was bedeutet, dass er im hinteren Teil des Lokals über einem brutzelnden Grill steht und einem mit seinem tropfenden Pfannenwender einen der leeren Tische zuweist. Man setzt sich, dann brüllt man einfach seine Bestellung, was kein Problem ist, denn die Speisekarte ist leicht zu merken.

Waffeln.

Ich winke Horace und bestelle zwei von den üblichen. Dann lassen Schwester und ich uns an unserem Tisch nieder. Sie schaut sich um.

Nettes Lokal. Es gibt also immer noch ein paar verborgene Juwelen in New York.

Falls sie dieses Lokal irgendwann dichtmachen, kann meinetwegen auch der ganze Rest der Stadt im Hudson River versinken. Dann bleib ich für immer drüben auf meiner Seite des Flusses.

Schwester lacht.

Gibt es denn keine Waffeln in Hoboken?

Ich nicke Horace zu, der mit zwei Tellern ankommt.

Nicht solche.

Schwester macht sich drüber her. Kaut langsam. Bemerkt mit vollem Mund.

Also, das war nicht gelogen.

Es gibt da eine Frage, die ich Schwester stellen möchte, obwohl ich genau weiß, dass ich es besser bleiben lassen sollte. Lass es bleiben, Spademan. Lass es bleiben. Lass es bleiben. Lass es –

Ich stelle meine Frage.

Also, was hast du dem Portier gestern Abend versprochen? Damit er uns rauflässt?

Warum? Eifersüchtig?

Nur interessiert.

Ich habe ihm gar nichts versprochen. Ich habe ihm lediglich erklärt, wenn er uns nicht rauflässt, dann muss ich möglicherweise die Hausverwaltung davon in Kenntnis setzen, was er so im Medienraum getrieben hat, als ich ihn neulich zufällig dort überrascht habe. Er hat, wie soll ich sagen, an sich herumgespielt.

Was du nicht sagst.

Der Fairness halber muss aber hinzugefügt werden, dass den Medienraum sonst keiner mehr benutzt.

Und was wolltest du im Medienraum, Schwester?

An mir rumspielen.

Ich bin mir ziemlich sicher, dass es ein Scherz ist. Aber wie dem auch sei, ich mag sie.

Sie tunkt den letzten Waffelbissen in eine große Pfütze Ahornsirup.

Ich habe über das nachgedacht, was du mich gestern Abend gefragt hast. Über die Nacht, in der Langland gestorben ist.

Aha.

Du hast mich gefragt, ob ich irgendwas Ungewöhnliches bemerkt habe. Das hat mich beschäftigt, also habe ich heute Morgen, als du noch geschlafen hast, die Aufzeichnungen der Überwachungsgeräte kontrolliert. Wir zeichnen die Gehirnströme jedes eingeklinkten Klienten auf, um den Eingangsreiz zu überprüfen und so nächstes Mal ein sanfteres Einklinken zu ermöglichen. Und bei der neuerlichen Durchsicht habe ich etwas Merkwürdiges entdeckt. Nur ein kleines Detail. Eine Winzigkeit. Aber trotzdem auffällig.

Was denn?

Keine Ahnung, so eine Art Flimmern. In seinen Gehirnströmen.

Als würde sein Gehirn in der Sphäre verrücktspielen?

Eher so, als würde die Sphäre in seinem Gehirn verrücktspielen. Als würde sie mehr senden als nur einen leichten Reiz. Doch es dauerte kaum länger als eine Sekunde. Ich weiß also nicht –

Das Handy in meiner Tasche klingelt. Ich mache Schwester ein Zeichen, einen Moment zu warten.

Entschuldige bitte.

Ich taste meine Taschen ab und ziehe das Handy heraus. Als Schwester es sieht, lacht sie.

Du hast ein Klapphandy?

Warum denn nicht? Ein Wegwerfartikel.

Und das stört dich nicht?

Nein, im Gegenteil.

Ich klappe das Handy auf und gehe dran. Es ist Mark Ray, aber ich kann ihn nur schlecht verstehen. Die Handy-Funknetze haben keine hohe Priorität mehr, besonders nicht in New York. Außerdem ruft er aus dem Hinterland an, also bin ich überrascht, dass ich überhaupt Empfang habe.

Hey, Spademan.

Knister, knister.

Hier ist Mark. Ich wollte mich nur kurz bei dir melden. Ich glaube, ich fahre heute im Lauf des Tages zurück in die Stadt.

In Ordnung.

Und ich wollte nur nachfragen, ob du den Mini-Van zurückgegeben hast.

Scheiße. Aber das sage ich natürlich nicht laut.

Klar doch.

Und ich bete, dass der Mini-Van immer noch in Chinatown steht, wo ich ihn abgestellt habe.

Großartig. Außerdem wollte ich dir Bescheid geben, dass die Klimaanlage, die du bestellt hast, gerade geliefert wird. Ich helfe

Persephone heute Vormittag noch dabei, die Anlage aufzubauen und einzurichten, aber danach fahre ich zurück in die Stadt.

Ich sage: Prima. Klar doch. Natürlich. Die Klimaanlage. Die ich für Persephone bestellt habe. Die man im Laden für mich hinterlegt hat und wo man mich nach der Lieferadresse gefragt hat. Die ich ihnen aber nie gegeben habe.

Warte. Sag das noch mal. Wer ist da?

Die Typen mit der Klimaanlage. Sie fahren gerade vor.

Ich brülle ins Telefon.

Schaff die beiden aus dem Haus. Sofort.

# 15

Später erzählt mir Persephone, was passiert ist.

Ihre Version. Bevor sie beschließt, nicht mehr mit mir zu reden.

Mark Ray erhält nie die Gelegenheit, mir seine Version der Ereignisse zu schildern.

Denn zu diesem Zeitpunkt kann er mit niemandem mehr reden.

Persephones Version:

Ein Pick-up-Truck nähert sich langsam, schwankt leicht, holpert über den löchrigen Weg, hält hinterm Blockhaus.

Der Motor verstummt.

Zwei Männer auf den Vordersitzen. Einer hinten auf der Ladefläche.

Der Wald schweigt.

Beide Wagentüren schwingen auf. Die zwei Männer vorne steigen aus. Beide sind kräftig gebaut. Einer ist noch etwas muskulöser. Sie tragen identische graue Overalls und Arbeitsstiefel. Und Handschuhe. Trotz der Hitze.

Nummer drei, im selben Outfit, hüpft von der Ladefläche und gesellt sich zu den anderen.

Sie reden nicht.

Machen sich einfach an die Arbeit.

Arbeitsstiefel knirschen auf dem trockenen Herbstlaub von letztem Jahr, als der zweite Mann zum Hinterausgang der Blockhütte trabt. Nicht besonders verstohlen. Dafür besteht kein Grund.

Der dritte Mann nähert sich einem Fenster an der Seitenwand der Hütte. Legt seine behandschuhten Hände ans Glas und späht hindurch.

In der Blockhütte ist es dunkel. Sie wirkt verlassen.

Der erste Mann, der muskulöse, marschiert über die Veranda direkt zur Eingangstür und klopft an.

Keine Antwort.

Klopft erneut.

Noch immer keine Antwort.

Also dreht er den Türknauf.

Die Tür schwingt auf.

Und er tritt ein.

Mark hat im Dunkeln gewartet, doch als sich die Tür öffnet, steht er plötzlich in einem großen Quadrat aus gleißendem Sonnenlicht. Er stellt sich breitbeinig hin, packt den Griff des Spatens noch fester, holt tief Luft und zieht durch, als wollte er einen Jahrhundert-Home-Run schlagen.

Der Muskeltyp pariert den Schlag locker mit seinem Unterarm.

Er reißt Mark die Schaufel aus der Hand.

Schlägt zu.

Und Mark geht zu Boden.

Der zweite Mann hat inzwischen die Blockhütte umrundet und schlüpft durch die hintere Fliegentür in die Küche. Sieht sich um.

Niemand.

Er schleicht weiter ins Wohnzimmer. Macht dem ersten Mann, der über Mark steht, ein Zeichen, dass alles klar ist.

Der dritte Mann stößt zu ihnen und bezieht Posten an der Eingangstür, während die beiden anderen das Haus durchsuchen. Es hat nur ein Stockwerk, daher wird es nicht allzu lang dauern.

Zunächst das Gästezimmer. Dann das Schlafzimmer. Dann das Bad.

Sie finden nichts.

Der erste Mann, der muskulöse, bleibt stehen und zieht seine Handschuhe aus. Rollt seine Ärmel hoch. Abwesend reibt er seinen Unterarm, dort, wo die Schaufel ihn getroffen hat. Er denkt einen Moment lang nach.

Wir können sie unmöglich übersehen haben. Vielleicht ist sie durch die Hintertür in den Wald gerannt.

Zu Fuß. Mit einem Kind.

Sie wird nicht weit kommen.

Dann pfeift der zweite Mann. Winkt den Muskulösen zu sich. Führt ihn zurück in die Küche.

Deutet auf einen Schrank. Der offensichtlich vor Kurzem erst verschoben wurde.

Alle Teller und Tassen darin sind verrutscht.

Gemeinsam heben die beiden den Schrank an und stellen ihn vorsichtig zur Seite. Dann werfen sie einen Blick auf die Wand dahinter.

Sie entdecken, was dort verborgen ist.

Die Kellertür.

Der zweite Mann öffnet die Kellertür und steigt ohne Zögern hinab in die Dunkelheit, wobei er zwei Stufen auf einmal nimmt.

Der erste Mann, der muskulöse, eilt durchs Wohnzimmer am dritten Mann vorbei und durch die Eingangstür der Blockhütte. Er will mögliche Fluchtwege abschneiden. Womöglich führt ja auf der Rückseite der Hütte eine Sturmtür aus dem Keller ins Freie.

Er trabt die Verandastufen hinab, ziemlich leichtfüßig für einen so schweren Mann.

Dann schaut er hoch und bemerkt die Scheinwerfer, die selbst im Tageslicht grell leuchten.

Fernlicht.

Er kneift die Augen zusammen.

Der Motor des Pick-ups läuft.

Er beschirmt mit einer Hand seine Augen. Er könnte schwören, dass hinter dem Steuer eine Frau sitzt.

Persephone.

Fuß.

Pedal.

Vollgas.

Der Airbag explodiert in einer Wolke aus weißem Pulver, ihr Kopf wird nach vorne geschleudert, und der Truck rammt den muskulösen Mann. Die Wucht des Aufpralls ist groß genug, um seinen Körper durch das Vorderfenster des Blockhauses zu schleudern. Es sieht fast aus wie in einem Western, wo ein Outlaw bei einer Prügelei durchs Saloonfenster segelt – hier allerdings in falscher Richtung. Das Fenster ist zertrümmert, ebenso die halbe Wand der Blockhütte. Nur noch zerbrochenes Glas und zersplittertes Holz. Persephones Fuß steht immer noch auf dem Gas, und der Pick-up-Truck klettert weiter röhrend die Veranda hinauf. Die riesigen Räder drehen durch, der Auspuff spuckt schwarze Qualmwolken, bis der Motor endlich stottert und abrupt verstummt.

Die Hupe des Trucks beginnt zu heulen wie ein verlassenes Baby.

Die Typen haben den Schlüssel des Trucks in der Zündung stecken lassen, um im Notfall rasch flüchten zu können.

Ein Glück, dachte sie, als sie die Schlüssel dort entdeckte.

Was für ein Riesenglück.

Die Hupe heult immer noch. Persephone kommt wieder zu sich, ihr Kopf ruht auf dem Airbag wie auf einem Kissen, als wäre sie gerade von einem Nickerchen erwacht.

Der Talkumpuder aus dem Airbag bedeckt ihr Gesicht wie Mehl. Er schmeckt bitter. Metallisch. Wie Blut.

Nein, Moment. Das ist Blut.

Sie hebt den Kopf. Überprüft ihr Gesicht im gesplitterten Rückspiegel. Ihre Stirn und ihre Wangen sind rot und weiß verschmiert. Ihre Nase blutet. Sie blinzelt.

Sieht Sternchen.

Schüttelt den Kopf, um sie zu vertreiben.

Denkt an Hannah.

Es war schrecklich, Hannah alleine im Haus zurückzulassen, doch sie würde ihr Kind niemals einem einfachen Beckengurt anvertrauen. Nicht in so einer Situation. Daher hat sie ihr Baby zurückgelassen. Nur für einen kurzen Augenblick.

Hat sie versteckt. In ihrem Laufstall.

Unten im Keller.

Den sie für sicher hielt.

Persephone versucht sich zu konzentrieren.

Erinnert sich.

Sie waren zu dritt.

Drei Männer.

Es sind immer noch zwei übrig.

Sie versucht ihren Sicherheitsgurt zu öffnen.

Der Verschluss klemmt.

Die Hupe heult immer noch.

Sie reißt erneut am Verschluss.

O nein o nein o nein o nein.

Zwei weitere Männer. Und Hannah ist nach wie vor im Keller versteckt.

Sie und Mark haben den Küchenschrank vor die Kellertür geschoben.

Und drinnen sind noch zwei weitere Männer. Und sie suchen.

Persephone weint jetzt. Sie ist völlig verzweifelt. Mehr als verzweifelt. Sie schlägt auf den Gurtverschluss ein.

Durch das Loch, dort, wo früher das Fenster war, sieht sie den dritten Mann im Wohnzimmer liegen.

Er ist durch den Zusammenprall außer Gefecht gesetzt.

Aber er bewegt sich.

Sie wollte Hannah nicht allein da drinnen zurücklassen, aber sie hatte keine andere Wahl.

Sie reißt am Gurt.

Komm schon Persephone komm schon Persephone komm schon Persephone komm schon und reiß dich zusammen.

Ruf auf keinen Fall ihren Namen.

Ruf auf keinen Fall ihren Namen.

Ruf auf keinen Fall ihren Namen.

Dann ruft sie ihren Namen.

Klagend hallt das Palindrom durch den Wald.

Der Sicherheitsgurt gibt nach.

Der Verschluss löst sich.

Sie lässt den Gurt aufrollen und springt aus dem Truck.

Stolpert benommen.

Fragt sich, warum der Boden schwankt.

Geht steifbeinig über die Veranda und durch das neue Loch in der Wand der Blockhütte.

Die Arme schwer wie Blei. Die Beine wie Pudding.

Sie nimmt sich vor, stehen zu bleiben und sich zu übergeben, sobald etwas Zeit dafür ist.

Dann entdeckt sie Mark. Er liegt auf dem Bauch. Bewusstlos.

Und der erste Mann, der muskulöse, den sie mit dem Truck angefahren hat, er ist möglicherweise tot. Jedenfalls liegt er mit verrenkten Gliedern da. Seine Beine stehen in merkwürdigen Winkeln ab, was wohl bedeutet, dass er sie so bald nicht wieder einsetzen wird.

Sie steigt über ihn hinweg.

Bemerkt den dritten Mann.

Er bewegt sich noch.

Er erhebt sich.

Steht zwischen ihr und dem Keller.

Zwischen ihr und Hannah.

Der Mann schüttelt den Kopf. Stellt sich gerade hin.

Sie bewegt sich seitwärts, langsam, vorsichtig, wie jemand, der gerade ein wildes Tier in seinem Heim vorgefunden hat.

Sie schlägt einen Bogen in Richtung Esstisch. Versucht den Tisch zwischen sich und den Mann zu bringen. Er ahmt ihre Bewegungen spiegelbildlich nach, schlägt ebenfalls einen Bogen. Und er grinst, als ihm klar wird, dass sie tatsächlich glaubt, der Tisch könne ihn aufhalten.

Er deutet einen Ausfallschritt nach links an, und sie rennt erschreckt in die entgegengesetzte Richtung.

Er deutet einen Schritt nach rechts an.

Diesmal erschrickt sie nicht.

Sie umrunden eine Weile den Tisch wie in einem albernen Stummfilm.

Er nähert sich einen Schritt. Überlegt, ob er einfach über den Tisch hechten soll. Das einzige Hindernis zwischen ihm und ihr ist eine altmodische Lampe. Die lässt sich leicht beiseite fegen.

Immer noch keine Spur des zweiten Mannes. Der Mann, der runter in den Keller ist.

Der dritte Mann bewegt sich weiter auf den Tisch zu. Er ist kurz davor, darüber hinwegzuspringen. Vermutlich geht er davon aus, dass er für eine ideale Ausgangsposition nur noch einen einzigen Schritt näher kommen muss.

Er kommt einen Schritt näher.

Nahe genug.

Persephone packt mit beiden Fäusten das Spitzentischtuch und reißt es hart nach oben.

Die Petroleumlampe in der Mitte des Tischtuchs fliegt in die Luft.

Vollführt einen Salto.

Zersplittert in tausend Stücke.

Überall Petroleum.

Der dritte Mann sieht an sich herab, verdutzt wegen des plötzlichen Gestanks und wegen des Öls, das über seine Arme und seine Brust gespritzt ist. Er bemerkt nicht, dass Persephone ein silbernes Zippo aus ihrer Tasche zieht und mit dem Daumen unbeholfen über das Reibrad fährt. Einmal, zweimal, dreimal, komm schon, und noch einmal, bevor es endlich einen Funken schlägt. Sie schleudert es ungelenk von sich weg, so als wolle sie ein Insekt verscheuchen. Und das Feuerzeug fliegt mit flackernder Flamme auf den Mann mit seinem ölgetränkten Overall zu.

Das Tischtuch geht in Flammen auf.

Ebenso der Tisch.

Ebenso der Mann.

Sie lässt alle drei brennend zurück.

Stolpert auf die Kellertür zu.

Es waren drei Männer.

Dann zwei.

Jetzt noch einer.

Immer noch einer.

Während sie auf die Küche zuhumpelt, hält sie links und rechts Ausschau nach etwas Scharfem.

Einer Glasscherbe vielleicht.
Aber sie kann nichts entdecken.
Nur die weit offene Kellertür, die auf sie wartet.

Sie verharrt eine schreckliche Sekunde lang oben auf der Treppe, hofft, irgendetwas von unten zu hören.

Sie hat zu viel Angst, auch nur ihren Namen zu rufen.

Sie lauscht. Auf ein Lebenszeichen von Hannah. Irgendetwas. Was es auch sein mag.

Nichts.

Persephone steigt hinab.

Erneut verspürt sie den Drang, sich zu übergeben.

Persephone hat früher schon Übelkeit erregende Erfahrungen mit Kellertreppen gemacht.

Sie setzt ihren Weg nach unten fort. Schwankt leicht.

In der Dunkelheit ist das Ende der Treppe nicht zu erkennen, doch dann berührt ihr Fuß den kalten Zementboden, und sie hält inne.

Sie tastet die Wand nach dem Lichtschalter ab.

Bitte, Gott, nur dieses eine Mal. Bitte, Gott, ich tu auch alles, was du willst. Bitte, Gott, nimm mich an ihrer Stelle. Bitte, Gott.

Und wenn Hannah nicht mehr da ist, dann nimm mich am besten auch gleich. Nimm auch mich. Nimm uns alle.

Denn dann will ich nicht mehr, Gott. Wenn sie nicht da ist, dann will ich nicht mehr. Falls sie nicht da ist. Oder falls etwas noch Schlimmeres geschehen ist.

Endlich finden ihre Finger den Schalter.

Bitte, Gott.

Klick.

Sie hat Hannah in der Eile in ihrem Laufstall zurückgelassen. Sie hat sie auf die Stirn geküsst. Und dann im Dunkeln abgesetzt.

Sie hat ihr erklärt, dass sie ganz leise sein muss.

Sei ein braves Mädchen.

Mama ist bald zurück.

Dann hat sie geschluchzt, während sie mit Mark diesen Schrank in der Küche verschob.

Die nackte Glühbirne leuchtet auf.

Es dauert ein paar Sekunden, bis sich ihre Augen an das Licht gewöhnt haben.

Sie weiß, dies sind möglicherweise die letzten Sekunden ihres Lebens. Sie akzeptiert es fast gelassen. Nimmt es mit einer merkwürdigen Art von Resignation hin.

Denn alleine wird sie nicht weitermachen. Nicht ohne sie. Ausgeschlossen.

Nicht ohne Hannah.

Ihre Augen haben sich an das Licht gewöhnt.

Und für den Rest ihres Lebens wird Persephone niemals die richtigen Worte finden, um diesen Moment zu beschreiben. Selbst wenn sie alleine ist, ganz für sich. Sie fühlt sich völlig leer und völlig erfüllt zugleich. Als ob irgendetwas Machtvolles ihr Inneres überflutete, während etwas ähnlich Starkes aus ihr herausströmt.

Denn Hannah ist da.

Und ihr geht es gut.

Sie sitzt seelenruhig mitten auf dem Betonboden, ganz alleine.

Still und leise. In der Dunkelheit.

Braves Mädchen.

Und Persephone begreift, dass die Worte noch nicht erfunden wurden, die beschreiben, wie sich dieses Gefühl anfühlt.

Sie hebt sie hoch.

Schiebt Hannahs Locken beiseite, damit sie nichts von dem Blut, den Tränen und dem Rotz abkriegen, die jetzt ungehemmt über Persephones Gesicht rinnen.

Sie küsst jede Stelle auf Hannahs Köpfchen.

Ich werde nicht zulassen, dass dir was passiert. Das werde ich nicht zulassen. Niemals

Sie umarmt sie noch fester. Flüstert.

Mama ist da.

Dann verspricht sie es laut. Verspricht es ihrem Baby. Und sich selbst.

Ich werde nicht zulassen, dass so etwas noch einmal passiert.

Sie ist so von Gefühlen überwältigt, dass sie es fast vergessen hat.

Sie ist kurz davor, das Licht wieder auszuschalten und nach oben zu gehen, da fällt ihr der andere Mann ein. Sie hat ihn bisher nirgendwo gesehen.

Ebenso wenig wie den Laufstall, in dem sie Hannah zurückgelassen hat.

Also kehrt sie um. Hält Hannah fest in ihren Armen.

Späht in die dunklen Kellerecken.

Findet beides.

Der dritte Mann hängt reglos im Laufstall, als würde er dort ein Mittagsschläfchen machen.

Sein Kopf baumelt in einem unnatürlichen Winkel herab. Er wurde stranguliert, und sein Genick ist gebrochen. Seine Arme sind mit Kabelbindern hinter den Rücken gefesselt.

Persephone steht wie angewurzelt da, hält Hannah fest. Sucht nach einer Erklärung für das, was sie da vor sich sieht.

Sie blickt sich um. Hannah immer noch fest umklammert.

Hannah scheint glücklich. Giggelt. Und brabbelt.
Unverständliches Zeug.
Bis sie ein Wort sagt.

Beinahe wäre es Persephone entgangen.
Hannah spricht so selten, dass jedes Wort eine Überraschung ist.
Doch dieses ist besonders überraschend.

Persephone beugt sich vor und lauscht angestrengt in der Dunkelheit, um sicherzugehen, dass sie richtig gehört hat.
Flüstert.
*Was war das, meine Süße? Was hast du gesagt?*
Hannah sagt es erneut.
Sie hat richtig gehört.
Ein einzelnes Wort. Das keinen Sinn ergibt.
Hannah sagt es erneut.
Papa.

# 16

Simon.

In meinem Apartment in Hoboken. Er hockt auf meinem Sofa. Lächelt.

Simon der Magier.

Hannahs Papa.

Überraschung.

Das letzte Mal habe ich Simon den Magier in meinem Social Club in Hoboken gesehen. Wir reichten uns die Hände.

Ein Pakt mit dem Teufel.

Den ich seither bereue.

Simon hatte eingewilligt, seinen ehemaligen Chef Harrow zu verraten, um sich dann Harrows Imperium unter den Nagel zu reißen.

Aber so wie es aussieht, geht sein Plan nicht so richtig auf.

Und jetzt ist er hier. Auf meinem Sofa.

Hält Hannah im Arm.

Hallo, Spademan.

Alle sind wieder zurück in Hoboken.

Meine kleine, kaputte, provisorische Familie. Alle sind am Leben. Nur das zählt.

Zumindest versuche ich, mir das einzureden.

Persephone sitzt auf einer Fensterbank, raucht, ist immer noch wütend, immer noch aufgewühlt, und redet kein Wort mit mir.

Wedelt den Rauch aus dem Fenster, als würde sie ihm zum Abschied winken.

Mark sitzt am Esstisch und hält seinen gebrochenen Kiefer, der in der lokalen Notaufnahme zusammengeflickt wurde. Die Krankenhausrechnung haben wir bar bezahlt, um alle Fragen zu vermeiden. Ein hässlicher Bluterguss von der Farbe und der Größe einer Aubergine breitet sich auf seinen Wangen aus. Er wird eine strenge Diät aus Milchshakes und unverständlichem Gemurmel einhalten müssen, und zwar für mindestens sechs Wochen.

Hannah ist glücklich. Hannah sitzt auf dem Schoß ihres Papas. Lächelt.

Simon strahlt ebenfalls. Er hat die Rolle der Kavallerie gespielt und kam im letzten Moment angeritten. Rettete seine Tochter.

Und dann bin da noch ich.

Nachdem ich im Waffellokal das Gespräch mit Mark beendet hatte, verabschiedete ich mich verständlicherweise von Schwester. Und da ich nicht wusste, was ich sonst tun sollte, kehrte ich nach Hoboken zurück. Ich war nervös. Fühlte mich nutzlos. Wartete auf eine Nachricht.

Grübelte die ganze Zeit.

Ich hätte dort sein müssen. Ich hätte dort bleiben müssen. Ich hätte derjenige sein müssen, der sie rettet.

Ich hätte dort draußen Wache schieben sollen, in einem Schaukelstuhl auf der Veranda, mit meinem Teppichmesser in der Faust.

Stattdessen kam ich zurück in die Stadt, um einen desertierten Hüpfer zu jagen, Austerncremesuppe mit einem Bürokraten zu essen und eine Nacht im Bett eines reichen Mannes zu verbringen.

Ich habe sie alleingelassen.

Und Simon hat sie gerettet.

Ich hätte bleiben sollen. Aber ich hab es nicht getan.
Ich hab sie im Stich gelassen.
Genau das habe ich getan.
Und jetzt sind wir alle hier.

Hallo, Spademan.

Hallo, Simon.

Er kratzt sich seinen lockigen schwarzen Bart, der ein wenig buschiger ist als bei unserer letzten Begegnung. Auch sein Haar ist buschiger. Wie bei einem Mann, der eine Weile auf Reisen war. Der sein Äußeres etwas vernachlässigt hat.

Simon sagt:

Ich hab sie in deine Obhut gegeben, Spademan.

Ich schweige. Denn ich habe keine angemessene Antwort darauf parat.

Vom Fensterbrett aus meldet sich Persephone zu Wort.

Wir brauchen deinen Schutz nicht, Simon.

Simon lacht.

Wie du meinst. Jedenfalls ist es nett, dass die Familie wieder zusammen ist.

Er wendet sich an mich.

Ich schätze, du hast nichts dagegen, wenn ich eine Weile hier penne.

Ich dachte, du bist unten im Süden vollauf damit beschäftigt, Harrows Imperium zu übernehmen.

Tja, es gab da kleinere Auseinandersetzungen mit der Gemeinde. Sie waren noch nicht so recht bereit für meinen Führungsstil.

Was du nicht sagst.

Mein Plan stieß auf Gegner. Auf drei Gegner, genauer gesagt.

Persephone schaltet sich ein.

Auf wen?

Deine Schwestern.

Persephone wirkt verdutzt.

Welche?

Simon blickt finster.

Alle drei.

Er wendet sich wieder an mich.

Jedenfalls hielt ich es für einen guten Zeitpunkt, sich wieder zusammenzutun. Wieder mit meiner Familie in Verbindung zu treten. Um ein Auge auf alles zu haben. Gut, dass ich genau in diesem Moment aufgetaucht bin.

Aber du kannst nicht hierbleiben.

Persephone knurrt mich vom Fenster aus an.

Natürlich kann er bleiben. Oder wir gehen alle. Alle drei.

Ich blicke zu Mark. Er zuckt mit den Achseln. Schweigt. Er wirkt ganz glücklich darüber, dass er mit seinem verdrahteten Kiefer nicht sprechen kann.

Simon sagt:

Keine Sorge, Spademan. Ich bleibe nicht lange. Nur so lange, bis ich herausgefunden habe, wer meine Familie töten wollte.

Das waren Verrückte.

Simon runzelt die Stirn.

Das glaube ich nicht.

Warum nicht?

Diese Typen waren gut ausgebildet. Sie operierten wie ein eingespieltes Team. Außerdem habe ich das hier gefunden.

Simon zieht einen Fetzen grauen Stoffs heraus. Er hat ihn aus einem der Overalls herausgerissen. Er hält ihn mir hin. Darauf ist ein Wort in Schreibschrift gestickt.

*Pushbroom.*

Simon fragt mich:

Sagt dir das etwas?

Nicht wirklich.

Und im gleichen Moment erinnere ich mich an die Visitenkarte, die ich aus Lessers Türspalt gepflückt habe. Doch das verschweige ich Simon.

Simon verstaut den Stofffetzen wieder.

Pushbroom ist ein Sicherheits-Unternehmen, bei dem man auch Reiniger anheuern kann. Operieren meistens in der Sphäre. Aber gegen entsprechende Bezahlung erledigen sie auch Aufträge hier draußen.

Und für wen arbeiten sie?

Für jeden, der sie bezahlt.

Und wer hat sie für diesen Überfall bezahlt?

Simon lächelt.

Genau das will ich rausfinden.

Er hebt Hannah hoch. Spricht zu ihr in Babysprache.

Denn meiner Familie tut keiner was zuleide, richtig?

Er blickt wieder zu mir rüber.

Keine Sorge, Spademan. Ich habe die weite Reise nicht unternommen, um mit dir abzuhängen.

Er kitzelt Hannah.

Nicht wahr, mein Mädchen?

Es klingelt an der Tür.

Ich erwarte keine Gäste. Daher gehe ich zum Fenster und ziehe den Vorhang zurück, um einen Blick nach draußen zu werfen. Die Straße ist leer bis auf einen Streifenwagen, der direkt gegenüber parkt.

Es sind keine Cops aus Jersey.

NYPD.

Ich fahre runter in die Lobby und entdecke Officer Puchs vor meiner Eingangstür.

Er tippt sich an seine Mütze.

Abend, Spademan.

Was zum Teufel wollen Sie hier, Puchs?

Lieutenant Boonce hat erfahren, was oben in Beacon passiert ist. Er wollte, dass wir bei Ihnen vorbeifahren und nach dem Rechten sehen. Ich bin sicher, Sie sind alle ziemlich mitgenommen. Aber wir werden hierbleiben und aufpassen. Wir stehen direkt gegenüber. Ich wollte Sie lediglich darüber informieren.

Ich spähe hinüber zu dem Streifenwagen. Luckner, seine Partnerin, sitzt auf dem Beifahrersitz. Kein Lächeln oder Winken. Starrt einfach herüber.

Sie wissen schon, dass wir hier in Jersey sind, oder? Liegt das überhaupt in Ihrem Zuständigkeitsbereich?

Wir haben ein Übereinkommen mit den hiesigen Behörden. Außerdem, falls es hart auf hart kommt –

Puchs lächelt.

– dann können wir uns über Zuständigkeiten später noch den Kopf zerbrechen.

Ich spähe zu Luckner. Dann wieder zu Puchs.

Gut. Vielen Dank. Ich weiß das zu schätzen.

Er tippt sich erneut an seine Mütze.

Lassen Sie uns wissen, wenn Sie irgendwas brauchen. Und geben Sie Lieutenant Boonce Bescheid, sobald Sie irgendwas von Lesser hören.

Dann dreht sich Puchs um, schaut in beide Richtungen, überquert die Straße und geht zu seinem Wagen.

Ich fahre wieder nach oben in mein Apartment. Beschließe, dass ich genug davon habe, nutzlos in Hoboken herumzuhängen. Daher bin ich froh, als mein Handy summt und ich Hys Nachricht erhalte. Ihre SMS besteht aus einer einzelnen Zahl.

8.

Ich schätze, sie hat irgendetwas über Langland ausgegraben. Es ist jetzt sieben, weswegen mir nur noch wenig Zeit bleibt, um nach Williamsburg zu gelangen, selbst mit dem Boot.

Ich marschiere wieder ins Wohnzimmer und unterbreche die Familienzusammenkunft, indem ich mich an die versammelte Runde wende.

Ich muss raus und was erledigen. Unten auf der Straße schieben zwei Cops Wache. Ihr könnt ihnen vertrauen.

Simon blickt skeptisch.

Bist du sicher?

Ich ziehe eine Pistole aus einer Schublade im Couchtisch. Ein Standardfabrikat, eine Dienstwaffe. Ich habe sie mir von einem Streifenpolizisten in Jersey ausgeliehen und nie zurückgegeben. Lange Geschichte.

Ich biete Simon die Waffe an. Er winkt ab.

Ist schon in Ordnung. Ich habe meine eigene dabei.

Also halte ich sie Mark hin, der zwischen seinen verdrahteten Kiefern einen Grunzlaut ausstößt. Er hebt beide Hände, als wolle er sagen: Nicht für mich.

Daher reiche ich die Pistole Persephone. Sie schiebt sie sich wie ein Profi hinten in den Hosenbund. Sie muss sich das irgendwo abgeschaut haben.

Dann fragt sie mich.

Und wohin geht's?

Was besorgen.

Okay. Bring ein paar Baby-Feuchttücher mit.

Was für Tücher?

Baby-Feuchttücher. Die sind fast aus.

Ich mache mir eine mentale Notiz.

Feuchttücher. Alles klar.

Ich wende mich an Simon.

Pass gut auf sie auf.

Was jetzt kommt, ist härter. Ich will es eigentlich nicht sagen. Sage es dann aber doch.

Danke.

Er grinst.

Kein Problem, Spademan. Du kannst immer auf mich zählen.

# 17

Das alte Fabrikgebäude in einer verlassenen Straße in Williamsburg, in dem Hy die meiste Zeit abhängt, war früher mal wohl eine Brauerei. Die Straße ist dunkel, das Gebäude hat keinen Namen, keine Hausnummer, und es gibt auch nicht so was wie eine offizielle Club-Mitgliedschaft, trotzdem ist es rund um die Uhr geöffnet und immer gut besucht. Im Grunde ist es nur ein einziger großer Raum, dessen Boden mit Sägemehl bestreut ist und in dem ein Haufen alter Sofas stehen. Und überall liegen Kabel. Jede Menge Kabel. Dicke schwarze Stränge kriechen kreuz und quer übereinander wie Schlangen in einer Grube. Dazu zahllose Monitore in allen Größen, sodass alle hier drinnen in einen leichenhaften blassen Schimmer getaucht sind. Mich eingeschlossen, während ich im Eingang stehe und sich meine Augen langsam an die Dunkelheit gewöhnen.

Das Gebäude muss definitiv eine Brauerei gewesen sein. Es riecht immer noch nach Hopfen. Allerdings sieht es im Inneren mehr wie eine illegale Werkstatt aus, nur nicht für Autos. Sondern für elektronische Informationen. Diese ganzen Netniks sind mit hochgerollten Ärmeln in die Arbeit vertieft.

Sie schrauben sozusagen unter der Kühlerhaube des Internets herum.

Hy ist nicht schwer zu finden, denn mit ihrem Zoot Suit leuchtet sie praktisch in der Dunkelheit. Sie sitzt im hinteren Teil der Halle auf einer Couch, hat ihre zweifarbigen Halbschuhe auf eine

Obstkiste gelegt und hantiert mit einem Tablet, das mit einem Laptop verbunden ist, der wiederum an einem dieser alten Internet-Straßenterminals hängt, die aussehen, als hätte man einen Monitor an einen stählernen Kaktus geschraubt. Jemand muss das Ding aus dem Asphalt gerissen und hierhergeschleift haben, einfach aus Spaß, so wie College-Kids eine Parkuhr für ihre Studentenbude klauen. Neben Hy hockt ein Typ mit einer umgedrehten Baseballkappe und Kopfhörern und tippt auf einem Laptop herum, der so alt ist, dass er die Größe eines Koffers hat. Offensichtlich stehen die Netniks auf so was.

Vintage.

Je primitiver, desto besser. Das Computer-Äquivalent zu einer frisierten alten Schrottkarre. Um zu beweisen, dass man der bessere Mechaniker ist.

Ich mache Hy ein Zeichen, und sie winkt mich herüber. Ich lasse mich zwischen ihr und dem Kopfhörertypen auf das muffige Sofa fallen. Sie nickt in Richtung des Laptops, auf dem irgendetwas eingeblendet wird, das für mich nicht den geringsten Sinn ergibt. Wenn ich mich in das alte Internet einlogge, was nicht sehr häufig vorkommt, dann sehe ich es so wie jeder andere auch. Einfach nur Texte und Bilder, ein virtueller Basar für alle möglichen unerlaubten Geschäfte, für Untergrund-Bulletins und Chatrooms voller unartikuliertem Geheul. Aber was jetzt über Hys Monitor scrollt, ist keine mir verständliche Sprache. Es sieht mehr wie Musik aus, aber eine, die aus Zahlen besteht.

Während sie scrollt, fragt sie mich:

Bist du mit dem U-Bahn-Fahrer weitergekommen?

Mir ist eine andere Sache dazwischengekommen. Die Sache liegt im Moment auf Eis.

Deine Informationen waren ziemlich dürftig, Spademan. Nicht leicht, da was zu finden.

Ich habe im Augenblick andere Sorgen, Hy.

Sie deutet auf ihren Bildschirm.

Damit meinst du sicher diesen Langland-Typen. Nun, mein Freund, ich verspreche dir, du wirst nicht enttäuscht sein über das, was ich zutage gefördert habe.

Sie tut ihr Bestes, um mir diese Zahlenmusik zu übersetzen. Und während sie mit dem Finger über den Monitor fährt, gebe ich mein Bestes, so zu tun, als könnte ich ihr folgen.

Das ist also Piers Langland. Fetter Banker. Fettes Geld.

So viel wusste ich bereits, Hy.

Und er hat letztes Wochenende das Zeitliche gesegnet. Starb in seinem Bett.

Auch das ist mir bekannt.

Außerdem hat er in der Politik mitgemischt. Bevor er abgetreten ist, hat er eine Menge Geld auf das diesjährige Bürgermeister-Rennen gesetzt. Einen ziemlichen Haufen Geld. Rate mal, auf welchen Kandidaten?

Bellarmine.

Bingo.

Das ist Hys übliche Vorgehensweise. Sie lässt die Informationen nur in kleinen Portionen raus. Um die Spannung zu steigern. Sie hat ein bisschen was von einer Gameshow-Moderatorin an sich. Schließlich fährt sie fort.

Hier sind ein paar weitere lustige Hintergrundinformationen über deinen mysteriösen Mr. Langland. Er hat eine Stiftung für benachteiligte Kinder ins Leben gerufen. Außerdem unterstützt er ein College, das sich die Langland-Akademie nennt. Eine luxuriöse Privatuni im Staat New York, irgendwo in den Wäldern südlich von Albany. Eine Brutstätte für zukünftige Genies. Du weißt schon, schwierige Kinder mit überdurchschnittlichen Talenten, die Förderung brauchen.

Hy deutet auf die im Raum versammelten Netniks.

So wie dieses Volk hier. Willst du raten, wer auf dieser Uni einer seiner Meisterschüler war, Spademan?

Diesmal habe ich keine Ahnung.

Wer?

Der, den du suchst. Jonathan Lesser.

Als Lessers Name fällt, heben sich diverse Augenpaare von ihren Bildschirmen und spähen zu uns herüber. Offenkundig ist Lesser so was wie eine Legende. Zumindest in der einschlägigen Szene.

Moment, Langland kannte Lesser?

Mehr als das, Spademan. Langland war sein beschissener Wohltäter. Brachte ihn mit einem Vollstipendium an der Langland-Akademie unter.

Ein Junge aus der Gosse kriegt die große Chance.

Klar, nur hat Lesser nie seinen Abschluss gemacht.

Er hat sein Studium abgebrochen?

Nicht wirklich.

Hy tippt ein paarmal auf ihren Touchscreen. Die Zahlen tanzen. Sie sucht irgendetwas. Währenddessen redet sie weiter.

Weißt du noch, wie es war, wenn man früher irgendwas über jemanden rausfinden wollte? Dann hat man am besten mit den Abfallcontainern hinter Versicherungsgesellschaften oder Anwaltskanzleien angefangen, wo alle Unterlagen landeten, die eigentlich hätten vernichtet werden sollen.

Klar.

Sie knabbert an ihrem Daumennagel, von dem lilafarbener Nagellack abblättert. Farblich passend zu ihrem Pony. Sie mustert den Bildschirm. Während ich warte, frage ich mich, woher Hy diesen Kram über Anwaltskanzleien oder Müllcontainer weiß, da sie eigentlich ein bisschen zu jung für die Ära der Papierschredder ist. Oder für Papier. Vermutlich hat sie es in einem Film gesehen. Obwohl sie auch ein bisschen jung für Filme ist.

Sie setzt sich aufrecht hin. Betrachtet mit zusammengekniffenen Augen ihr Tablet. Dann fährt sie fort.

Tja, manchmal ist das alte Internet so ähnlich. Es ist wie ein Müllcontainer voller ungeschredderter Dokumente, der aber nicht jedermann zugänglich ist. Das meiste darin ist verschlüsselt, klar. Aber wen heuert man üblicherweise an, um den ganzen Mist zu verschlüsseln, bevor man ihn irgendwo begräbt?

Wen, Hy?

Sie deutet mit ausholender Geste auf den Raum.

Außenseiter wie uns. Und üblicherweise erledigen wir den Job gut genug, um dafür bezahlt zu werden, aber nicht so gut, dass wir den Kram nicht später leicht wieder entschlüsseln könnten. Man braucht nur ein bisschen Geduld.

Sie sieht mich an.

Und natürlich Genie. Geduld und Genie. Eine Mischung, mit der man die Weltherrschaft erringen kann.

Dann wendet sie sich wieder ihrem Bildschirm zu. Knabbert weiter an ihrem Daumennagel. Scrollt. Beginnt zu summen. Ich fühle mich ein wenig wie in einer Telefon-Warteschleife. Und während sie weitersucht, denke ich nach. Lesser hat also Langland gekannt, was er mir gegenüber zu erwähnen vergaß. Und Lesser spielte gerne den Voyeur bei seinem früheren Wohltäter, was er ebenfalls zu erwähnen vergaß. Und das bedeutet – tja, was? Vermutlich wäre Langland damit ganz oben auf die Liste derjenigen gerückt, die ein Interesse an Lessers Verschwinden hatten, wäre da nicht der unbequeme Umstand, dass Langland tot ist.

Hy tippt ein letztes Mal mit dramatischer Geste auf ihr Tablet. Dann lehnt sie sich zurück. Blickt triumphierend. Deutet auf den Bildschirm.

Voilà!

Ich bin mir nicht sicher, was dieses *voilà* zu bedeuten hat. Denn der Bildschirm ist nach wie vor mit unverständlichen Hieroglyphen bedeckt.

Was ist das, Hy?

Dein feiner Herr Lesser hat keinen Abschluss gemacht, weil er gleich von der Uni weg angeheuert wurde. Für irgendeine supergeheime Mission. Von den Cops.

Woher weißt du das?

Zunächst endet seine Schulakte genau da.

Sie deutet auf die Hieroglyphen.

Trotzdem hat er die Akademie nie offiziell verlassen. Sein Stipendium wurde lediglich ausgesetzt, während er angeblich eine Auszeit genommen hat. Aber ich kann dir versichern, er ist nicht mit dem Rucksack durch Europa getrampt. Sein Ausstieg fällt zeitlich ziemlich genau mit Bellarmines Einstieg bei der New Yorker Polizei nach Times Square zusammen. Du erinnerst dich sicher dran. Alle haben ein Riesenbrimborium darum gemacht und ihrem neuen, mächtigen Beschützer zugejubelt.

Sie sticht mit einem lila lackierten Fingernagel auf den Bildschirm ein.

Und schau dir das an: das Polizei-Budget von diesem Jahr. Es enthält einen nicht näher spezifizierten Einzeletat. Der nie ausgezahlt wurde. Zumindest nicht offiziell.

Scheint mir alles ziemlich vage zu sein.

Oh, ich bin noch nicht fertig.

Sie scrollt durch weitere Hieroglyphen.

Hier ist ein vollständiger Sicherheitsbericht über Lesser, angefordert von –

– der New Yorker Polizei.

Schon wieder bingo. Sie haben den Jungen gründlich durchleuchtet.

Warum?

Vermutlich weil sie ihn für irgendwas gebraucht haben. Aber warte – was ist das hier hinter Tür Nummer zwei?

Sie tippt erneut auf ihren Bildschirm.

Persönliche E-Mails von Langland an Lesser. Er gratuliert ihm, weil er dafür ausgewählt wurde. Deswegen habe ich alte interne Memos der New Yorker Polizei durchwühlt und einen Haufen alter Informationen über eine neue Initiative gefunden. Irgendeine Antiterroreinheit, die sich auf die Sphäre konzentrieren sollte.

Die haben ihre geheimen Pläne online stehen lassen?

Nicht ihre Pläne. Es handelt sich lediglich um irgendwelche Dokumente aus dem Umfeld. Memos und Anträge. Du weißt schon, wenn beispielsweise neues Briefpapier angefordert wird, solcher Kram.

Hy sieht mich an.

Wie gesagt, niemand macht sich die Mühe, solchen Mist zu schreddern.

Worin besteht die Verbindung zu Lesser?

Es sieht so aus, als hätte Bellarmine nach seinem Amtsantritt große Anstrengungen unternommen, um eine Art Sphären-Spezialeinheit zusammenzustellen. An der waren auch freie Mitarbeiter beteiligt, deren Namen nirgendwo erwähnt werden. Vermutlich hat Bellarmine Langlands Akademie aufgesucht und sich seine besten und cleversten jungen Computergenies herausgepickt. Lesser gehörte definitiv dazu. Also haben sich die Cops ihn geschnappt.

Sie schaut sich um. Dann sieht sie mich an.

Weißt du, dieser Scheiß gehört nicht mal zur offiziellen Biografie von Jonathan Lesser. Diesen Scheiß hab ich nur für dich ganz frisch zutage gefördert.

Ich weiß das zu schätzen, Hy.

Ach, tatsächlich?

Hy wird plötzlich ernst.

Lesser ist hier sehr beliebt. Er wird regelrecht verehrt. Das weißt du doch, oder?

Und warum?

Weil er einer von uns ist, Spademan.

Sie nickt in Richtung der Halle.

Du weißt schon. Ein Spinner. Ein Außenseiter. Ein besonders Befähigter. Der es geschafft hat.

Nur weil er rausgefunden hat, wie man in die Fantasien anderer Menschen eindringt?

Weil er das System geknackt hat, Spademan. Er hat einen Programmfehler entdeckt, einen Glitch. Und er hat ihn genutzt. So was macht dich in dieser Szene zum Helden.

Sie deutet auf die Sofas. Sie sind alle vollbesetzt mit Kids, die schweigend und vornübergebeugt nebeneinanderhocken, in ihre Bildschirme versunken. Das einzige Geräusch ist das Klicken der Tastaturen. Die meisten von ihnen sind Teenager. Einige sind noch nicht mal Teenager.

Hy flüstert.

Danach suchen sie hier alle, Spademan. Nach einem Glitch, einem Programmfehler. Um ihn dann zu nutzen.

Warum?

Weil es wie ein Lottogewinn ist. Oder, noch besser, wie das ganze Lottosystem auszutricksen.

Sie wendet sich wieder ihrem Monitor zu.

Langland hat sich also Lesser ausgeliehen, worauf dieser ein Jahr bei dem Geheimprojekt mitgearbeitet hat.

Um was ging es bei dem Projekt?

Keine Ahnung. Schließlich war es geheim. Aber nach etwa einem Jahr ist er wieder ausgestiegen.

Warum?

Keinen Schimmer. Frag ihn selbst. Wenn du ihn auftreiben kannst.

Vielleicht hat er dort was rausgefunden.

Jetzt ist Hy neugierig.

Was denn?

Wie man jemanden in der Sphäre tötet.

Hy schaut verdutzt.

Das bezweifle ich, Spademan. Man kann niemanden in der Sphäre töten. Das ist die oberste Regel. Das weißt du.

Sicher. Es sei denn, man trickst die Lotterie aus.

Ich deute auf den Monitor. Er ist immer noch übersät mit Zahlenmusik. Ich sporne Hy weiter an.

Kannst du irgendeine Spur von Lesser entdecken? Du weißt schon, da drinnen?

Sie lacht.

In meinem Computer?

Nein, du weißt schon. Da draußen. In der Sphäre oder sonst wo.

Hey, ich beziehe alle meine Informationen aus dem Internet. Ich persönlich hasse die beschissene Traumwelt der Limnosphäre. In der Beziehung bin ich völlig nüchtern und geradeaus. Ich klinke mich niemals ein. Mann, ich bin praktisch ein Erwecker, yo.

Dann wendet sie sich wieder dem Bildschirm zu und tippt ein paarmal auf ihr Tablet.

Bist du bereit für das große Finale?

Sie tippt noch einmal auf das Tablet.

Also, zurück zu diesem Projekt, für das sie Lesser rekrutiert haben. Intern wurde es »Naher Feind« genannt. Das Projekt wurde ziemlich schnell wieder eingestellt und hat wie üblich offiziell nie existiert. Aber weil ich ein einmaliges Wunderkind bin, habe ich was darüber rausgefunden.

Was denn?

Sie lehnt sich zurück. Der Schimmer ihres Bildschirms erleuchtet ihr Gesicht. Sie lächelt.

Ich habe eine Spur gefunden.

Und wohin führt diese Spur?

Im Augenblick nur zu weiteren Spuren. Aber ich habe einen Namen. Ein Handlanger von Bellarmine, der für Naher Feind die ganzen Operationen geleitet hat. Spademan, wenn du diesen Typen aufspürst, dann kann er dir möglicherweise was über Lesser erzählen.

An diesem Punkt wird mir übel, denn ich weiß, was sie jetzt gleich sagen wird. Keine Ahnung, woher ich es weiß, aber ich weiß es nun mal. Ich will den Namen gerade aussprechen, verkneife es mir aber, und Hy spricht ihn an meiner Stelle aus. Für sie bedeutet der Name gar nichts. Es ist einfach nur ein Name.

Hy präsentiert ihn mit großer Geste. Wie eine Pointe. Was ja in gewissem Sinne auch zutrifft.

Joseph Boonce. Sagt dir der Name irgendwas?

Zum Glück kann sie in der von den Monitoren nur spärlich erhellten Dunkelheit meinen Gesichtsausdruck nicht sehen.

Ich danke ihr für ihre Hinweise und ziehe ein Bündel Geldscheine heraus. Sie winkt ab.

Lass stecken, Spademan. Das war eine ehrenamtliche Tätigkeit.

Aber du musst doch von was leben, Hy.

Du weißt nicht viel übers Internet und Bankkonten, oder? Mach dir keine Sorgen. Ich komme zurecht.

Sie knabbert an den Nägeln. Mustert erneut ihren Bildschirm. Währenddessen zieht sie einen Tabaksbeutel heraus und dreht sich abwesend eine Zigarette. Dann sagt sie:

Das ist komisch.

Was?

Dieser Bellarmine, ist der zufällig Buddhist?

Warum?

Naher Feind, das ist eine buddhistische Vorstellung.

Klär mich auf, Hy.

Also, im Buddhismus gibt es vier Tugenden, und jede dieser Tugenden hat ein Gegenteil. Beispielsweise ist eine der Tugenden Mitgefühl und das Gegenteil davon Grausamkeit. Aber jede Tugend hat auch einen »nahen Feind«.

Und was bedeutet das?

Der »nahe Feind« einer Tugend ist eine Emotion, die zwar der Tugend ähnelt, aber eine egoistische Form davon darstellt. So ist der »nahe Feind« des Mitgefühls das Mitleid, das einen auf Distanz hält und nicht zu tätiger Hilfe veranlasst. Mitleid ist dem Mitgefühl ähnlich, aber unrein. Wie eine schlechte Kopie.

Sobald Hy die Zigarette fertig gedreht hat, entrollt sie das Papierchen wieder. Sie lässt den Tabak zurück in den Beutel fallen. Bemerkt meinen Blick.

Alte Gewohnheit. Das Rauchen fehlt mir nicht. Aber ich vermisse das Drehen.

Sie wischt sich die Tabakkrümel von den Händen und legt den Beutel beiseite.

In Ordnung, Spademan, wie lautet mein nächster Auftrag?

Ich ziehe eine Visitenkarte aus meiner Hosentasche. Die Karte, die ich an Lessers Tür gefunden habe. Ich reiche sie Hy.

Weißt du irgendwas darüber?

Sie studiert die Visitenkarte.

Pushbroom? Ich weiß nur, dass die ziemlich fies sind. Besonders die Partner.

Wer sind die Partner?

Das sind Reiniger. Sehr teuer. Absolute Profis für alle, die es gerne übertrieben gründlich mögen. Pushbroom spürt dein Problem auf und fügt anschließend deinem Problem Schmerzen zu, die es nie wieder vergisst. Die Partner sind die drei Typen, denen das Unternehmen gehört.

Sie senkt die Stimme. Blickt sich um. Zwar gibt es hier zu viele Leute mit Kopfhörern, als dass man sich Sorgen darüber machen müsste, belauscht zu werden. Trotzdem ist sie vorsichtig.

Die drei Partner bleiben immer im Verborgenen. In der Sphäre nennen sie sich Tu-Gutes, Tu-Besseres und Tu-Bestes. Ihre wahre Identität hier draußen ist ein Geheimnis. Für ihre Aufträge in der echten Welt setzen sie immer Handlanger ein. Kräftige Typen in Overalls, die offene Rechnungen begleichen. Doch in der Sphäre sind es immer die Partner selbst, die dir Schmerzen zufügen.

Merkwürdige Namen.

Hey, so ist nun mal die Sphäre.

Und für wen arbeiten diese Partner?

Für alle, die sie bezahlen können. Sie interessieren sich nicht für irgendwelche Ideologien. Sie sind bekannt dafür, dass sie ihre Dienste gelegentlich sogar an beide Seiten verkaufen.

Beide Seiten von was?

Von was auch immer.

Ich nehme die Visitenkarte wieder an mich.

Danke für deine Hilfe, Hy.

Kein Problem. Also, was steht als Nächstes an?

Finde so viel wie möglich über Naher Feind heraus. Und über Joseph Boonce.

Du meinst, über diese supergeheime Antiterroreinheit, die offiziell niemals existiert hat? Und über einen Cop, der verdeckt ermittelt? Aber klar doch. Kinderspiel. Gib mir einen halben Tag.

Einfach nur, was du finden kannst, Hy. Und danke für –

Aber sie ist schon wieder in ihren Bildschirm vertieft.

Ich spaziere in die Nachtluft Williamsburgs hinaus.

Die Straße ist leer. Die Nacht ist still. Über dem schwarzen Fluss hängt die hübsch beleuchtete Brücke. Sie ist von einem

Ende bis zum anderen mit strahlenden Lampen verziert. Keine Autos. Aber jede Menge Licht. Ein weiteres Beispiel für das neu erwachte Interesse des Bürgermeisters an aufpolierten Fassaden. Er versucht, Bellarmines Angriff abzuwehren.

Ich zücke mein Handy und krame eine weitere Visitenkarte aus meiner Hosentasche. Die mit Boonces Nummer darauf. Die er mir überreicht hat. Er hat sie sein rotes Batman-Telefon genannt. Tag und Nacht erreichbar.

Ich schätze, es ist an der Zeit, dass Boonce und ich eine weitere Unterhaltung führen.

Ich tippe die Nummer ein. Während ich es klingeln lasse, denke ich an Lesser.

# 18

Lesser.

Er war ein besonders Befähigter.

Zumindest behaupten das alle ständig.

Als ich jung war, ging ich in eine normale Schule. Normale Lehrer. Normale Klassen. Normale Regeln.

Nichts Besonderes.

Was mich betrifft, so hatte ich auch keine besonderen Interessen. Mädchen. Prügeleien. Einmal wirkte ich bei einer Theateraufführung der Schule mit.

Ansonsten war ich einfach nur ein Schüler. Hockte im Klassenzimmer hinten bei den bösen Jungs. Versuchte mich aus allem Ärger rauszuhalten. Nicht sehr erfolgreich. Aber mir ist nie was Ernstes passiert. Habe ein paar Kratzer abbekommen, aber immer alles nur mit Fäusten ausgetragen. Was mich in meiner Schule quasi schon zum Pazifisten machte.

Was Schularbeiten betraf, tat ich gerade genug, um durchzukommen. Ich schaffte mit Mühe und Not meinen Abschluss und schlug dann dieselbe Laufbahn wie mein Vater ein, wie es von Anfang an geplant war.

Müllmann.

Und zwar ein echter. Mit echtem Müll.

Mein Vater war gerne Müllmann.

Ihn störten die Witze nicht. Er erzählte selbst gerne welche.

Klopf klopf.

Wer da?

Der Müllmann.

Ja, wusste ich. Ich konnte Sie schon vom anderen Ende der Straße aus riechen.

Ha-ha-ha.

Aber es gab da einen Tag in meinem ersten Jahr auf der Highschool, an den ich mich gut erinnere. Ich war vielleicht vierzehn, und man rief mich aus der Klasse. Namentlich.

Der Konrektor winkte mich von der Klassenzimmertür aus zu sich.

Nur mich.

Ich ging davon aus, dass er mich herbeizitierte, weil ich Terry Terrios Finger in dessen Spind eingeklemmt hatte.

Keine Sorge. Nicht allzu fest. Er hatte sich nichts gebrochen. Außerdem hatte er es verdient.

Wie auch immer, der Konrektor rief mich heraus, ebenso wie ein paar andere Kids aus anderen Klassen, und trieb uns alle in der Cafeteria zusammen. Eine echte Versammlung von Außenseitern. Und jeder von diesen Außenseitern dachte natürlich, er wäre der Außenseiter, der auf keinen Fall hierhergehörte. Weil alle Anwesenden auf der untersten Stufe der Hackordnung standen. Die Furzer, die Stotterer, die unheimlichen Schweiger, die Kids, die jede Mittagspause *Dungeons & Dragons* spielten, und der eine hyperaktive Blödmann, der nie sein Mund halten oder still sitzen konnte.

Kurz gesagt: besonders Befähigte.

Und dann ich.

Nur der Sohn eines Müllmanns.

Wir mussten uns in einer Reihe aufstellen, und sie erklärten uns, dass wir von jetzt an besondere Lehrer bekämen. Besondere Klassen. Besondere Regeln.

Die Gruppe stöhnte. Die Furzer furzten. Die Stotterer stotterten. Aber-aber-aber. Die unheimlichen Schweiger umklammerten ihre Bücher noch fester. Und sagten kein Wort.

Und alle sahen sich um. Mit großen Augen. Panisch.

Das musste ein Fehler sein.

Ich gehöre nicht hierher. Ich nicht.

Das dachten alle.

Besonders ich.

Jedenfalls war ich mir nicht wirklich sicher, was sie mit uns vorhatten.

Mit den besonders Befähigten.

Daher schwänzte ich für den Rest der Woche die Schule.

Am Montagmorgen stürmte mein Vater gleich als Erstes ins Büro des Direktors. Ohne Termin. Und laut fluchend.

Klopf klopf.

Wer ist da?

Mein Vater machte dem Direktor ordentlich Dampf.

Er forderte: Sie stecken meinen Sohn sofort wieder zurück in die normale Klasse.

Außerdem warf er ihm noch ein paar andere Dinge an den Kopf. Ich bin mir nicht sicher, was genau. Aber mein Vater hatte Übung darin, Menschen von etwas zu überzeugen. Er hatte lange als Gewerkschaftler gearbeitet und ziemlich viel Zeit in Bars verbracht. Daher war er nicht der Typ, der sich bei einem Streit leicht einschüchtern ließ. Und normalerweise schlossen sich die meisten Menschen seiner Sichtweise an. Früher oder später.

Was auch immer er mit dem Direktor besprochen hatte, am nächsten Tag saß ich wieder an meinem alten Schultisch. In meinem alten Klassenzimmer. Bei meinem alten Lehrer. In der hintersten Reihe. Terry Terrios gequetschte Finger waren immer noch dick verbunden. Terry warf mir einen hasserfüllten Blick zu. Er heckte sicher schon eine Racheaktion aus, die ihn jedoch teuer zu stehen kommen würde.

Und ich tauchte wieder ab. Hielt den Blick gesenkt. Riss auf diese Weise den Rest meiner Highschool-Zeit ab wie ein Gefängnisinsasse. Ich hielt mich gerade so weit aus Schwierigkeiten raus, dass ich nicht in größere Schwierigkeiten geriet.

Und immer wenn ich an diesen Tag in der Cafeteria zurückdachte, war ich froh, dass mich mein Vater aus dieser Klasse für besonders Befähigte rausgeholt hatte.

Ich dachte, ich hätte wahnsinniges Glück gehabt.

Als wäre ich gerade noch mal davongekommen.

Ich habe immer gedacht, diese besondere Klasse, in die man mich stecken wollte, wäre eine Klasse für geistig Behinderte oder so.

Erst später erfuhr ich, dass es eine Klasse für besonders clevere Kids war.

Besonders Befähigte.

So nannte man sie damals.

Meine Mutter erzählte mir die ganze Geschichte irgendwann nach dem Tod meines Vaters.

Zu dem Zeitpunkt hatte ich die Highschool schon lange hinter mir. Ich war mit meiner Stella verheiratet, die ich bei den Proben zu dieser Schultheateraufführung kennengelernt hatte. Ich lebte in Brooklyn. Fuhr auf einem Müllwagen meine tägliche Route. Folgte einem klaren Lebensplan. Trug die Handschuhe meines Dads, die er mir stolz an meinem ersten Arbeitstag überreicht hatte, sogar mit einer Schleife drum herum.

Diese Schleife trug ich immer zusammengeknüllt hinten in meiner Gesäßtasche.

Sie hätten deswegen viel miteinander gestritten, erzählte mir meine Mutter später. Wovon ich natürlich nichts mitbekommen hatte. Für mich hatte es sich nach ihren üblichen Zwistigkeiten angehört. Nach demselben Hintergrundrauschen aus häuslichem Ungemach, das ich schon lange auszublenden gelernt hatte.

Mein Vater blieb stur.

Keine besondere Klasse für meinen Jungen. Ich will nicht, dass er aus der Masse heraussticht. Wenn man das zulässt, dann ist er fürs Leben gezeichnet, erklärte mein Vater.

Meine Mutter war vom Gegenteil überzeugt.

In ihren Augen war dies die einzige Chance für mich, aus der Masse herauszustechen.

Wie auch immer, es spielte keine große Rolle. Unterm Strich betrachtet.

Denn irgendwann starb mein Vater. Und kurz darauf starb auch meine Mutter.

Dann starb meine Stella.

Und dann New York.

Und jetzt sind wir hier.

Außerdem erzählte mir meine Mutter von dieser Lehrerin, die mich hatte fördern wollen. Meine Englischlehrerin. Sie war diejenige gewesen, die beantragt hatte, mich in diese besondere Klasse zu stecken.

Meine Fürsprecherin.

Wie sich herausstellte, hatte sie den Eindruck gehabt, ich hätte eine Befähigung für Sprache.

Befähigung. Kein Wort, das mein Vater je verwendet hätte. Er mochte keine Zehn-Dollar-Wörter. Er war genau genommen nicht mal ein großer Freund von Zwei-Dollar-Wörtern.

Deshalb war der Direktor vermutlich auch so leicht zu überzeugen gewesen. Ich hatte es vermutlich ohnehin nur sehr knapp in die Auswahl geschafft.

Ich hatte nur eine Fürsprecherin.

Das machte es ihm leicht, sein Veto einzulegen.

Nur ein paar Wochen, nachdem mich mein Vater aus dem Programm geholt hatte, bat mich diese Lehrerin, meine Fürsprecherin, nach dem Unterricht noch kurz zu bleiben.

Das Klassenzimmer leerte sich bis auf sie und mich.

Sie blickte von einem Stapel zu korrigierender Arbeiten auf.

Ich habe gehört, dein Vater hat dich aus der besonderen Klasse herausgenommen.

Nicken.

Weißt du, warum?

Achselzucken.

Alles in Ordnung bei dir zu Hause?

Nicken.

Schaffst du deine Hausaufgaben?

Achselzucken.

Daraufhin zog sie ein dickes Taschenbuch aus ihrer Schreibtischschublade. Vorne drauf waren ein Wal und ein Boot. Sie legte das Buch beiseite und fragte mich, ob ich Lust auf einen speziellen Förderunterricht hätte, und zwar immer samstags. Wir könnten uns in einem Café treffen. Ich könnte meinem Vater erzählen, was immer ich wolle. Sie hatte Bücher, und sie fand, ich sollte sie lesen. Sie würden mir sicher gefallen. Wir könnten sie lesen und dann gemeinsam darüber reden.

Sie meinen so was wie Nachsitzen?

Nein. Kein Nachsitzen. Es ist keine Strafe.

Klingt aber wie Nachsitzen.

Wir können ja mit einem unterhaltsamen Buch beginnen.

Zum Beispiel?

Sie hielt das dicke Taschenbuch hoch.

*Moby Dick.*

Ich grinste höhnisch.

Nein danke.

Warum nicht?

Ich mag keine Tierbücher.

Sie lachte.

Hast du es schon gelesen?

Klingt langweilig.

Woher weißt du, dass es langweilig ist?

Ich zuckte mit den Achseln. Brummte irgendetwas.

Ich hab dich nicht verstanden, was hast du gesagt?

Ich hab gefragt, ob da drin irgendjemand getötet wird.

Ja. Jede Menge Figuren werden getötet.

Ehrlich? Wie?

Auf ganz verschiedene Arten. Zum Beispiel durch Wale.

Erneut grinste ich spöttisch.

Klingt bescheuert.

In Ordnung.

Sie räumte das Buch weg.

Dann vielleicht etwas Spannenderes. Vielleicht ein Krimi. Liest du Krimis?

Achselzucken.

Was ist mit *Der Malteser Falke?*

Wie schon gesagt, ich mag keine Tierbücher.

Sie lächelte.

Das wird dir gefallen.

Sie öffnete erneut die Schublade. Zog ein weiteres Taschenbuch heraus. Zerschrammter Umschlag. Zerknittert. Reichte es mir. Auf der Vorderseite war die Statue eines Vogels. Nicht sehr vielversprechend. Der Name des Autors hörte sich an wie der eines Balletttänzers. Auch nicht sehr vielversprechend.

Ich zuckte mit den Achseln.

Sie blätterte die erste Seite auf. Zeigte mir irgendein Gekritzel. Deutete auf eine Jahreszahl unter dem Gekritzel, die Urzeiten zurücklag.

Siehst du das? Das war *mein* Englischlehrer in der Highschool. Er hat mir dieses Buch geschenkt. Bat mich, es zu lesen. Hat mich regelrecht dazu gezwungen. Ich war wie du. Ich mochte auch keine Tierbücher.

Sie hielt mir das Taschenbuch hin. Ich nahm es. Stopfte es hinten in meine Gesäßtasche. Sie zuckte zusammen.

Sei bitte sehr vorsichtig mit diesem Exemplar. Es bedeutet mir sehr viel.

Klar.

Wenn du es gelesen hast, dann triff mich doch am Samstag um zwölf im Café, und wir reden darüber.

Diesen Samstag?

Ja.

Das ganze Buch?

Ja.

Bis Samstag?

Ja.

Diesen Samstag?

Vertrau mir, wenn du erst einmal mit Lesen angefangen hast, wirst du es gar nicht mehr aus der Hand legen wollen.

Dann wandte sie sich wieder den Schularbeiten zu. Große Stapel mit Aufsätzen, die alle mit rotem Stift korrigiert waren. Die ganze Notenskala rauf und wieder runter und wieder hoch. Wie eine Endlosschleife. Ich bemerkte, dass sie meinen Aufsatz aus dem Stapel genommen hatte. Sie hatte ihn beiseitegelegt. Ein paar Worte waren rot umkringelt.

Sie fuhr mit Korrigieren fort. Ich rührte mich nicht von der Stelle. Sie blickte auf.

Ja?

Und dann stellte ich ihr die nahe liegende Frage.

Warum ich?

Warum du was?

Warum ich?

Ich führte meine Frage nicht weiter aus. Ich war mir nicht mal sicher, was ich eigentlich fragen wollte. Dennoch legte sie den Rotstift weg.

Talent. Es tut mir weh zuzusehen, wenn es vergeudet wird.

Dann griff sie wieder nach ihrem Stift.

Wir sehen uns am Samstag.

Keine Ahnung, wie das Buch endete.

Ich hab es nie zu Ende gelesen.

Ich habe nicht mal damit angefangen.

Ich ließ es auf der Straße vor der Schule in einen Gully fallen.

Ich konnte es mir nicht leisten, mit dem Tierbuch eines Balletttänzers gesehen zu werden.

Was würde Terry Terrio denken?

Und ich erinnere mich noch daran, wie das Taschenbuch perfekt zwischen den Gitterstäben des Gullydeckels hindurchpasste, so als würde ich es in einen Briefkastenschlitz werfen. Und ich erinnere mich an das flatternde Geräusch, das es beim Fallen machte, und wie es mit einem Klatschen unten in der Kloake aufschlug und ich mir, sobald ich es losgelassen hatte, mehr als alles andere wünschte, ich könnte hinab in die Dunkelheit greifen und es wieder heraufholen.

Keine Ahnung, über was wir an jenem Samstag im Café gesprochen hätten.

Ich war nie dort.

Und nächstes Mal im Unterricht erwähnte sie es nicht.

Sie verlor kein einziges Wort darüber.

Sie schob einfach meinen Aufsatz in die Mitte des endlosen Stapels zurück.

In den folgenden Jahren musste ich oft an diese Lehrerin denken.

Ich malte mir aus, wie sie in diesem Café saß, an einem Tisch für zwei, neben einem leeren Stuhl. Sie wartete, während die Uhr auf die Mittagsstunde zutickte.

Sie wartete, dass ich ihr das geschätzte Exemplar des Buchs wieder zurückgab, das ihr einmal ihr Lehrer geschenkt hatte, damit wir beide darüber reden konnten, so wie sie es früher mit ihm getan hatte.

Sie wartete, und die Mittagsstunde kam und ging.

Der Kaffee wurde kalt.

Und irgendwann war alles klar.

Übrigens habe ich Jahre später die Adresse herausgefunden. Die von dieser Lehrerin. Nachdem mir meine Mutter die ganze Geschichte erzählt hatte.

Die Geschichte meiner Fürsprecherin.

Ich wollte sie besuchen. Mich bedanken. Mich entschuldigen.

Klopf klopf.

Erinnern Sie sich noch an mich?

Wie auch immer.

Spielte keine Rolle mehr.

Denn sie war ebenfalls tot.

Ich verfolgte ihre Spur bis zu einem Grabstein in Jersey.

Ein netter Friedhof. Ein gepflegtes Grab. Mit einem verwelkten Blumenstrauß darauf.

Also entschuldigte ich mich stattdessen bei einem Grabstein.

Und irgendwann habe ich dann dieses Buch gekauft. Das Tierbuch von diesem Balletttänzer. Und ich habe es gelesen. Und es hat mir gefallen. Ziemlich gut sogar.

Sie hatte recht gehabt. Das erzählte ich ihr auch, als ich mein Exemplar auf ihrem Grab zurückließ.

Da wir gerade beim Thema sind.

Besonders Befähigte.

Lesser.

Perverser Hüpfer. Dreckiger Fettsack. Totaler Spinner.

Trotzdem hat er nicht das verdient, was auch immer ihm gerade zustößt.

Armer Lesser.

Er verdient was Besseres.

Vielleicht könnte er einen Fürsprecher gebrauchen.

# II. TEIL

# 19

Naher Feind.

Was meinen Sie?

Sagen Sie es mir.

Boonce lacht.

Da schau einer an, Sherlock Müllmann. Gratuliere. Sie haben was rausgefunden.

Verarschen Sie mich nicht, Boonce. Erklären Sie es mir einfach.

Er erklärt mir gar nichts. Stattdessen stützt er sich auf das Geländer der verrotteten Holzplattform, von der aus man über den schmutzigen Hudson River blicken kann, und kichert.

Im Hintergrund umkreisen schnelle Schwärme kreischender Möwen die Müllbarken auf dem Fluss. Sie unternehmen Sturzflüge in den Müll. Übertönen uns beide. Dann erhebt Boonce die Stimme gegen das Möwenkreischen, den Blick immer noch auf den Fluss gerichtet.

Wissen Sie, was das Gefährlichste auf der Welt ist, Spademan?

Was denn?

Er wendet sich mir zu. Jetzt ohne zu kichern.

Ein mit einem Teppichmesser bewaffneter Mann, der nur einen beschissenen kleinen Ausschnitt des ganzen Bildes kennt.

Wir stehen unten an der Südspitze von Manhattan auf dem Oberdeck des South Street Seaports. Das Geländer ist wackelig, und im Boden der Plattform fehlen hier und da Holzbohlen. Sie wurden das Opfer von heftigen Stürmen und den immer selteneren Einsätzen der städtischen Reparaturdienste.

Hinter uns haben zwielichtige Händler auf vergammelten Decken ihre armseligen Waren ausgebreitet und feilschen mit Kunden. Die meisten von ihnen sind Sphären-Junkies, die sich nach einer weiteren Stunde in der Traumwelt sehnen. South Street Seaport war früher mal ein richtiger Hafen, vielleicht vor zweihundert Jahren oder so, ein großer Anziehungspunkt für den Handel, ein geschäftiger Fischmarkt mit allem Drum und Dran, bis man hier alles dichtmachte. Danach wurde eine Shoppingmall daraus. Auf den Ständen, auf denen ehemals frisch gefangener Fisch feilgeboten worden war, türmten sich Billig-T-Shirts. Dann blieben die Touristen aus, die Stadt ging den Bach runter, und jetzt ist der Seaport mehr eine Art Freiluftbasar für Waren aller Art. Was im Grunde bedeutet, dass die meisten der Händler hier irgendjemandes Tür aufgebrochen und aus dessen Wohnung geschafft haben, was immer sie tragen konnten, um es hier draußen auf eine dreckige Decke zu legen und es interessierten Käufern anzudrehen.

Ebenso wie in Gegenden, in denen viel eingebrochen wird, zuverlässig Pfandleihhäuser aus dem Boden schießen, so entstanden in fußläufiger Entfernung vom Seaport ein halbes Dutzend Stunden-Schlafsäle. Die Leute verkaufen hier ihren gestohlenen Scheiß, bis sie genug Geld für eine Stunde in einem Bett zusammengekratzt haben. Manche Schlafsäle bieten sogar Zehn-Minuten-Sitzungen an, obwohl man sich schwer vorstellen kann, welche Art von außerkörperlicher Fantasie man in zehn Minuten packen kann.

Nein, so schwer ist es auch wieder nicht vorzustellen.

Wie auch immer, der alte Seehafen ist eine besonders zwielichtige Ecke in einer Stadt, die jede Menge zwielichtiger Ecken zu bieten hat.

Natürlich hat Boonce deswegen diesen Ort für unser Treffen ausgewählt.

Vermutlich lässt er Grand Central nur ein einziges Mal für dich sperren.

Eigentlich hätte ich ein Meeting in seinem Büro erwartet, irgendwo in einem Polizeihochhaus, doch dann fällt es mir wieder ein.

Er arbeitet ja verdeckt.

Boonce lehnt mit verschränkten Armen am verrotteten Geländer und ziert sich. Da ich ungeduldig bin, mache ich Druck.

Ich werde nicht gerne angelogen, Boonce.

Niemand wird gerne angelogen, Spademan. Und doch geschieht es ständig.

Er wendet sich mir zu. Fummelt an seinem protzigen Uhrenarmband herum.

Da wir gerade dabei sind, wie geht es Ihrer Krankenschwester?

Welcher Krankenschwester?

Boonce kichert.

Das gefällt mir. Sie spielen den Ahnungslosen. Hören Sie, ich kann verstehen, dass diese Frau wichtig für Ihre Ermittlungen ist, Spademan. Vor allem, weil sie die letzte Person ist, die Langland lebend gesehen hat. Ach, und danke übrigens, dass Sie auch diese Informationen für sich behalten haben, ich meine, dass Langland tot ist und all das. Nur gut, dass Sie nicht der Einzige auf meiner Lohnliste sind.

Und Sie haben mir nie von Naher Feind erzählt, Boonce. Oder dass Lesser und Langland sich kannten. Oder dass die beiden Sie kannten.

Boonce seufzt wie ein Ehemann, der bei einem Seitensprung ertappt wurde, dem es im Grunde aber ziemlich schnuppe ist, ob seine Ehe zum Teufel geht.

Hören Sie, Naher Feind war Bellarmines Idee. Aber nur der Grundgedanke. Er wollte eine Initiative, um die Limnosphäre zu schützen. Der Plan war, sich ein paar geniale Trottel zu suchen, die alle Lücken in der Sphäre finden und sie dann zustopfen.

Boonce deutet auf die Skyline.

Denn dort findet der nächste Anschlag statt, verstehen Sie. Niemand versucht noch, irgendwas von dem Scheiß hier draußen in die Luft zu jagen. Die bösen Jungs wollen da rein. In die Sphäre. Und angesichts dessen, was Lesser gesehen hat, sind sie vielleicht schon drin.

Und was ist mit Lesser?

Was soll mit ihm sein? Er war nur ein brillanter Junge, den Langland entdeckt und an mich weitergereicht hat. Irgendein Wunderkind, das in einer öffentlichen Highschool vor sich hin gammelte, total gelangweilt, mit begriffsstutzigen Eltern, die keine Ahnung hatten, welches Talent sie da zu Hause sitzen hatten. Langland hat ihn entdeckt. So wie die meisten anderen Kids auf der Langland-Akademie. Es war weniger eine Schule als eine Rettungsaktion für junge Genies. Und Lesser war das größte Genie unter ihnen.

Boonce denkt einen Augenblick nach.

Na ja, vielleicht das zweitgrößte.

Er blickt erneut auf seine Uhr.

Wie sieht's aus, Spademan? Haben Sie nur in meiner schmutzigen Wäsche gewühlt oder zufällig auch eine der Spuren verfolgt, auf die ich Sie eigentlich angesetzt hatte, zum Beispiel diesen ägyptischen Jungen, Salem Shaban?

Nein.

Nun, er ist derjenige, über den Sie sich Sorgen machen sollten.

Wieso?

Er ist das größte Genie von allen.

Boonce reibt sich die Stirn, als hätte er Migräne. Oder als müsste er eine Entscheidung fällen. Was er dann offenbar auch tut.

Hier noch ein paar Hintergrundinformationen für Sie, da Sie ja so scharf aufs Gesamtbild sind. Ich habe Ihnen doch erzählt, dass Shaban hierhergezogen ist, nachdem unser Militär seinen Vater erledigt hatte, richtig? Damals in Ägypten? Als er noch ein Teenager war? Wollen Sie wissen, wer ihn hierhergebracht hat?

Ich schätze, es war Langland.

Gut geraten. Shaban war ein weiteres von Langlands Förderprojekten. Ein geradezu legendäres kleines Computergenie. Langland ließ Shaban in Ägypten aufspüren und rüber in die Staaten bringen. Das State Department wäre deswegen beinahe ausgerastet, aber Langland zog ein paar Fäden im Hintergrund. Dann brachte Langland Shaban zu mir, wo er an dem Naher-Feind-Projekt mitarbeitete. Zusammen mit Lesser. Ein perfektes Gespann. Absolute Spitzenklasse, die beiden.

Also kennt Shaban auch Lesser.

Ihn kennen? Spademan, die beiden waren beschissene Zimmergenossen auf Langlands Akademie. Und der Banker überließ sie beide Bellarmine, denn der war Langlands Strohmann. Langland hatte Bellarmine seit dessen Abschluss auf der Polizeiakademie gefördert. Er plante eine große Zukunft für ihn. Sorgte dafür, dass er die Karriereleiter bis zum Top Cop emporstieg. Hoffte, dass er eines Tages Bürgermeister werden würde. Was immer noch drin ist. Denn schließlich ist Langlands Geld nicht mit ihm gestorben.

Boonce bückt sich und hebt einen Aktenkoffer hoch, der zu seinen Füßen am Geländer lehnt. Er lässt sich einen Moment Zeit.

Haben Sie schon einen Blick auf die *Post* von heute geworfen?

Ich lese keine –

Ach richtig. Ich vergaß.

Er legt den Aktenkoffer auf dem Geländer ab, lässt ihn aufschnappen und zieht die heutige Ausgabe der *Post* heraus. Auf der Titelseite prangt eine fette Schlagzeile.

TOP COP WARNT VOR TERROR – BELLARMINE WILL BEI DEBATTE BOMBE PLATZEN LASSEN.

Boonce deutet auf die Schlagzeile.

Diese Woche findet die erste öffentliche Debatte der Kandidaten für das Bürgermeisteramt statt. Unter freiem Himmel, so wie damals bei Lincoln und Douglas, unten in Battery Park City. Und Bellarmine kündigt bereits die ganze Woche eine große Sensation an. Und das merkwürdigerweise genau seit letztem Samstagabend.

Und?

Nun, vielleicht steckt die Bombe, die er platzen lassen will, ja in einer Burka, Spademan.

Glauben Sie, Bellarmine weiß, was Langland zugestoßen ist?

Boonce verstaut die Zeitung wieder. Schließt den Aktenkoffer.

Ich schätze, er weiß noch weit mehr als das.

Boonce stellt den Aktenkoffer ab und lehnt sich erneut gegen das Geländer. Faltet die Hände. Knetet seine Finger. Scheint ernsthaft besorgt.

Überlegen Sie mal, Spademan. Was ist Bellarmines einziges Versprechen bei dieser Wahl?

Damit Sie ruhig schlafen können.

Richtig. Und wem, glauben Sie, wird es nützen, wenn jeder reiche Schwachkopf in dieser Stadt plötzlich Panik schiebt, weil die Terroristen in die Sphäre eingedrungen sind und einen dort ganz real in die Luft jagen können? Auf den Schutz welches starken Mannes werden sie dann bauen?

Warten Sie, Boonce. Ich dachte, Bellarmine sei Ihr Boss.

Boonce zuckt mit den Achseln.

Das ist er allerdings. Und deshalb führen wir diese Unterhaltung auch nicht in meinem Büro.

Boonce schaut zu, wie die Müllbarken vorbeigleiten.

Das ist der Lauf der Dinge, richtig, Spademan? Man beginnt als Idealist und endet als Handlanger.

Sie hätten mir das alles gleich von Anfang an erzählen sollen, Boonce.

Er schaut sich um. Senkt dann die Stimme.

Das ist ja der Punkt, Spademan. Ich wusste es selbst nicht. Ebenso wie Sie setze ich das Puzzle gerade erst zusammen. Und wie Sie sich vielleicht vorstellen können, kann ich mich in dieser speziellen Situation nicht an allzu viele Menschen wenden.

Dann beugt er sich vor.

Hören Sie, es gibt da noch etwas, das Sie wissen sollten, und ich würde Ihnen keinen Vorwurf machen, wenn Sie danach die Flucht ergreifen. Aber ich bin Ihnen die ganze Geschichte schuldig. Bellarmine hat Naher Feind aus der Taufe gehoben, das ist richtig. Doch dann hat er es mir übertragen. Sein ursprünglicher Plan war es, eine Spezialeinheit ins Leben zu rufen, um die Sphäre zu schützen.

Okay.

Doch ich war ehrgeiziger. Ich lenkte die Sache in etwas andere Bahnen. Lesser arbeitete für mich an einem speziellen Projekt. Er sollte heimlich in die Limnosphäre eindringen. So wie beim Hüpfen. Nur schlimmer.

Boonce knetet erneut seine Knöchel. Er wirkt wie ein Arzt, der sich selbst untersucht hat und sich die schlimmstmögliche Diagnose stellt.

Lesser arbeitete für mich an einer Methode, um die Sphäre als Waffe einzusetzen, Spademan. Darum ging es eigentlich bei Naher Feind. Gezielte Tötungen in der Sphäre, so wie Drohnen-

Angriffe, nur besser, weil es keine Kollateralschäden und keine Beinahezusammenstöße gibt. Können Sie sich vorstellen, was es bedeutet, wenn man jemanden in der Sphäre aufspüren und töten kann? In jedem Bett, überall auf der Welt?

Klar, Boonce. Klingt toll. Nur ist es völlig unmöglich.

Boonce reibt seine Manschettenknöpfe, die winzigen glänzenden Polizeiwappen, als würde er sich an irgendetwas erinnern. Oder etwas bereuen.

Nichts, was wir hier in dieser Welt als Regeln oder Gesetze betrachten, ist in Wahrheit unumstößlich. Es sind lediglich Probleme, die es zu lösen gilt.

Und Lesser?

Lesser dachte, er hätte das Problem gelöst.

Stimmt das?

Ich weiß es nicht, weil er aus dem Projekt ausgestiegen ist. Er hat Naher Feind verlassen und sich in permanente Bettaufenthalte geflüchtet. Er lebte im Verborgenen. So wie Sie ihn vorgefunden haben, kurz bevor ich Sie gefunden habe. Und dann verschwand er völlig von der Bildfläche.

Warum haben Sie ihn denn nicht gleich verhaftet?

Mit welcher Begründung? Weil er eine Idee hatte? Um die Wahrheit zu sagen: Ich ließ ihn beschatten. Um herauszufinden, was genau er wusste. Und ob er es möglicherweise irgendwem verkaufen wollte. Vielleicht war das der Fehler. Vielleicht hätte ich mich schon in dem Augenblick um ihn kümmern müssen, als er abgesprungen ist. Aber wissen Sie, irgendwie wollte ich ihn beschützen. Vielleicht habe ich gehofft, ich könnte ihn zurückgewinnen. Das war mein Fehler.

Er schaut mich an. Sein Blick wirkt jetzt fast flehend.

Deshalb muss ich ihn finden, Spademan. Ich muss wissen, was er weiß. Was er mit diesem Wissen getan hat, an wen er es weitergegeben hat. Schließlich habe ich das Ganze entfesselt.

Ich bin verantwortlich dafür. Und ich brauche Ihre Hilfe, um es zu stoppen.

Ich höre zu. Überlege einen Moment. Vor allem, wie leicht es wäre, jetzt einfach wegzugehen. Ich bin selbst überrascht, als ich mich sagen höre:

Ich helfe Ihnen, Boonce. Unter zwei Bedingungen.

Schießen Sie los.

Sie verstecken Persephone. So wie vereinbart.

Kein Problem. Wo?

Wo immer sie hinwill.

Ist sie denn in Ihrem Apartment nicht sicher?

Das Problem ist nicht, wo sie ist. Sondern mit wem sie dort ist.

Simon.

Ich muss eine bessere Alternative für sie finden.

Schon erledigt. Freies Geleit. Ich kann das ermöglichen. Wie lautet die andere Bedingung?

Wenn wir Lesser aufgespürt haben, werden Sie ihm nichts zuleide tun. Meinetwegen soll er eine gerechte Strafe kriegen für das, was auch immer er getan hat, aber er darf nicht einfach spurlos verschwinden.

Boonce lacht.

Alle Achtung, Spademan, Sie werden ja richtig gefühlsduselig. Wenn ich mich nicht täusche, dann hatten Sie letzte Woche um diese Zeit noch ganz andere Pläne für Lesser.

Das war letzte Woche.

In Ordnung. Ich krümme Lesser kein Haar. Muss ich auch gar nicht. Ich will lediglich wissen, was er weiß. Und wer es sonst noch weiß.

In Ordnung.

Und das bedeutet, dass Sie mit Shaban reden müssen, Spademan. Shaban und ich haben eine gemeinsame Vorgeschichte. Und zwar keine gute. Und wenn sich herausstellt, dass er in irgendeiner Weise mit Bellarmine unter einer Decke steckt? Tja, dann kann ich diese Spur aus offensichtlichen Gründen nicht weiterverfolgen. Sie schon.

Ich soll einfach nur mit ihm reden?

Einfach nur reden. Im Augenblick zumindest. Sie können ihn leicht finden. Er hat einen Laden auf der Atlantic Avenue.

Boonce greift nach seinem Aktenkoffer. Streckt mir seine Hand hin. Diesmal kein Zwinkern. Nur die Hand.

Wir schütteln uns die Hände.

Er lächelt.

Ein Müllmann und ein Handlanger. Die letzten Hoffnungsträger der Stadt. Man stelle sich das vor.

Er wendet sich zum Gehen. Da fällt mir noch eine Frage ein.

Hey, Boonce, Sie sind doch kein Buddhist, oder?

Warum? Suchen Sie nach einer neuen Glaubensorientierung?

Ich habe mich nur gefragt, woher der Name Naher Feind stammt.

Es ist ein taktischer Begriff. Geopolitisch. Manche teilen die Welt in ferne Feinde und nahe Feinde auf.

Wo ist der Unterschied?

Der ferne Feind ist der, den man hasst, dem man erbitterten Krieg geschworen hat. Der nahe Feind ist der, der einem ähnlich ist, dem man vertraut, obwohl man es eigentlich nicht sollte. Nehmen Sie beispielsweise die radikalen Islamisten. Die betrachten muslimische Länder, die nicht dem Dschihad folgen, als nahe Feinde.

Und wer sind dann die fernen Feinde?

Er deutet auf die Stadt.

Seine Uhr rasselt.

Das sind wir.

# 20

Unterdessen in Hoboken.

Persephone wechselt eine Windel.

Sie wartet immer noch auf diese Feuchttücher.

Hannah liegt auf der Wickelauflage, streckt die Beinchen in die Höhe und giggelt. Persephone wischt Hannah sauber, einmal, zweimal, und dann erneut. Mit einem Kleenex.

Ich korrigiere. Mit dem, was von dem Kleenex übrig ist.

Sie wirft die Reste des schmutzigen Papiertuchs ins Maul des Windelfee genannten Windeleimers, den sie aus der Blockhütte mit hierhergeschleppt hat.

Sie lacht. Wider Willen.

Windelfee. Lustiger Name.

Liebe Windelfee, wenn ich meinem Baby brav den Arsch wische, gewährst du mir dann einen Wunsch?

Und wie lautet Persephones Wunsch?

Anderswo sein. Irgendwo weit weg.

Sie und Hannah.

An einem sicheren Ort.

Wo es vielleicht ein bisschen netter ist. Nur ein kleines bisschen. Ausnahmsweise.

Denn vor kaum einem Jahr war Persephone gerade achtzehn und lebte in einem Zelt in den Camps im Central Park. Schlief auf einer geborgten Yogamatte und wehrte die gierigen Hände der Jungs ab.

Wehrte noch Schlimmeres ab.

Ein Jahr zuvor, so erinnert sie sich, war sie noch ein Kind, zerbrach sich den Kopf über blöden Scheiß wie den Highschool-Abschlussball. Lebte noch in South Carolina, auf dem berühmten Anwesen ihres Vaters, das Crystal Corral finanziert hatte, auf einem so riesigen Grundstück, dass jemand sie an der Eingangstür des Haupthauses abholen und in einem Golfwagen zur Garage chauffieren musste.

Wo sie dann die freie Auswahl unter einer ganzen Reihe von Autos hatte.

Im Grund hatten sie überall freie Auswahl.

Grace Chastity und ihre drei Schwestern.

Grace Charity, Grace Constance und Grace Honor.

Die vier Grazien.

Sie war die älteste.

Jetzt lebt sie im Exil.

Man hat sie gewissermaßen exkommuniziert.

Alle vier waren nach ihrer Großmutter benannt, Harrows Mutter, einer frommen Frau. Persephone kannte sie kaum. Nur von Fotos. Aber sie hatte sie trotzdem verehrt.

Im Grunde verehrt sie ihre Großmutter immer noch.

Zu jener Zeit, als sie noch von einem Chauffeur in einem Golfwägelchen über das Grundstück zu einer der vollgestopften Garagen gebracht wurde, als sie routinemäßig Kleider im Internet bestellte, ohne auf den Preis zu achten, und dann alles, was ihr nicht passte oder nicht gefiel, den Bediensteten schenkte, als für ihre Familie immer ein Privatjet mit laufenden Turbinen auf dem Rollfeld bereitstand, als ihr Vater ein Vertrauter des Präsidenten war und sie einfach nur Grace genannt wurde, weil sie die älteste der vier Grazien war, damals hatte sie sogar einen persönlichen Sicherheitsbeauftragten.

Und sie hatte sogar eine Affäre mit ihrem persönlichen Sicherheitsbeauftragten.

Simon.

Der sich selbst Simon der Magier nennt.

Und plötzlich ist er wieder in ihrem Leben aufgetaucht.

Überraschung.

Soweit sie weiß, hockt Simon jetzt drüben im Wohnzimmer und spielt Karten mit dem schweigsamen Mark Ray.

Schwarzer Peter.

Und sie sitzt hier in Hoboken fest, eingesperrt mit ihrem Baby, darf nicht mal in die Nähe der Fenster. Die Vorhänge sind den ganzen Tag zugezogen. Und das, nachdem sie ein Jahr in einer Blockhütte in den Wäldern gehaust hat, ohne Kabelfernsehen, ohne WLAN, ohne Smartphone, ohne alles.

Irgendwie kein angemessenes Leben für die älteste der Grazien.

Und jetzt erfährt sie von Simon, dass ihre drei kleinen Schwestern, die Nachwuchs-Grazien, wie sie sie immer genannt hat, nicht nur den Luxus des Anwesens in South Carolina genießen, sondern auch nach der Macht über die Kirche ihres Vaters greifen. Vermutlich haben sie immer noch freie Auswahl unter den Luxuskarossen in der Garage. Und ohne Zweifel leben sie immer noch vom Vermögen ihres Vaters, obwohl ihr Vater gestorben ist.

Durch ihre Hand.

Aber Crystal Corral floriert immer noch, trotz der ganzen Rechtsklagen und Gerichtsverfahren. Obwohl ihr Vater tot ist, ist es sein Vermögen noch lange nicht. Es ist ganz offensichtlich nicht erschöpft.

Nicht so erschöpft wie sie.

Erneut wischt sie Hannah sauber.

Einmal.

Zweimal.

Wirft das Papiertuch weg.

Verfluchtes labbriges Kleenex.

Hannah hustet, dann lächelt sie, und Persephone erinnert sich daran, wie Hannah ein faltiger Säugling mit rotem Gesicht war. Damals hatte jedes ihrer Geräusche Persephone vor Schreck erstarren lassen. Jedes Glucksen, Rülpsen, Husten, Niesen und Aufstoßen ließ ihr Herz stillstehen. Denn Persephone war jedes Mal überzeugt davon, dass Hannahs Laute ein Hilfeschrei waren. Oder ein letzter Atemzug.

Ein Todesröcheln.

Sie starrte dann jedes Mal alarmiert auf diese neugeborene Kreatur. War sich unsicher, ob sie das kleine Wesen am Leben erhalten konnte. Sie fragte sich: Wie schaffen das andere Menschen nur? Doch mit der Zeit fand sie etwas heraus, das ihr eine gewisse Sicherheit verlieh.

Ihr Baby wollte leben.

Ihr Baby hatte keinen anderen Job, als zu leben.

Ihr Baby war im Wesentlichen eine Maschine, mit der einzigen Aufgabe, am Leben zu bleiben.

Und im Augenblick ist Persephone fest entschlossen, dem Vorbild ihres Babys zu folgen.

Sie will eine Überlebensmaschine werden.

Sie muss an diesen alten Disco-Hit denken. Sie blickt auf Hannah hinab. Kneift sich die Nase zu.

Singt ihr den Song vor.

Ah, ah, ah, ah. Staying alive. Staying alive.

Hannah gluckst.

Hier sind wir, zusammen und am Leben, denkt Persephone. Kein besonders tolles Leben vielleicht, aber trotzdem am Leben.

Dann sagt sie zu Hannah: Noch ein letztes Mal abwischen.

So, fertig!

Sie benutzt das letzte Kleenex, das sie aus der jetzt leeren Box gezupft hat. Dann knüllt sie das feuchte Tuch zusammen und zielt. Verzweiflungswurf kurz vor Ende der Spielzeit. Es kann der Siegtreffer werden –

Doch das Papiertuch klatscht schlapp gegen den Rand der Windelfee und fällt auf den Teppich.

Die Zuschauer stöhnen enttäuscht auf.

Persephone blickt finster drein.

Früher in der Privatschule hat sie ein bisschen Basketball gespielt. Offensichtlich hat sie ihr Ballgefühl verloren.

Sie bückt sich, um das herabgefallene Papiertuch aufzuheben. Als sie sich wieder aufrichtet, steht Simon mit verschränkten Armen in der Tür und beobachtet sie.

Er spendet ihr einen langsamen Applaus.

Guter Wurf.

Sie zeigt ihm den Mittelfinger.

Simon grinst. Trotz der Sommerhitze trägt er einen weißen Rollkragenpullover. In Rollkragenpullovern hat er immer gut ausgesehen, denkt sie.

Aber sie sagt nichts. Also bricht Simon das Schweigen.

Sie ist ein wunderschönes Baby. Kommt ganz nach ihrer Mutter.

Ehrlich? Was Besseres fällt dir nicht ein?

Er lächelt.

Wieso?

Soweit ich mich erinnere, warst du früher ein echter Charmeur. Aber da war ich auch noch jung. Leicht zu beeindrucken. Verletzlich.

Vielleicht bin ich eingerostet. Mir fehlt die Übung. Genau wie dir mit deinen Korbwürfen.

Was willst du, Simon?

Er stellt sich gerade hin. Löst die Verschränkung seiner Arme.

Wie lange willst du hier bleiben?

Dasselbe wollte ich dich fragen.

Er betritt den Raum. Schließt die Tür leise hinter sich.

Ich bleibe so lange hier, wie du mich brauchst. Bis ich weiß, dass es dir gut geht. Dass es euch beiden gut geht.

Persephone verzieht höhnisch das Gesicht.

Ich kann gut auf mich selbst aufpassen. Auf uns beide. Das habe ich bewiesen.

Simon hebt die Hände, als würde er kapitulieren.

Zur Hölle, dem kann ich nicht widersprechen.

Außerdem stehen die Cops da draußen und haben ein Auge auf uns. Wir kommen schon zurecht. Falls du irgendwohin musst.

Ich muss nirgendwo hin.

Wie auch immer.

Ich würde mich nicht auf diese Cops verlassen.

Warum nicht?

Weil ich prinzipiell jedem dazu rate, sich auf niemanden zu verlassen. Man muss sich immer selbst zu schützen wissen. Deshalb habe ich dir damals beigebracht, wie man mit dem Bowiemesser umgeht.

Unwillkürlich erinnert sich Persephone an die langen Sommernachmittage alleine mit Simon, draußen in der Scheune auf dem Anwesen ihres Vaters. Die Sonne stach in hellen staubigen Strahlen durch die Lücken zwischen den hölzernen Schindeln, es roch intensiv nach Heu und Pferden. Es war heiß. Simon stand hinter ihr, hielt ihre Arme, bewegte sie wie die willenlosen Glieder einer Marionette. Brachte ihr bei, wie man einen Heuballen tötete. Angedeutete Stöße, Finte, Ausfallschritt. Zustechen, zustechen, gut, und noch mal. Er zeigte ihr, wohin sie mit der Klinge zielen sollte. Feilte mit ihr an ihrer Messertechnik. Dann bot er sich als Ziel an. Deutete auf seine Mitte. Forderte sie heraus. Mach schon, du kannst mich nicht verletzen. Du wirst mich nicht mal berühren. Und er hatte recht, sie traf ihn kein einziges Mal. Er war zu geschickt, zu flink. Immer, wenn man gerade dachte, man hätte ihn, wich er aus, duckte sich, tänzelte. Sie schwitzten zusammen in den stickigen Schatten der Scheune. Finte. Ausfallschritt. Noch mal. Besser. Ausfallschritt. Gut. Noch mal.

Simon kratzt sich seinen buschigen Bart. Er wirkt auf für ihn untypische Weise verwildert. So wie er hier vor ihr in diesem Apartment in Hoboken steht, kommt er ihr vor wie ein Eremit, der frisch aus der Einsamkeit seiner Berghöhle zurückgekehrt ist.

Er fragt sie.

Hast du das Messer noch?

Persephone schließt Hannahs Windel.

Sicher. Irgendwo. Was ist mit dir, Simon? Wie sind deine Pläne?

Ich gehe zurück in den Süden. Um mir meine Kirche zurückzuholen.

Deine Kirche?

Unsere Kirche.

Er nickt in Richtung Hannah.

Ihre Kirche.

Na, dann viel Glück.

Ich könnte etwas Hilfe gebrauchen.

Da bin ich mir sicher.

Persephone hebt Hannah hoch. Setzt sich das Baby auf eine Hüfte. Hannah ist mittlerweile ganz schön schwer, und sie legt jeden Tag weiter an Gewicht zu. Um die Wahrheit zu sagen, denkt Persephone selten über ihre Zukunft nach. Denn wenn sie das tut, dann weiß sie gar nicht, wo sie anfangen soll.

War schön, dich wiederzusehen, Simon. Bis dann. Vielleicht in einem Jahr oder so.

Ich will nicht alleine zurückgehen.

Er kommt näher. Packt sie an den Ellbogen. Ziemlich fest, so wie er es früher getan hat.

Komm mit mir. Ich brauche dich. Du bist der einzige Grund, weswegen ich zurückgekommen bin.

Sie dreht sich weg. Löst sich aus seinem Griff.

Vorsicht, Simon. Der letzte Typ, der mir so nahe gekommen ist, ging in Flammen auf.

Er grinst. Nickt. Tritt mit erhobenen Händen zurück. Schaut ihr aber weiter in die Augen.

Wir sollten das zusammen durchziehen. Es ist unser Erbe. Es gehört uns. Uns dreien.

Du hattest deine Chance, mit uns zusammen zu sein.

Aber jetzt bin ich doch hier.

Jetzt brauche ich dich nicht mehr.

Aber ich bin trotzdem da.

Das ist richtig. Und wenn du schon mal hier bist, warum machst du dich dann nicht wenigstens nützlich?

Was soll ich tun?

Lauf runter an die Ecke und hol mir ein paar Feuchttücher.

Simon will gerade etwas erwidern, da klopft es an der Schlafzimmertür.

Persephone nickt in Richtung Tür.

Willst du nicht nachsehen?

Simon öffnet die Tür.

Mark steht davor. Noch immer mit verdrahtetem Kiefer. Er murmelt irgendetwas. Es klingt nach *Mrmrmr*.

Simon zuckt genervt mit den Achseln.

Was?

*Mrmrmr*.

Ein weiteres Achselzucken.

Mark zieht sein Smartphone heraus, ein ganz billiges, das er sich eigens zu diesem Zweck gekauft hat, und kritzelt etwas mit der Fingerspitze aufs Display. Dann hält er das Smartphone hoch.

JEMAND IST AN DER TÜR.

Simon schaut ihn an.

Und?

Mark kritzelt wieder.

SOLL ICH GEHEN?

Simon runzelt die Stirn. Persephone drängt sich an Simon vorbei.

Ich gehe.

Sie wendet sich Simon zu.

Ich glaube, seit der Blockhütte ist Mark vorsichtig, was Türen betrifft.

Simon hält sie auf.

Nein. Ich gehe. Ihr beiden bleibt hier.

Simon redet nicht allzu viel über seine Vergangenheit. Nicht mit Persephone und auch mit sonst niemandem. Nicht über die vielen Jahre, bevor Harrow ihn gefunden und angeheuert hat. Ihm dadurch letztendlich das Leben gerettet hat. Ihn als Simon den Magier wiedergetauft hat. Harrow glaubte an ihn, so viel stand fest. Er brachte Simon etwas über das Leben bei, lehrte ihn neue Lektionen. Angenehme Lektionen darüber, wie man ein gutes Leben führt. Ein solches Leben hatte Harrow ihm immer versprochen.

Aber Harrow wusste auch die alten Lektionen zu schätzen, die Simon bereits gelernt hatte. Als Kind, als Teenager und in seinen Zwanzigern auf den Schlachtfeldern hier und in Übersee. All diese offiziellen und inoffiziellen Lektionen, so brutal und blutig sie auch waren – all diese Lektionen waren für Harrow nützlich.

Denn wenn man sie einmal gelernt hatte, vergaß man sie nie wieder.

Harrow gefiel das. Er konnte sich darauf verlassen.

Auf das, was Simon bereits gelernt hatte.

Harrow war froh darüber, diese Fähigkeiten zu seiner Verfügung zu haben. Es gefiel ihm, Simon an der Leine zu halten. Um anderen Menschen Lektionen zu erteilen. Denn das war Simons Aufgabe.

Noch heute genießt Simon diesen Ausdruck auf Harrows Gesicht, als Harrow an jenem Tag in der Sphäre klar wurde, dass die Leine zwischen ihnen endgültig gerissen war. Simon hatte bei seinen Einsätzen in Übersee eine besonders schmutzige Lektion gelernt; damals, bevor er entlassen wurde, weil er einen Übereifer an den Tag gelegt hatte, den seine Vorgesetzten nicht mehr konstruktiv kanalisieren konnten. Die Lektion lautete: Es ist besser, jemanden zu töten, der dir die Hand schütteln will, als jemandem die Hand zu schütteln, der dich töten will.

Wichtige Lektion.

Und Simon hat sie mehr als ein Mal befolgt.

Klingt hart, klar, andererseits überlebt man nicht ohne eine gewisse Härte.

Auch das ist eine Lektion, denkt Simon.

Dann geht Simon an die Tür.

Vor der Tür stehen zwei junge Männer in identischen grauen Overalls.

Simon fragt sich, was zum Teufel sie hier wollen. Also fragt er sie:

Was zum Teufel wollen Sie hier?

Männer mit Kurzhaarschnitten. Kräftig gebaut. Sie haben die Hände hinter den Rücken gelegt. Stehen leicht breitbeinig da. Ein lockerer militärischer Stand. Vorne auf ihre Overalls ist in Schreibschrift das Wort *Pushbroom* gestickt.

Der erste Mann antwortet.

Sir, haben Sie eine Minute Zeit für uns?

Simon lächelt.

Perfektes Timing. Kommen Sie rein.

# 21

Vom South Street Seaport ist es nicht weit; ich muss nur über die Brücke nach Brooklyn und zur Atlantic Avenue.

Ich marschiere direkt zu dem Teil der Avenue, die vor Times Square ein lebendiges arabisches Viertel war. Voller Märkte, Duftläden, religiösen Buchgeschäften, das volle Programm. Den ganzen Tag hörte man die Rufe zur Gebetsstunde über Lautsprecher. Die Gläubigen strömten in die Moscheen.

Jetzt ist das alles verschwunden. Die Moscheen, die Märkte, die Buchgeschäfte. Und auch so ziemlich alles andere.

Atlantic Avenue war auch der Ort, wo ein halbes Dutzend Männer den Anschlag auf den Times Square planten. Fünf Männer in einem Hinterzimmer unter einer nackten Glühbirne. Ein sechster, der später verhaftet wurde, beschaffte in Übersee das Geld. Keine Ahnung, wie sie bei der Planung genau vorgingen. Es hat mich nie sonderlich interessiert. Das Wie, das Was oder das Warum hat mich nie beschäftigt.

Besonders das Warum nicht.

Zu diesem Zeitpunkt hatte ich meinen Glauben an das Warum bereits so ziemlich verloren.

Daher kannte ich auch die genaue Adresse des Gebäudes nicht, in dem sie sich getroffen hatten, um den Anschlag mit der schmutzigen Bombe auszuhecken.

Es kümmerte mich nicht. Weder das noch das meiste andere.

Und die wütenden Mobs, die in den Tagen nach Times Square

die Atlantic Avenue überschwemmten, kümmerten sich auch nicht allzu sehr um die Details. Oder um genaue Adressen.

Sie steckten kurzerhand alle Geschäfte in Brand. Einfach um auf Nummer sicher zu gehen.

Die Einheimischen versammelten sich, um zu applaudieren.

Die hiesigen Cops versammelten sich, um zuzuschauen.

Sie rührten keinen Finger.

Ließen dem Chaos freien Lauf.

Später rückten sie dann an und beseitigten die Reste.

Und dann, als ein paar Wochen darauf Bellarmine im Amt bestätigt worden war, entfesselten die Cops selbst ein Chaos.

In der Nacht der großen Säuberung der Atlantic Avenue.

Die Cops kamen nach Mitternacht.

Geheime Einsatzkommandos. Spezialkräfte. Die nur gelernt hatten, tödlich zuzuschlagen, nicht aber, den Verdächtigen ihre Rechte vorzulesen.

In schwarzen Uniformen. In Zweierteams.

Rote Laserpunkte tanzten auf verschlossenen Eingangstüren.

Handzeichen. Hände in Handschuhen. Gaben das Signal zum Vorrücken.

Stiefel traten gegen Türen. Türen zersplitterten. Verdächtige rappelten sich schlaftrunken hoch, als sie aus ihren Betten gerissen wurden, noch in ihre Bettlaken gewickelt. Einige von ihnen nur halb bekleidet, andere leise fluchend. Alle wurden sie im Licht greller Taschenlampenkegel in die Flure gezerrt, ihre Handgelenke wurden mit Plastikbändern gefesselt. Dann schubste man sie die Treppen runter. Einige wurden dabei wohl auch etwas heftiger geschubst.

Unglücklicherweise mussten auch einige Fluchtversuche und gelegentliche Gegenwehr durch Schüsse vereitelt werden. Zumindest wurde es später in den Nachrichten so dargestellt.

Der halbe Block wurde verhaftet. Die andere Hälfte hatte die Botschaft verstanden.

Und wem konnte man Vorwürfe machen, wenn in dem ganzen Durcheinander in dem einen oder anderen Apartment oder Laden, in der einen oder anderen Moschee versehentlich eine brennende Kerze umgestoßen wurde oder eine Lampe mit parfümiertem Öl auf dem Boden zerbrach und dadurch unglücklicherweise ein Feuer ausbrach?

Ein Feuer, bei dem der halbe Block niederbrannte?

Wem konnte man deswegen Vorwürfe machen?

Am nächsten Tag bei der Pressekonferenz strahlte Bellarmine.

Er war umrahmt von Flaggen. Kameras klickten unaufhörlich, während er detailliert über den bisher größten Fahndungserfolg der New Yorker Polizei berichtete.

Und niemand protestierte ernsthaft dagegen, abgesehen von denen, die man verhaftet und weggesperrt hatte. Doch über das Geheul der Sirenen, das Klicken der Kameras und die Jubelschreie hinweg waren deren Einwände kaum zu vernehmen.

Die *Post* krakeelte natürlich am lautesten.

SCHLAG GEGEN DEN ISLAM! TOP COP RÄUCHERT TERRORMOSCHEEN AUS.

Vielleicht gab es ein paar besorgte Leitartikel in den etwas liberaler gesinnten Zeitungen, ein paar empörte Höreranrufe bei Radiosendungen, doch die meisten Bewohner der Stadt hockten einfach auf ihren Händen – zumindest die, die nicht gerade applaudierten.

Ich kann auch nicht behaupten, dass ich groß Tränen vergossen hätte, als ich irgendwann davon erfuhr.

Zu diesem Zeitpunkt schenkte ich den Nachrichten keine sonderliche Aufmerksamkeit.

Ich hatte selbst alle Hände voll zu tun. Zunächst mal musste ich meine Frau begraben.

Ein Scherz.

Man hatte sie bereits für mich begraben.

Wie dem auch sei, die Atlantic Avenue starb aus.

Alle Emigranten, die dort gelebt hatten, verschwanden.

Zwischen den Säuberungsaktionen der Cops und den plündernden Gangs, die in ihrem Gefolge die Ruinen durchstöberten, suchte jeder, der ein auch nur annähernd arabisches Äußeres hatte, schleunigst das Weite. Einige zogen nach Michigan. Andere woandershin. Hauptsache, weg von hier.

Nach allem, was man so hört, sind einige auch in ihre alte Heimat nach Übersee zurückgekehrt. Sie hatten keine Probleme, einen Flug zu kriegen. Solange sie New York verließen, ohne einen Rückflug zu buchen.

Und eine Zeit lang konnte man mitten auf der Atlantic Avenue Skateboard fahren, ohne einer einzigen Person zu begegnen. Nur mit Sperrholzplatten verrammelte Läden und Graffiti. Und alte Hass-Flugblätter, an Telefonmasten getackert oder vom Wind unter die geschmolzenen Reifen von ausgebrannten Autos geweht.

DIE MUSLIMISCHE GEFAHR.

Von Hand gezeichnet. Mit Hakennasen. Finster dreinblickende Scheichs mit Krummsäbeln, die sich drohend hinter der New Yorker Skyline erhoben.

So viel zum Thema Schmelztiegel. Der Schmelztiegel hatte selbst eine Kernschmelze erlebt.

Und auch die braunen Sandsteinhäuser der benachbarten Blocks verödeten rasch. Zu viele Krawallnächte. Zu viele Autos, die umgeworfen und in Brand gesteckt wurden. Zu viele wütende Mobs und Molotowcocktails, die von maskierten Männern auf willkürliche Ziele geschleudert wurden.

Liebe deinen Nachbarn, bis man eine Brandbombe auf deinen Nachbarn wirft.

Dann scheiß auf deinen Nachbarn.

Und scheiß auf die Nachbarschaft.

Doch mittlerweile.

Siehe da!

Lebenszeichen.

Ein Kopftuch.

Ein Hijab.

Eine Frau in einer Burka, gefolgt von munter plappernden Kindern.

Zwei Männer mit Gebetsmützen und Sandalen, die vor einer renovierten Ladenfassade miteinander debattieren.

Ein Streifenwagen rollt langsam in falscher Richtung die Straße hinunter. Ein kurzer Sirenenstoß fordert die Männer auf, nicht stehen zu bleiben.

Sie gehorchen. Verschwinden hinter einer Haustür.

Die Cops fahren weiter.

Trotzdem.

Lebenszeichen.

In diesen Tagen sind die meisten Läden auf der Atlantic verlassen.

Die meisten Läden.

Aber nicht alle.

Dieser hier nicht.

Es ist ein brandneues Geschäft für Duftöle und Essenzen. Quer über der Schaufensterscheibe prangt noch stolz das Eröffnungsbanner wie die Schärpe an einer Schönheitswettbewerbs-Teilnehmerin. Ich trete ein. Der Laden riecht immer noch nach frischer Farbe. Entlang der strahlend weißen Wände stehen Regale mit farblich sortierten Glasflaschen – Reihen mit gelben, grünen und blauen Ölflakons, importierten Duftstoffen und kostbaren Essenzen, wie auf den Schildern darunter zu lesen ist. Außerdem stehen an den Wänden offene Kisten mit Räucherstäbchen, und in geflochtenen Körben werden Pantoffeln und Gebetsmützen zum Verkauf angeboten. Daneben stapeln sich Taschenbuchausgaben des Koran, gratis zum Mitnehmen.

Als ich eintrete, unterbreche ich zwei Angestellte in Westen und langen Gewändern, die dabei sind, den Boden zu fegen. Der eine trägt eine Gebetsmütze und einen langen buschigen Bart, der andere eine Gebetsmütze, einen langen buschigen Bart und eine doppelläufige Schrotflinte über der Schulter.

Ich muss zugeben: Die Szene wirkt ein wenig wie der Anfang eines Sketchs.

Ein Müllmann betritt einen Duftölladen –

Wir alle verharren einen Augenblick schweigend. Warten auf die Pointe.

Dann nehme ich aus dem Regal neben mir eine Flasche mit gelbem Duftöl, das irgendeinen verlockenden Namen trägt, und inspiziere sie. Erkundige mich bei dem Angestellten nach dem Preis.

Bevor er antworten kann, ertönt aus dem hinteren Eck des Ladens eine Stimme und instruiert den Angestellten in einer fremden Sprache.

Es klingt nach Arabisch. Aber natürlich bin ich in der Hinsicht alles andere als ein Experte.

Dann sagt die Stimme zu mir in meiner Sprache:

Betrachten Sie es als ein Geschenk.

Der Junge steht im hinteren Teil des Ladens in einer Türöffnung, halb verdeckt von einem Perlenvorhang. Ich nenne ihn nur deshalb einen Jungen, weil er so verdammt jung aussieht, sogar noch jünger als auf Boonces Foto. Er wirkt wie fünfzehn, maximal sechzehn. Klein und zart. Randlose runde Brille. Ein übergroßer dreiteiliger Tweed-Anzug hängt auf mageren Schultern. Ein hässliches Brandmal in der Größe einer Handfläche erstreckt sich quer über eine Wange, verläuft über seine Kehle und verschwindet unter dem offenen Kragen seines weißen Anzughemds. Die Verbrennung muss auch seine Kehle in Mitleidenschaft gezogen haben, denn wenn er spricht, klingt seine Stimme leise und rau wie Sandpapier. Er hat einen leichten englischen Schnösel-Akzent. Und anders als seine Angestellten, die beide lange Rauschebärte tragen, sind die Wangen des Jungen völlig glatt. Nicht einmal die Andeutung eines Bartflaums ist zu sehen.

Die Tür hinter ihm führt zu einem Treppenhaus.

Ich frage ihn das Naheliegende.

Sind Sie Salem Shaban?

Der bin ich. Und dies ist mein Laden. Und wer sind Sie, wenn ich fragen darf?

Mein Name ist Spademan. Ich bin ein Freund von Jonathan Lesser. Haben Sie Zeit für ein kurzes Gespräch?

Ich fürchte, ich habe Jonathan Lesser seit Jahren nicht mehr gesehen.

Tja, seit einer Woche hat ihn überhaupt niemand mehr gesehen.

Ich bin mir nicht sicher, ob ich Ihnen diesbezüglich weiterhelfen kann, Mr. Spademan.

Ich werde Ihre Zeit nicht allzu lange in Anspruch nehmen.

Shaban sagt zu den Angestellten irgendetwas in dieser anderen Sprache. Dann wendet er sich wieder mir zu.

Sicher doch. Lassen Sie uns nach oben in mein Büro gehen.

Während er durch den Perlenvorhang vorausgeht, frage ich ihn, um das Eis zu brechen, nach seinem Namen.

Salem? Das bedeutet Friede, oder?

Er blickt über seine Schulter zurück.

Ja. Obwohl das Wort in diesem Land oft Salaam geschrieben wird. Allerdings ziehe ich es vor, meinen Namen mit einem *E* zu schreiben. Sie wissen schon, wie diese Stadt, in der die Hexenjagden stattfanden.

Dann deutet er auf das Treppenhaus.

Sollen wir?

Das Büro über dem Laden wirkt wie aus einem alten Film. Ein großer hölzerner Schreibtisch mit einer zerkratzten ledernen Schreibauflage und einem altertümlichen Stifthalter, der gleichzeitig als Briefbeschwerer dient. Ein hölzerner Drehsessel, hölzerne Jalousien, deren Lamellen leicht schräg gestellt sind. Schmale Lichtstreifen fallen wie durch das Gitterfenster einer Gefängniszelle auf den Schreibtisch. Alles hier ist alt, sicher hundert Jahre älter als Shaban. Dasselbe gilt für den großen verstaubten Globus, der neben dem Schreibtisch auf einem runden hölzernen Ständer ruht. Ich inspiziere ihn, während sich Shaban niederlässt. Der Globus muss noch viel älter sein als die übrigen Möbel, denn große Teile der Welt sind darauf noch unbekannt.

Ich drehe den Globus. Halte ihn mit dem Zeigefinger an einem zufälligen Punkt an. Lande auf einem Kontinent namens Terra incognita. Klingt nach einem guten Ort für meinen nächsten Urlaub.

Shaban macht es sich in dem Sessel bequem und deutet auf einen Stuhl mit gerader Rückenlehne gegenüber. Auf seinem Schreibtisch stapeln sich Hunderte von handgeschriebenen Briefen in unordentlichen Haufen oder liegen wahllos auf dem Tisch verstreut. Weitere Stapel türmen sich auf seinen Aktenschränken. Und noch mehr Briefe auf dem Holzboden. Sein Schreibtisch ist ein einiges Chaos aus Briefen, losen Briefmarken und langen Listen mit handgeschriebenen Adressen. Auf den ersten Blick sind alle Namen auf den Listen muslimisch, denn alle beginnen sie mit al-irgendwas oder el-sowieso. Das Büro wirkt wie ein Wahlkampfhauptquartier in den letzten hektischen Tagen vor der Abstimmung.

Verschicken Sie gerade Ihre Weihnachtspost, Shaban?

Er lächelt.

Ich verbreite einfach nur die Nachricht.

Das scheint mir aber wenig effektiv. Den Pony-Express zu benutzen, meine ich.

Man schreibt einfach nur die geeigneten Personen an. Dann wartet man. Und die Sache spricht sich von selbst herum.

Er deutet auf den größten Stapel auf seinem Schreibtisch.

Komisch, oder? Handgeschriebene Briefe sind heutzutage der sicherste Weg, eine Nachricht zu versenden. Man hört deine Anrufe ab, liest deine E-Mails, hortet deine SMS, verfolgt dich in der Sphäre, überwacht deine Träume, zeichnet jeden Gedanken auf, den du hast. Doch niemand lässt sich mehr dazu herab, einen altmodischen Brief mittels Dampf zu öffnen. Aber nun verraten Sie mir, Mr. Spademan, wie kann ich Ihnen helfen?

Sie kannten Jonathan Lesser?

Natürlich. Und das wissen Sie sicher auch, sonst wären Sie ja nicht hier. Sie sagten, er sei verschollen?

Ja. Seit letztem Wochenende.

Tut mir leid, das zu hören. Es ist gar nicht mehr so leicht, in unserer modernen Welt dergleichen zu bewerkstelligen. So viele Augen, die uns permanent beobachten.

Nun ja, er hat es geschafft. Oder jemand hat ihn verschwinden lassen.

Jonathan ist clever. Und aalglatt. Und er bewegt sich in schlechter Gesellschaft. Ich weiß das, denn ich war früher selbst Teil davon.

Bevor Sie die Religion für sich entdeckten.

Bevor ich sie wiederentdeckte, richtig.

Shaban öffnet eine Schreibtischschublade. Zieht einen prall gefüllten verschließbaren Plastikbeutel heraus. Der Inhalt besteht offenbar aus Zweigen und Blättern.

Ich habe schon seit Jahren keine Computertastatur mehr angerührt. Das fühlt sich gut an. Völlig frei von all dem zu sein.

Shaban öffnet den Plastikbeutel. Nimmt eine kleine Menge des Krauts heraus. Hält es mir hin.

Mögen Sie?

Zweige? Nein danke.

Das habe ich mir schon gedacht. Aber es ist unhöflich, dem Gast nichts anzubieten.

Salem schiebt sich das Kraut in seine Backentasche, dann schließt er das Beutelchen wieder. Hält es hoch, sodass ich es betrachten kann.

Kat. Eine üble Angewohnheit. Ich kam im Jemen damit in Berührung, aber erst, als ich hierherzog, habe ich richtig damit angefangen. Vor allem in den langen Stunden des Programmierens mit Lesser. Es steigert angeblich die Konzentration, doch ich konnte Lesser nie davon überzeugen, es auszuprobieren. Das High des Betthüpfens hat ihm immer gereicht.

Salem legt das Beutelchen zurück in die Schublade. Schiebt sie wieder zu.

Aber Sie wollten mich etwas zu Jonathan fragen.

Bevor Lesser verschwunden ist, hat er etwas gesehen. Während er hüpfte. Er spielte den Voyeur bei Ihrem alten Schuldirektor Langland.

Und was hat er gesehen?

Eine Frau in einer Burka. Eine Selbstmordattentäterin. In der Sphäre.

Nun, das ist tatsächlich eine merkwürdige Fantasie. Selbst für jemanden wie Langland.

Es war keine Fantasie. Es war ein gewaltsames Eindringen. Ein Angriff.

Deshalb wollten Sie mich also sprechen? Denn ich nehme an, Sie kommen nicht deshalb, weil Sie mich für einen allgemeinen Experten in Sachen Islam halten.

Ich habe von Ihrem neu erwachten Interesse an Politik erfahren. Von einem anderen alten Freund von Ihnen. Joseph Boonce.

Shaban lacht.

Ich wusste, dass dieser Name irgendwann auftaucht. Wie geht es Mr. Boonce? Wir beide sind nicht gerade einvernehmlich auseinandergegangen.

Das hat er mir auch erzählt. Er meinte, Sie hätten die Arbeit für die Regierung an den Nagel gehängt, um sich stattdessen der politischen Agitation zuzuwenden.

Agitation? So nennt man das also inzwischen? Wenn damit gemeint ist, dass ich die Menschen dazu ermutige, hierher in die Atlantic Avenue zurückzukehren, dann hat er recht. Ich bin mir sicher, er weiß ziemlich genau über mein Vorhaben Bescheid.

Shaban deutet auf die Wände. Dann sagt er mit einem Bühnenflüstern:

Überall Augen und Ohren.

Was Sie tun, ist also nicht politisch?

Selbstverständlich betrachte ich es nicht als eine Form der Agitation, Mr. Spademan. Es ist mehr eine urbane Erneuerung. Und solche Initiativen kann die Stadt durchaus gebrauchen, finden Sie nicht?

Doch, sicher. Aber verraten Sie mir Folgendes: Wer hat diese Stadt überhaupt erst so ruiniert?

Das weiß ich nicht, Mr. Spademan. Es kommt mir so vor, als hätte diese Stadt schon lange auf sehr wackeligem Boden gestanden.

Wie steht es mit Ihrem Vater? Was hat er von politischer Agitation gehalten?

Mein Vater ist tot, wie Sie sicher wissen. Er war ein leidenschaftlicher, gefährlicher Mann. Und er wurde vor vielen Jahren in Ägypten von einer amerikanischen Drohne getötet. Deswegen kam ich hierher nach New York. Waren Sie je in Ägypten, Mr. Spademan?

Nein. Aber ich habe gehört, dass es dort ziemlich drunter und drüber geht.

In der Bibel steht an einer Stelle die Aufforderung: Lasst keinen Stein mehr auf dem anderen stehen. Wir alle scheinen die Absicht zu verfolgen, genau dies wortwörtlich in die Tat umzusetzen.

Um ehrlich zu sein, Shaban, mich kümmert nicht allzu sehr, was in irgendeiner weit entfernten Wüste vor sich geht.

Shaban lächelt schwach.

Ja, so sind die Menschen.

Shaban wirkt gelangweilt, als hätte er diese Diskussion schon viele Male geführt und würde sie auswendig kennen. Aber er hat Pech. Er wird sie ein weiteres Mal führen müssen. Eigentlich hatte ich nicht damit gerechnet, dass das zwischen uns zum Thema würde. Aber da ich nun schon mal da bin, werde ich die Gelegenheit nicht ungenutzt verstreichen lassen.

Glauben Sie nicht, dass Ihre Leute mit der ganzen Sache angefangen haben?

Meine Leute?

Menschen Ihres Glaubens.

Shaban fährt abwesend mit den Fingerspitzen die Ränder seiner Verbrennungen entlang. Vernarbte Haut, die nie richtig geheilt ist. Dann sagt er mit seinem Sandpapier-Krächzen:

Extremisten. Drohnen. Attacken. Gegenattacken. Ihr Gott. Mein Gott. Am Ende bleiben immer nur Trümmer zurück. Für mich ergibt es nicht allzu viel Sinn, nachher den Schutt zu durchwühlen und nach Fingerabdrücken zu suchen, um den Verantwortlichen zu finden. Es bleiben Trümmer.

Er dreht sich zu den Jalousien um. Schiebt mit den Fingern zwei Lamellen auseinander.

Schauen Sie hinaus, Mr. Spademan. Wollen Sie sich mit mir um diese Straßen prügeln? Diese Blocks hier sind verseucht. Toxisch. Wir streiten uns doch alle nur um Trümmer.

Er lässt die Jalousien zurückfallen. Wendet sich wieder mir zu.

Aber darum geht es letztendlich in der ganzen Menschheitsgeschichte, oder?

Es gibt in der ganzen Welt keine schlimmeren Trümmer als die, die Ihre Leute hier hinterlassen haben.

Tatsächlich nicht?

Mit Verlaub, aber haben wir Ihr Land mit Atomwaffen angegriffen?

Er streicht erneut über seine Verbrennungsnarben.

Mit Atomwaffen? Nein. Nicht im eigentlichen Sinne. Aber wir sind alle verantwortlich für unseren Anteil an Trümmern in dieser Welt.

Vielleicht. Vielleicht aber auch nicht. Doch es gibt da einen entscheidenden Unterschied, Shaban. Meine Frau wurde unter Ihren Trümmern begraben.

Es tut mir sehr leid, das zu hören, Mr. Spademan.

Daher können Sie vielleicht verstehen, warum ich persönlich nicht allzu begeistert über Ihre Pläne für eine urbane Erneuerung bin.

Ich sage das jetzt nicht, um Ihren Verlust in irgendeiner Weise zu schmälern, aber wir alle haben geliebte Menschen verloren.

So wie Ihre Schwester?

Ja. Wie meine Schwester. Beispielsweise.

Das ist komisch, denn es heißt, Sie hätten sie ermordet.

Shaban beäugt mich einen Augenblick. Er zögert. Dann fragt er: Wer sagt das? Joseph Boonce?

Ein Ehrenmord, so nennen Sie das doch, oder? Sie haben Ihre Schwester getötet und dann die Männer gejagt, die sie vergewaltigt haben, und diese ebenfalls getötet. Beispielsweise.

Wer immer Ihnen das erzählt hat, hat gelogen. Meine Schwester starb bei demselben Drohnenangriff wie mein Vater und meine Mutter. Sie können das gerne in den Akten nachschauen.

Und doch sind Sie irgendwie entkommen.

Ja. Sie klingen enttäuscht.

Ich versuche nur, mir Klarheit über die Fakten zu verschaffen.

Shaban verlagert sein Gewicht im Sessel. Er rückt sein unförmiges Tweed-Jackett zurecht. Es wirkt dadurch kein bisschen passender. Dann wendet er sich wieder mir zu.

Mr. Langland hat mich hierher nach Amerika geholt. Früher konnte jeder Mensch hierherkommen, wissen Sie. In Freiheit. Nach Amerika. Sogar Ägypter. Schockierend, ich weiß.

Tja, Geld wie das von Langland öffnet eine Menge verschlossener Türen.

Ja, allerdings. Manchmal mache ich mir Sorgen, dass es das Einzige ist, was auf der Welt noch bleibt.

Was denn?

Geld und Trümmer. Und die Bereitschaft, sich endlos wegen beidem zu bekriegen.

Tja, Langland bekriegt sich jedenfalls mit niemandem mehr. Er ist tot. Dieser Angriff in der Sphäre? Es sieht so aus, als hätte er funktioniert.

Shaban wirkt ehrlich überrascht, oder er ist ein ausgezeichneter Schauspieler.

Wirklich?

Ja.

Salem zögert. Er denkt einen Moment nach.

In der Sphäre? Aber das ist völlig unmöglich.

Wirklich? War es denn nicht genau das Projekt, an dem Sie und Lesser für Boonce gearbeitet haben?

Er schweigt. Erwägt seine Optionen. Dann fährt er fort.

Naher Feind war ein totaler Fehlschlag. Und es widersprach meinen moralischen Überzeugungen. Sobald mir das klar wurde, stieg ich aus. Und Boonce weiß das ganz genau.

Hüpfen Sie noch, Shaban? Denn ich habe gehört, Sie waren sehr talentiert.

Ich nutze die Sphäre nicht, Mr. Spademan. Wenn Sie mich das gleich von Anfang an gefragt hätten, hätte ich uns beiden eine Menge Zeit ersparen können.

Aber mir ist zu Ohren gekommen, dass Sie ein richtig genialer Hüpfer waren. Angeblich konnten Sie die Sphäre nach Ihrem eigenen Willen formen.

Das war ich. Ein echt aalglatter Motherfucker, wie wir damals auf Langlands Uni sagten. Aber dann habe ich mich dem Glauben zugewandt. An dem Tag, als ich meinen Koran aufschlug, schloss ich mein Bett, und ich suchte es nie wieder auf. Wissen Sie, was der Prophet sagt, Mr. Spademan? Die Engel der Gnade betreten kein Haus, in dem Bilder hängen. Ich habe das so interpretiert, dass es mir verboten ist, die Sphäre zu betreten. Denn die Sphäre ist letztendlich nichts anderes als ein Haus aus Bildern. Eine Illusion, in der man leben kann. Und so deuten das auch die meisten anderen gläubigen Muslime. Wenn Sie sich also Sorgen machen, dass irgendwelche islamischen Extremisten Ihre eskapistischen Fantasien zerstören wollen, dann kann ich Sie beruhigen. Vor denen ist Ihre Sphäre absolut sicher.

Er fischt das Kat aus seinem Mund und lässt es in den Abfalleimer fallen.

Wie schon gesagt, Mr. Spademan. Das ist im Augenblick meine einzige Sünde.

Dann zögert er. Offenbar überlegt er, ob er mit etwas herausrücken soll, das ihm auf der Zunge liegt. Er nimmt seine randlose Brille ab und holt ein Tuch aus seiner Tasche, um sie zu putzen. Ohne Brille sieht Shaban sogar noch jünger aus. Und noch harmloser. Er blickt mich an und sagt:

Da wäre noch etwas, bevor Sie gehen, Mr. Spademan.

Was?

Ich kenne Jonathan Lesser vielleicht besser als irgendjemand sonst. Und wo immer er steckt, was immer er gerade tut, wer auch immer ihn festhält, Sie müssen ihn finden.

Ich werde gerne weitergeben, wie besorgt Sie um ihn sind.

Nein, was ich damit eigentlich sagen will, ist: Lesser ist brillant. Er war der Cleverste von uns allen, und es fällt mir bestimmt nicht leicht, das zuzugeben. Seinen Fähigkeiten sind keine Grenzen gesetzt, verstehen Sie?

Das wird allgemein behauptet.

Mr. Spademan, auch wenn wir bestimmte Dinge in dieser Welt für unmöglich halten, so sind das keine festgeschriebenen Regeln. Es sind keine unumstößlichen Naturgesetze. Es sind lediglich Probleme, die es zu lösen gilt.

Komisch. Ihr ehemaliger Boss Boonce hat mir genau dasselbe erzählt.

Damals bei Naher Feind war das so eine Art Mantra von uns.

Und welche Art von Lösungen streben Sie dieser Tage an, Shaban?

Ich versende Einladungen zu einer etwas besseren Welt. Und warte ab, wer sie annimmt.

Er reinigt die Gläser seiner Brille, dann setzt er sie wieder auf und schiebt die Bügel hinter die Ohren. Sein rechtes Ohr ist von den Verbrennungen stark in Mitleidenschaft gezogen und kaum mehr als ein Stummel. Wie das Ohr einer Statue, die seit Äonen in der Wüste lag und vom Sand abgeschmirgelt wurde.

Ich will damit nur sagen, dass Sie Lesser aufspüren müssen, Mr. Spademan. Sie müssen herausfinden, was er weiß. Bevor es jemand anderem gelingt. Einschließlich Mr. Boonce.

Sicher würden Sie gerne in Erfahrung bringen, was Lesser weiß, oder, Shaban?

Mr. Spademan, Sie missverstehen mich. Ich bin nicht neugierig. Ich fürchte mich. Und Sie sollten das auch tun.

Vor wem? Vor Ihnen?

Er lächelt höflich.

Es war mir ein Vergnügen, Sie kennenzulernen und diese Unterhaltung zu führen. Aber wenn Sie mich jetzt bitte entschuldigen würden.

Er deutet auf einen Stapel Umschläge, die darauf warten, adressiert zu werden.

Ich muss heute noch viele weitere Einladungen versenden.

Ein Teil von mir würde Shaban gerne an einen stillen Ort einladen, wo wir unsere Unterhaltung fortsetzen können. Ich war nie ein großer Freund dieser Art von Debattierclub-Geplauder, aber sein Verhalten hat mich ziemlich in Fahrt gebracht. Dieses leicht herablassende Selbstvertrauen von jemandem, der dieselbe Diskussion schon eine Million Mal geführt hat, ohne auch nur einen Millimeter von seiner Haltung abzuweichen.

Vielleicht könnte ich ihn umstimmen.

Wenn ich die Zeit dazu hätte.

Stattdessen überlasse ich ihn seinen Zweigen und Blättern und trete hinaus auf die Atlantic Avenue.

Auf der Straße vibriert meine Tasche. Ich ziehe mein Handy heraus, obwohl ich fast zu aufgewühlt bin, um dranzugehen. Aber es könnte Persephone sein. Oder Boonce.

Ich klappe das Handy auf.
Keiner der beiden.
Ein Anruf von:
Lesser.
Interessant.
Also gehe ich dran.

Der Anruf stammt nicht von Lesser, sondern von Moore. Der spindeldürre Bursche. Er benutzt Lessers Handy. Anfänglich verstehe ich seinen Namen nicht. Also wiederholt er ihn.

Sie wissen schon, Moore. Lessers Kumpel. Aus Stuyvesant Town? Wir haben uns letzten Samstag kennengelernt. Ich hab Ihnen dieses Sandwich im Deli gekauft.

Moment. Ich habe das Sandwich bezahlt.

Ich muss Sie sprechen, Spademan. Ich hab Ihre Nummer in Lessers Handy entdeckt. Ich bin gerade in Lessers Apartment und muss Sie unbedingt sehen.

Warum?

Weil ich Lesser gefunden habe.

Wirklich? Wo ist er?

Ich weiß es nicht.

Eben gerade hast du gesagt, du hättest ihn gefunden.

Na ja, eigentlich hat er mich gefunden. Kommen Sie her, dann erkläre ich Ihnen alles.

In Ordnung. Gib mir eine halbe Stunde.

Ich werde hier sein. Ach, Spademan, da ist noch etwas, das Sie wissen sollten.

Was denn, Moore?

Es ist schon wieder passiert.

# 22

Als ich bei Lessers Apartment eintreffe, hängt die Eingangstür immer noch schief in den Angeln. Drinnen wartet Moore. Er liegt zusammengerollt auf derselben alten Matratze, die Knie an die Brust gezogen. Er wirkt verängstigt und irgendwie noch dünner. Er ist in dieselbe Uniformjacke gehüllt.

Abgesehen davon ist das Apartment leer.

Also gut, Moore. Wo steckt Lesser?

Er ist nicht hier.

Das habe ich auch schon bemerkt.

Aber ich habe von ihm gehört.

Also gut. Wo ist er?

Das hat er nicht gesagt.

Langsam verliere ich die Geduld.

Und was hat er dir gesagt?

Er hat mir gar nichts gesagt. Das konnte er nicht. Alles, was ich von ihm gehört habe, war ein Ping.

Moore hält sein Smartphone hoch, als würde mir das irgendetwas sagen. Dann erklärt er es mir.

Jeder Hüpfer hat ein Ping. Für den Fall, dass es mal richtig übel läuft. Falls die Reiniger einen erwischen und man sich nicht mehr befreien kann. Wenn sie einen in die Mangel nehmen, man sich nicht ausklinken und mit niemandem mehr hier draußen kommunizieren kann, dann schickt man ein Ping. Nur ein kleines personalisiertes Signal, das durch die Sphäre hallt. Eine winzige Unregelmäßigkeit im Code. Du hoffst darauf, dass es jemand bemerkt. Nur anderen Hüpfern fällt so ein Signal auf. Es ist eine Art letzter Ausweg. Ein Notruf.

Und du hast so ein Signal von Lesser empfangen.

Ja.

Wann?

Vor etwa einer Stunde.

Er ist also am Leben?

Ja, irgendwo hier draußen. Und jemand hat ihn in der Mangel. Da drinnen.

Wer hat ihn sich geschnappt?

Moore krächzt die Antwort.

Reiniger vermutlich.

Aber er ist doch auch hier draußen irgendwo, richtig? Ich meine, sein realer Körper liegt irgendwo eingeklinkt in einem Bett.

Moores Augen werden leer.

Klar. Er ist hier irgendwo. Deshalb konnten sie ihn ja auch erwischen und irgendwohin schaffen, mit Drogen vollpumpen und dann so einklinken, dass er sich nicht mehr ausklinken kann. Auf die Art können sie es in die Länge ziehen.

Was in die Länge ziehen?

Die Bestrafung.

Und wo, glaubst du, haben sie ihn in der Sphäre hingeschafft, Moore?

Moore wird leichenblass. Seine Stimme krächzt heiser.

In einen schwarzen Raum.

Ich hatte befürchtet, dass Moore das sagen würde. Wie alle habe auch ich die Gerüchte über sogenannte schwarze Räume gehört, die sich irgendwo in finsteren Winkeln der Sphäre befinden sollen. Geheime Orte hier draußen, an denen sie einen einklinken, und verborgene Konstrukte da drinnen, in die einzudringen fast unmöglich ist. Schwarze Räume. Ein einziger Weg führt rein. Kein Weg raus. Armer Lesser. An diesem Punkt wünscht er sich vermutlich, er wäre einfach nur tot.

Moore krächzt eine weitere Bitte.

Sie müssen ihn da rausholen, Spademan. Ich weiß, Lesser hat eine Menge üblen Scheiß gebaut, aber so eine Strafe verdient er nicht. Was immer Sie letzten Samstag mit ihm vorhatten, ich schwöre Ihnen, der schwarze Raum ist viel schlimmer.

Moore hat recht. Und innerhalb einer Woche bin ich jetzt ganz offiziell von Lessers Mörder zu seinem Beschützer und Retter avanciert.

Merkwürdige Woche.

Also gut, Moore. Erzähl mir von dieser anderen Sache.

Erneut schaut er mit ausdruckslosen Augen zu mir auf.

Welche andere Sache?

Du hast gesagt, es ist schon wieder passiert.

Versprechen Sie mir, dass Sie ihn retten, Spademan? Er ist wirklich ein ganz besonderer Mensch.

Ich tue mein Bestes. Und jetzt raus damit, Moore. Was ist schon wieder passiert?

Moore zieht seine knochigen Knie dicht an sich heran, so wie ein Junge am Lagerfeuer, dem in einer kalten Nacht einfach nicht warm wird. Dann reißt er sich zusammen. Holt tief Luft.

Erzählt die Geschichte.

Moore erklärt mir, dass es da diese Betthüpferin gibt, die sich selbst Bad Penny nennt und die gerne üble Perverse in der Sphäre ausspäht. Sie benutzt dann die gesammelten Informationen, um diese Typen in der echten Welt bloßzustellen. Sie betrachtet sich selbst als eine Art moderne Kreuzritterin. Sie verbreitet die Namen der Perversen in jedem Chatroom, hackt ihre Adressdatenbanken und schickt dann Rundmails an alle Bekannten dieser Typen. In diesem Fall hat sie einen Drecksack aus dem East Village namens Loeb aufs Korn genommen. Einen schmierigen Typen, der im echten Leben einen Süßwarenladen betreibt und dort gerne die hiesigen Kinder in sein Hinterzimmer einlädt, um ihnen seinen Spezialvorrat an seltenen Süßigkeiten zu zeigen. Er macht dann Polaroids von den Kindern. Und hängt ihre Fotos an seine Pinnwand.

Daran ist aber noch nichts Perverses.

Zumindest hier draußen nicht.

Doch dann verwendet er die Fotos, um damit in der Sphäre Doppelgänger der Kinder zu kreieren.

Ziemlich plumpe Doppelgänger.

Andererseits ist Loeb auch ein plumper Typ.

Offensichtlich war er gestern Abend eingeklinkt, und diese Hüpferin namens Bad Penny beschloss, ihn bei seinen Machenschaften auszuspähen und ihn auf frischer Tat zu ertappen.

Moore flüstert.

Aber es ist schiefgelaufen.

Lass mich raten.

Moore erzählt weiter. Loeb bekam Besuch von einer Frau in einer schwarzen Burka. Sie umarmte ihn. Und dann – bumm.

Offenkundig entkam Penny dem mörderischen Feuerball nur mit knapper Not. Schreie hallten in ihren Ohren wider, noch lange, nachdem sie sich ausgeklinkt hatte. Und nicht alle dieser Schreie waren ihre eigenen.

Moore kommt zum Ende seiner Geschichte. Er wirkt total verängstigt. Verständlicherweise. Dann sagt er:

Das ist vor etwa einer Stunde passiert. Es hat sich schon über alle Chats der Hüpfer-Gemeinde verbreitet.

Dieser Loeb, weißt du, wo er sich einklinkt?

Klar. Bad Penny hat bereits seine Adresse, sein Foto, die Koordinaten seines Konstrukts und alles andere gepostet. Er klinkt sich in seinem Apartment über dem Süßwarenladen auf der Avenue D in Alphabet City ein.

Und diese Hüpferin, Penny, glaubst du, sie ist irgendwie darin verwickelt? Schließlich schiebt sie doch einen ziemlichen Hass auf diesen Loeb.

Soll das ein Witz sein? Penny hockt jetzt irgendwo in eine Decke gewickelt, nippt heiße Brühe und murmelt unverständliches Zeug. Einer ihrer Hüpfer-Freunde hat die Geschichte online gepostet, als eine Warnung für andere Hüpfer. Und jetzt reden alle Hüpfer darüber. Es hat sich wie ein Lauffeuer überall im alten Internet verbreitet.

Was schreiben sie dort?

Haltet euch von der Sphäre fern. Natürlich behaupten einige, man hätte Penny nur einen bösen Streich gespielt. Doch eine Menge Leute glauben daran. Und sie haben eine Heidenangst.

Was glaubst du, Moore?

Ich glaube es. Nach allem, was Lesser schon darüber erzählt hat, bin ich davon überzeugt.

Also gut, Moore. Gib mir diese Adresse.

Draußen in Stuyvesant, auf dem verlassenen Spielplatz, ziehe ich mein Handy heraus und tippe erneut diese Nummer ein.

Boonce meldet sich.

Was gibt's, Spademan?

Er ist in einem schwarzen Raum, Boonce.

Langes Schweigen. Dann fragt er.

Wer hat ihn geschnappt?

Keine Ahnung. Vermutlich Reiniger. Pushbroom möglicherweise.

Nein, ein schwarzer Raum übersteigt die Möglichkeiten der Reiniger bei Weitem, selbst die von Pushbroom. Schwarze Räume existieren offiziell nicht. Soweit ich weiß, gibt es nur noch einen einzigen funktionierenden schwarzen Raum in New York. Eigentlich sollte er längst geschlossen sein. Ich werde das überprüfen und Sie dann zurückrufen.

Übrigens, Boonce, es ist schon wieder passiert.

Was ist passiert?

Unsere Freundin in der Burka hat zugeschlagen.

Wann?

Vor etwa einer Stunde. Diesmal hat eine andere Hüpferin alles mit angesehen. Die Nachricht macht bereits die Runde in allen Hüpfer-Chats. Es wird nicht lange dauern, bis es jemand an die große Glocke hängt.

Spademan, ich hab ein paar Nachforschungen angestellt, und ich hatte recht: Diese neue Entwicklung in der Sphäre ist Bellarmines Bombe. Er wird sie bei der Debatte platzen lassen.

Wann findet die Debatte statt?

In zwei Tagen.

Also bleiben uns noch zwei Tage, um Lesser zu finden. Und das bedeutet, dass ich mich schleunigst auf die Socken machen muss.

Wohin?

Ich will rausfinden, ob dieser Loeb noch am Leben ist.

Ich brauche zwanzig Minuten zur Avenue D. Die Eingangstür zu Loebs Wohnhaus ist nicht abgeschlossen, daher spaziere ich einfach rein, steige die Treppe hoch und klopfe zweimal an seine Wohnungstür.

Niemand antwortet. Aber die Tür ist nur angelehnt. Also trete ich ein.

Ich entdecke Loeb in seinem Bett. Er ist immer noch eingeklinkt.

Das Apartment ist dunkel und riecht in etwa so angenehm, wie man es sich vorstellt. Trotzdem, ich habe genügend Leichen gesehen, besonders solche in Betten, um selbst von der anderen Seite des Raumes aus zu erkennen, dass Loeb niemals wieder aufstehen wird.

Ich nähere mich der Leiche auf der Liege.

Keine Spuren von Gewaltanwendung. Er sieht aus, als wäre er friedlich entschlafen.

Wie auch immer, die Welt wird um einen miesen Typen wie Loeb wohl nicht allzu sehr trauern.

Nicht, bis sie herausfindet, wie und warum er gestorben ist.

Ich beschließe, ihn einfach hier liegen zu lassen, bis ihn die Nachbarn entdecken. Nach drei Tagen, wenn er zu stinken anfängt, werden sie den Vermieter alarmieren, damit der nachschauen kommt. Komisch, er war immer so ein ruhiger, angenehmer Mieter, et cetera et cetera. Sie werden den Reportern den üblichen Kram erzählen, wie man ihn normalerweise klein gedruckt auf den letzten Seiten der *Post* findet. Und dort wird die Nachricht auch erst mal landen, bis irgendjemand alle Puzzleteilchen zusammensetzt. Das panische Chatten der Hüpfer, Loebs frische Leiche und davor die Geschichte mit Langland. Irgendjemand wird sich einen Reim darauf machen. Und es anschließend in die Welt hinausposaunen. Panik verbreiten. Möglicherweise Bellarmine höchstpersönlich, sofern ihm nicht jemand zuvorkommt.

Haltet euch von der Sphäre fern.

Sie haben einen Weg hinein gefunden.

Und sie können dich dort jetzt töten.

Für Bellarmine könnte das Timing gar nicht günstiger sein. Eine Woche vor den Wahlen bricht in der ganzen Stadt die Panik aus? Die Wähler werden ihm in die Arme rennen wie die Lemminge.

Wählt den starken Mann mit dem tröstlichen Versprechen.

Für einen ruhigen Schlaf.

Es sei denn, ich kann vorher Lesser aufspüren.

Als ich Loebs Wohnung betreten habe, habe ich die Tür hinter mir abgeschlossen, um neugierige Nachbarn fernzuhalten.

Und jetzt höre ich, wie sich draußen ein Schlüssel im Türschloss dreht.

Wer auch immer hereinkommt, er tut es geräuschvoll, als rechne er nicht mit Gesellschaft.

Die Tür schwingt auf, und ich mache mich bereit.

Jetzt ist es an mir, überrascht zu sein.

Sie verharrt in der Türöffnung, eine Hand am Schlüssel, der noch im Schloss steckt.

Vielleicht braucht sie einen kleinen Moment, bis sie mich wiedererkennt.

Oder bis ihr klar wird, was ich hier tue.

Also breche ich das Schweigen.

Hallo, Schwester.

# 23

Schwester zieht den Schlüssel aus dem Türschloss und schiebt ihn in die Vordertasche ihrer frisch gebügelten weißen Uniform.

Sie rückt ihr Häubchen zurecht.

Spademan. Ist das die Fortsetzung unseres Rendezvous?

Eigentlich bin ich hier, um deinen Freund Loeb zu besuchen.

Er ist nicht mein Freund. Er ist mein Boss. Seit gestern.

Ich drehe mich um und nicke in Richtung der steif werdenden Leiche.

Dann solltest du vielleicht deine Vita auf den neuesten Stand bringen.

Sie schließt die Tür leise hinter sich, deutet dann auf Loebs heruntergekommenes Apartment und lacht trocken.

Wie sind die Mächtigen gefallen, was?

Ich bin gerne bereit, mir alles darüber anzuhören, Schwester, aber lass uns zunächst über den Toten da sprechen.

Klar. Das ist vor etwa einer Stunde passiert. Ich bin gerade raus, um den Notruf zu machen.

Du hast eine Stunde gebraucht, um dich durchzuringen, diesen Anruf zu machen?

Um ehrlich zu sein, war ich mir unsicher, was ich tun sollte. Und um die Wahrheit zu sagen, habe ich auch niemanden angerufen.

Nachdem sie den Schlüssel verstaut hat, stellt sie ihre weiße Lederhandtasche ab und kommt quer durch den Raum auf mich zu, bis sie etwa einen Schritt vor mir steht. Nahe genug, um ihre

Hand flach auf meine Brust zu legen. Nahe genug, um uns beide daran zu erinnern, wie viel näher wir uns nur wenige Nächte zuvor waren.

Sie spricht mit leiser Stimme. Rechtfertigt sich nicht. Erklärt einfach nur.

Spademan, wir wissen beide, dass ich endgültig raus aus dem Geschäft bin, wenn ich diesen Notruf mache. Ich könnte sagen, ich verliere meine Lizenz, aber um ehrlich zu sein, habe ich sie nach Langland bereits verloren. Ich meine, sieh dich doch mal um. Das war der einzige Job, den ich nach Langlands Abgang kriegen konnte. Und das auch nur übers Internet. Ohne Referenzen, ohne Fragen, Bezahlung in bar.

Sie deutet auf Loeb.

Und dummerweise war ausgerechnet heute Zahltag.

Was ist passiert?

Keine Ahnung, Spademan. So was ist mir noch nie passiert, das schwöre ich dir. Bei Langland hab ich es einfach auf den Umstand zurückgeführt, dass er uralt war. Ich meine, man wird davor gewarnt, dass so was passieren kann, aber –

Jetzt kommen ihr die Tränen. Sie kullern über ihre Wangen. Und gegen meinen Willen umarme ich sie. Auch wenn ich ihr nicht wirklich glaube. Trotzdem umarme ich sie. Dann höre ich eine weitere Stimme an der Tür.

Hallo?

Als ich aufblicke, sehe ich einen Mann in der Eingangstür stehen. Ein langer Kerl, langer Trenchcoat, lange gemusterte Krawatte, langes Gesicht. Außerdem hat er langes Haar, doch da er zur Glatze neigt, hat er es sich nachlässig über die schütteren Stellen gekämmt. Am besten lässt er sich wohl als kahl werdender Hippie beschreiben. Das ist die schlimmste Art von Hippie.

Außerdem trägt er Birkenstocks.

Trenchcoat und Birkenstocks.

Er winkt uns fröhlich zu. Dann zückt er seine Dienstmarke.

Macht es Ihnen was aus, wenn ich reinkomme?

Der lange Kerl verstaut seine Marke wieder und stellt sich vor. Er streckt mir die Hand hin, die sich anfühlt wie eine nasse Papiertüte voll mit Watteröllchen. Er verkündet freudig:

Detective Dandy. James Dandy.

Ich brauche eine Minute.

Jim Dandy?

Er kneift die Augen zusammen.

Ich ziehe James vor.

Er fischt ein Notizbuch aus seiner Tasche. So ein altmodisches mit Spiralbindung. Packt einen winzigen Bleistift zwischen Daumen und Zeigefinger. Leckt die Spitze an. Blickt zu uns hoch.

Wie ich gehört habe, gibt es hier einen Toten. Ich schätze, es ist keiner von Ihnen beiden.

Er deutet mit dem Bleistiftstummel auf Loeb.

Ah. Dieses fette Arschloch.

Er geht hinüber, pikst Loeb mit dem Bleistift und kritzelt dann etwas in sein Notizbuch. Dann wendet er sich wieder uns zu.

Meiner professionellen Begutachtung zufolge ist er tot. Möchte einer von Ihnen beiden noch ein paar Details dazu beisteuern?

Ich bin mir nicht sicher, was ich sagen soll, und Schwester steht einfach mit trotziger Miene da. Dandy wartet eine Weile ab, fummelt an seinem Krawattenknoten herum und deutet schließlich mit seinem Bleistift auf Schwesters Häubchen mit dem roten Kreuz.

Ich vermute, Sie sind die Krankenschwester.

Sie lächelt.

Scharfsinnig beobachtet.

Dandy zögert. Schwenkt seinen Bleistift in Schwesters Richtung.

Kenne ich Sie nicht von irgendwoher?

Sagen Sie es mir.

Sie kommen mir nämlich ziemlich bekannt vor.

Ich sehe wie eine Krankenschwester aus. Wir gleichen uns wie ein Ei dem anderen.

Nein, nein, wir sind uns schon einmal begegnet. Bei dem anderen Typen, der im Bett gestorben ist. Richtig. Neulich. Im Astor Place.

Schwester reagiert mit einem angespannten Grinsen.

Ja, das ist richtig.

Dandy kichert.

Harte Woche, was?

Der Bleistiftstummel richtet sich auf mich.

Und wer sind Sie?

Ich zucke mit den Achseln.

Der Krankenschwesternhelfer.

Dandy kichert erneut. Schüttelt den Kopf. Nickt in Richtung der Leiche.

Hören Sie, ich hätte nicht mal damit gerechnet, dass so ein mieser Päderast wie Loeb überhaupt eine Krankenschwester hat, geschweige denn ein ganzes medizinisches Team.

Schwester ergreift das Wort.

Ich habe auf eine Anzeige im Internet geantwortet. Ich habe gestern erst hier angefangen.

Klar. Sie mussten sich nach einer neuen Arbeit umschauen, nach dem, was im Astor Place passiert ist. Der Name des Toten war Mr. Langland, wenn ich mich recht erinnere.

Das ist richtig.

Dandy wedelt mit der Hand in Richtung Leiche.

Möchten Sie mich über den hier ins Bild setzen?

Schwester zögert. Daher schalte ich mich ein.

Sie weiß nichts. Sie war nicht da.

Nein?

Sie war bei mir.
Ehrlich? Wo?
Ein Stück den Block runter.
Um was dort zu tun?
Zeit totschlagen.
Dandy schließt sein Notizbuch. Er klingt jetzt sarkastisch.
Nun, ich schätze, damit ist der Fall wohl abgeschlossen.
Das ist mein Ernst. Wir waren stundenlang unterwegs. Sind gerade erst hier eingetroffen. Sie können gerne die Nachbarn fragen.
Und wie ist Ihr werter Name?
Mein Name ist Spademan.
Dandy lächelt.
Nun, das ist ein Name, den man sich leicht merken kann. Mr. Spademan. Das muss ich mir nicht mal notieren.
Ich möchte Sie etwas fragen, Detective Dandy.
Schießen Sie los.
Dürfen Sie tatsächlich während der Ausübung Ihres Dienstes Sandalen tragen?
Er blickt auf seine Birkenstocks hinab. Wackelt mit den Zehen. Die Zehen knacken. Er blickt wieder zu mir hoch.
Ich habe Fußprobleme. Plattfüße. Berufskrankheit.
Verstehe. Und noch eine Frage. Woher wussten Sie, dass Sie hierherkommen müssen?
Ich bin Detective, Mr. Spademan. Das ist mein Job. Ich finde Dinge heraus.
Eigentlich hätte ich erwartet, dass Loeb hier wochenlang ungestört verrotten würde, wenn wir ihn nicht gefunden hätten. So ein Einsiedler wie er.
Dandy kratzt sich mit dem Radiergummi seines Bleistiftstummels eine seiner wild wuchernden Augenbrauen. Fast verliert er in dem Dickicht seinen Bleistift. Seine Brauen sehen aus wie zwei Vögel, die zum Flug abheben. Er bemerkt, dass ich es be-

merke. Deutet auf seine Brauen, dann auf seinen kahl werdenden Schädel.

Gott hält das offensichtlich für einen Scherz. Sie wachsen nie da, wo sie sollen.

Er steckt den Bleistift ein.

Wie auch immer, vor einer Stunde haben wir einen anonymen Anruf wegen einer Leiche erhalten. Und da ich zufällig in der Gegend war, habe ich einfach mal vorbeigeschaut.

Und Sie kennen Loeb?

Klar kenne ich ihn. Der hiesige Kinderschänder. Jedes Viertel braucht so einen.

Aber Sie haben ihn nie verhaftet?

Oh, das hätte ich liebend gerne. Aber soweit wir wissen, hat er hier draußen nie jemanden belästigt. Und was die Leute da drin tun, das geht uns nichts an.

Dandy zuckt mit den Achseln.

Gegen meinen Willen fange ich an, gewisse Sympathien für den Detective zu entwickeln. Ich beschließe, ihn noch ein wenig auszuhorchen. Wer weiß, vielleicht kann er ja noch einige nützliche Informationen liefern.

Detective Dandy, das sind jetzt schon zwei tote Sphären-User in weniger als einer Woche. Ist das nicht verdächtig?

Schwester schießt einen bösen Blick auf mich ab. Ich schieße zurück. Gleichstand.

Inzwischen hat Dandy sein Notizbuch verstaut und wühlt in den Taschen seines Trenchcoats. Er wirkt abwesend, während er mir antwortet.

Hey, so was passiert. Um Ihnen die Wahrheit zu sagen, mein Freund, mich interessiert dieses elektrische Wunderland im Grunde herzlich wenig. Ich arbeite hier draußen. Mit echten Leichen.

Schließlich findet er das Gesuchte, das sich als ein Päckchen Zigaretten erweist. Er klopft eine heraus. Der aus der Schachtel hervorstehende Filter sieht aus wie der Kamin einer Fabrik. Er bietet uns das Päckchen an, und wir lehnen beide dankend ab. Dandy zuckt mit den Achseln und steckt sich die Kippe in den Mund. Dann verstaut er die Zigaretten wieder und beginnt eine weitere Durchsuchungsaktion seiner Taschen. Während er spricht, zuckt seine Zigarette wie ein Dirigentenstab in voller Aktion.

Und hier draußen mit echten Leichen zu tun zu haben bringt unglücklicherweise mit sich, dass ich Ermittlungen anstellen muss, wenn so ein fetter, haariger Sack wie Loeb den Geist aufgibt. Verstehen Sie? Besonders, wenn wir diesbezüglich einen anonymen Hinweis erhalten.

Er gräbt immer noch in seinen Taschen. Wirkt verzweifelt. Schaut hoch. Die Zigarette hüpft.

Ich gehe nicht davon aus, dass jemand von Ihnen zufällig ein Feuerzeug bei sich trägt?

Ich ziehe mein Zippo heraus. Zünde es an. Dandy wirkt angenehm überrascht. Taucht seine Zigarette in die Flamme und nimmt einen tiefen Zug. Ich stelle ihm eine letzte Frage.

Haben Sie je mit einem Cop namens Joseph Boonce zusammengearbeitet?

Langes Ausatmen.

Boonce? Nie von ihm gehört.

Wie steht's mit Robert Bellarmine?

Dandy gluckst.

Bellarmine? Natürlich. Bin ihm allerdings nie persönlich begegnet. Dazu stehe ich viel zu weit unten in der Hierarchie. Aber klar kenne ich ihn. Jeder kennt ihn. Dieser Cop wird unser nächster Bürgermeister.

Dandy hat offenbar beschlossen, dass er – von den spärlichen Informationen und dem Feuer meines Zippos abgesehen – nicht mehr aus uns herauskriegt, denn er bleibt nicht einmal lange genug, um seine Zigarette fertig zu rauchen.

Stattdessen drückt er sie auf Loebs Bauch aus. Was einen widerwärtigen Gestank aufsteigen lässt. Dandy blickt uns verschwörerisch an. Zuckt mit diesen Groucho-Marx-Augenbrauen.

Den Jungs von der Spurensicherung wird das nicht gefallen. Überhaupt nicht.

Dann kritzelt er etwas auf seinen Notizblock und reißt den Zettel heraus. Er reicht ihn Schwester.

Wie gesagt, ich bin in der Hierarchie des Departments so weit unten, dass ich fast schon im Untergrund arbeite. Aber ich löse gerne verzwickte Fälle. Wenn Sie also etwas Neues über verdächtige Todesfälle unter den Sphären-Usern hören sollten, rufen Sie mich an.

Dandy wendet sich zum Gehen, da fällt ihm noch etwas ein. Er schnippt mit den Fingern. Wühlt erneut in seinen Taschen. Zieht eine Visitenkarte heraus. Reicht sie uns.

Das hab ich draußen auf der Türmatte gefunden. Muss runtergefallen sein, als Sie die Tür aufgeschlossen haben. Sagt Ihnen das etwas?

Ich nehme die Karte. Lese sie.

PUSHBROOM.

Ich zucke mit den Achseln.

Nö.

Er zwinkert mir zu.

Tja, Sie können die Karte behalten. Als Souvenir.

Dann salutiert er, sagt, bis demnächst, und verschwindet dann die Treppe hinunter.

Ich stecke die Karte ein. Schwester steckt den Zettel ein. Tja, jetzt habe ich überraschenderweise den Abend frei. Wie sieht's bei dir aus, Spademan? Hast du irgendwelche dringenden Termine? Oder sollten wir vielleicht ein bisschen Zeit zusammen totschlagen?

# 24

Ich versuche die Puzzleteilchen zusammenzufügen. Eine Liste von allem aufzustellen, was ich bisher mit Sicherheit weiß.

Was nicht viel ist.

Jemand hat sich Lesser geschnappt und ihn in einen schwarzen Raum gesperrt. Jemand hat einen Weg gefunden, Menschen in der Sphäre zu töten. Und offensichtlich hat jemand Pushbroom angeheuert, diese mörderische Reiniger-Agentur, um alle, an denen mir in der realen Welt etwas liegt, zu jagen und zu töten.

Möglicherweise steckt in allen drei Fällen derselbe Drahtzieher dahinter.

Wie auch immer, ich frage mich, was ich wohl vorfinden werde, wenn ich am Ende dieses Spiels den Umschlag aufreiße.

Bisher?

Nicht die leiseste Ahnung.

Obwohl mich langsam der Verdacht beschleicht, dass möglicherweise auch Schwesters Name in dem Umschlag auftauchen könnte. Entweder das, oder sie ist tatsächlich der größte Pechvogel unter allen Krankenschwestern dieser Welt.

Da mir im Augenblick die Pushbroom-Visitenkarte aus dem Türspalt von Loebs Apartment das meiste Kopfzerbrechen bereitet, erkläre ich Schwester, dass ich ihr ein Taxi nach Hause spendiere. Aus Sicherheitsgründen.

Sie protestiert. Ein wenig.

Nicht so sehr wegen des Taxis, sondern weil sie alleine nach Hause fahren soll.

Du erinnerst dich doch, dass ich in der Nähe vom Fort-Tryon-Park wohne, richtig? Das ist mindestens eine Zweihundert-Dollar-Fahrt. Zweihundertfünfzig mit Trinkgeld. Und ich habe von Loeb keinen Lohn erhalten.

Ich ziehe mein Bargeld heraus. Zähle, was übrig ist. Nicht genug für die ganze Fahrt, aber möglicherweise genug, um ein erstes Angebot zu machen.

Also winken wir einem Taxi. Beginnen mit den Verhandlungen.

Eine halbe Stunde später hält das Taxi vor dem Eingangstor des Fort-Tryon-Parks, einem dicht mit Bäumen bestandenen Fleckchen Wildnis auf dem felsigen nördlichen Teil von Manhattan. Es ist spät, weit nach Mitternacht. Schwester steigt alleine aus, dankt dem Fahrer und bückt sich dann, um ihre weiße Lederhandtasche vom Rücksitz zu holen. Sie richtet sich wieder auf, streicht ihren Rock glatt. Ihre weiße Uniform strahlt in der dunklen Straße wie ein Leuchtfeuer. Sie schließt die hintere Tür und macht sich dann auf den Nachhauseweg. Das Rücklicht des Taxis blinkt rot auf, dann fährt der Wagen los, in die noch schwärzere Dunkelheit der Avenue, die von einem Dach aus tief herabhängenden Ästen überschattet wird.

Und Schwester marschiert alleine mit ihrer Tasche fest in der Hand auf das schwarze Eisentor des Parks zu.

Es ist mit ziemlicher Sicherheit davon auszugehen, dass sie nicht das Geringste von der Limousine bemerkt hat, die dem Taxi seit Midtown gefolgt ist und jetzt einen halben Block entfernt mit ausgeschalteten Scheinwerfern langsam zum Stehen kommt.

Des Weiteren kann man mit ziemlicher Sicherheit davon ausgehen, dass sie auch die zwei Männer in der Limousine nicht bemerkt hat. Beide tragen graue Overalls. Über ihre Herzen ist in Schreibschrift *Pushbroom* in den Stoff gestickt.

Mit ziemlicher Sicherheit kriegt sie nichts davon mit, dass die beiden nun aus dem Wagen steigen.

Und ebenso wenig fällt ihr auf, dass ihr die beiden in die Dunkelheit des Parks folgen.

Schwesters Taxi ist bereits weggefahren. Die Straße hinunter verschwunden.

Dort hält es jetzt irgendwo.

Wartet mit laufendem Motor.

Der Taxifahrer hat die Scheinwerfer ausgeschaltet.

Er hockt auf dem Fahrersitz und beobachtet im Rückspiegel, wie die beiden Männer in den Overalls aus ihrer Limousine steigen und Schwester folgen.

Dann schaltet der Taxifahrer den Motor aus. Verlässt das Taxi. Wirft seine Tweed-Mütze auf den Rücksitz.

Ein weißer Ritter im gelben Taxi.

Okay. Ich geb's zu.

Der Taxifahrer bin ich.

Die Pushbroom-Karte hat mir Kopfzerbrechen bereitet, und ich wollte ein Auge auf Schwester haben. Also habe ich den echten Taxifahrer überredet, eine Stunde Kaffeepause zu machen und mir währenddessen sein Taxi zu vermieten. Damit ich Schwester nach Hause fahren kann. Aus Sicherheitsgründen.

Ich habe ihm eine ordentliche Kaution hinterlassen und ihm bei meiner Rückkehr das Doppelte versprechen müssen. Der Taxifahrer war nicht schwer zu überzeugen. Er schien ziemlich scharf auf eine Kaffeepause zu sein.

Er hat sogar noch seine Tweed-Mütze gratis obendrauf gelegt.

Schwester hat mir erklärt, dass sie in der Nähe des Fort-Tryon-Parks wohnt, aber ich hätte nicht erwartet, dass sie *im* Park wohnt. Denn soweit ich weiß, gibt es im Park nichts außer Bäumen, das alte Cloisters und dichtes Gebüsch voller Krimineller und Perverser.

Ich beschleunige meine Schritte, um Schwester und ihre beiden Verfolger einzuholen. Als ich durchs Tor trabe, ist Schwester den Männern noch etwa zwanzig Schritte voraus, und ich bin gut zwanzig Schritte hinter den Männern. Aber ich hole auf.

Wir vier bilden nun eine lockere Karawane, die sich durch das schmiedeeiserne Gittertor schlängelt.

Das Tor, dieses schwarze, permanent aufgerissene Maul des Parks.

Es verschlingt uns alle.

Der erste Mann im Overall beeilt sich, auf dem von Laternen erleuchteten Pfad die Lücke zwischen sich und Schwester zu schließen.

Es gibt nur noch wenige funktionierende Laternen im Park. Niemand will für ihre Instandhaltung bezahlen. Daher gibt es hier keine Inseln des Lichts, sondern nur Inseln der Dunkelheit, die von noch tieferer Dunkelheit umgeben sind.

Der zweite Mann im Overall schlendert lässig hinterher. Er ist eigentlich nur die Reserve, der Aufpasser, obwohl es hier draußen nicht viel gibt, worauf man aufpassen könnte.

Ohne Zweifel fragt sich der zweite Mann langsam, warum er überhaupt dabei sein muss, schließlich ist es ja nur eine einzelne Frau. Und genau das ist der Moment, in dem ich die Lücke zwischen uns schließe.

Eine behandschuhte Hand presst sich auf seinen Mund.

Sie erstickt den Schrei.

Die Hand ist deshalb behandschuht, damit er nicht hineinbeißen kann.

Wie schon gesagt, einige Dinge im Universum sind ziemlich einfach.

Ursache und Wirkung.

Nehmen wir beispielsweise unseren zweiten Mann.

Den, der jetzt in einem Gebüsch liegt und dessen schwache Hände einen Schnitt in seiner Kehle umklammern, der niemals wieder verheilen wird.

Das ist die Konsequenz.

Manche würden vielleicht sagen, die Ursache dafür ist ein langes Leben voller schlechter Entscheidungen und bedauernswerter Neigungen, die ihn hierhergeführt haben, in einen dunklen Park, wo er auf einem verlassenen Weg eine unschuldige Frau verfolgt hat, in Reichweite meiner behandschuhten Hand.

Doch so sehe ich es nicht. Für mich ist es viel einfacher.

Die Ursache ist in meiner Hand verborgen und hat eine immer noch halb ausgefahrene Klinge.

Und es wird noch jede Menge weiterer Wirkungen geben.

Der erste Mann hat das kurze Handgemenge auf dem Weg hinter ihm nicht bemerkt. Er ist zu sehr damit beschäftigt, Schwester einzuholen.

Sie muss ihn inzwischen bemerkt haben, denn ihre Schritte beschleunigen sich, auch wenn sie nicht rennt. Oder schreit. Noch nicht.

Der erste Mann hält mit ihr Schritt und beobachtet, wie sie in ihrer Handtasche verzweifelt nach etwas kramt. Vermutlich sucht sie nach ihrem Smartphone.

Oder vielleicht nach einer Trillerpfeife.

Nur zu, denkt der erste Mann.
Pfeif doch.

Der Abstand zwischen mir und dem ersten Mann ist inzwischen so groß, dass ich ihn nur noch durch einen Sprint überwinden kann. Der zweite Mann hat zwar keinen größeren Widerstand geleistet, trotzdem bin ich etwas zurückgefallen.

Und der erste Mann ist jetzt dicht genug hinter Schwester, um den Arm ausstrecken und ihr von hinten auf die Schulter tippen zu können.

Sie geht mit raschen Schritten. Er streckt die Hand aus.

Schließlich erreicht er sie.

Tippt ihr auf die Schulter.

Sie wirbelt herum.

Er erwartet, dass sie jetzt schreit, aber das tut sie nicht.

Sie lächelt einfach.

Lächelt und stößt zu.

Es erweist sich, dass sie nicht nach einer Trillerpfeife gekramt hat.

Sondern nach einer Spritze.

Und deren Nadel rammt sie jetzt tief ins Gesicht des ersten Mannes.

Dann drückt Schwester ruhig mit dem Daumen den Kolben hinunter.

Keine Ahnung, was in der Spritze ist, aber es zeigt Wirkung.

Irgendeine Art Betäubungsmittel.

Der Mann schwankt benommen.

Stürzt.

Ein harter Sturz, ohne jeden Versuch, sich selbst abzufangen. Sein Kopf knallt auf das Pflaster, was klingt, als würde man versuchen, ein störrisches Ei am Rand einer Porzellanschüssel aufzuschlagen.

Das Ei splittert.

Der Inhalt läuft heraus.

Inzwischen komme ich näher.

Als ich dort eintreffe, steht Schwester über ihm und blickt auf ihn hinab.

Dann schaut sie zu mir auf. In mein Gesicht. Dann runter auf mein Teppichmesser. Beides scheint sie nicht allzu sehr zu beunruhigen.

Sie nickt in Richtung Teppichmesser.

Keine Sorge, du kannst das Ding wegpacken. Bei dem Zeugs, mit dem ich ihn vollgepumpt habe, steht er nie wieder auf.

Erneut blickt sie hinab auf den ersten Mann, der zu einem Haufen zusammengesackt ist und dem jetzt Schaum vor dem Mund steht. Sein Körper zieht sich in einem letzten Krampf zusammen, zuckt, dann erschlafft er. Ich sage zu ihr:

Gut gemacht.

Danke.

Und ich schätze, was immer in dieser Spritze war, es war nicht so subtil wie das, was du Langland und Loeb verabreicht hast.

Sie mustert mich erneut.

Lächelt.

Tja, schau einer an. Da hast du doch tatsächlich mal was herausgefunden.

Genau genommen sind es schon zwei Dinge, die ich herausgefunden habe, falls irgendjemand mitgezählt hat.

# 25

Schwester stößt den Toten mit ihrem Kreppsohlenschuh an.

Dann sagt sie zu mir:

Sollte wie eine natürliche Todesursache aussehen. Zumindest auf den ersten Blick.

Sie nickt in Richtung des Gebüschs.

Was ist mit deinem?

Ich zucke zusammen.

Sieht nicht allzu natürlich aus.

Sie schleudert die Spritze ins Unterholz. Wischt die Hände an ihrem Kleid ab.

Keine Sorge. Ein paar Leichen in diesen Hecken regen niemanden groß auf. Wir entsorgen eine Menge Übeltäter auf diesem Weg.

Wir?

Sie hängt sich den Riemen ihrer Handtasche wieder über die Schulter.

Komm. Ich nehm dich mit zu mir nach Hause und stell dir die Schwestern vor.

Das Cloisters erhebt sich wie eine kleine steinerne Festung auf dem höchsten Hügel des Fort-Tryon-Parks. Von dort aus hat man einen guten Blick nach allen Seiten: auf die City im Süden, die Bronx im Norden, den Hudson River im Westen und auf den naturbelassenen Teil New Jerseys auf der anderen Seite des Flusses.

Naturbelassenes New Jersey. Klingt wie ein Oxymoron, ich weiß.

Aber der Millionär, der das Cloisters damals errichtet hat, hat außerdem sämtliches Land auf der anderen Seite des Flusses in Jersey aufgekauft, damit dort niemand etwas bauen konnte, das ihm die Aussicht verdirbt.

Bis auf den heutigen Tag ist sie unverdorben geblieben.

Möglicherweise der letzte Ort in der Stadt, von dem man das behaupten kann.

Während wir auf das Cloisters zulaufen, erzählt mir Schwester die Geschichte.

Nicht ihre Geschichte. Die kommt später.

Die Geschichte des Cloisters.

Das Cloisters, so erklärt sie, war früher ein Museum, zusammengestückelt aus den Bestandteilen diverser mittelalterlicher Klöster, die man aus ganz Europa zusammengetragen hat. Sämtliche Steine wurden auf Anweisung eines Millionärs per Schiff nach Amerika verfrachtet. Dann kaufte er dieses ganze Land im Norden des noch jungfräulichen Manhattans und ließ das Monument hier am höchsten Punkt des Parks wieder zusammensetzen. Irgendwann vermachte er das ganze Anwesen der Stadt. Nach dem Tod des Millionärs führte die Stadt das Cloisters als Museum weiter, stopfte es mit Kunstwerken und allem möglichen Krimskrams voll. Als dann die harten Zeiten kamen, entrümpelte die Stadt die ganze Kunst und bot das Gebäude auf dem freien Markt an. Das Immobiliengeschäft boomte zwar nicht gerade, trotzdem ging das Objekt sofort weg: gute Bausubstanz, erstklassige Lage, Flussblick. Ein paar Investoren aus Übersee interessierten sich dafür, wurden aber schließlich von einem anonymen Konsortium überboten. Es riss sich das Cloisters für ein kleines Vermögen unter den Nagel und schloss es dann für die Öffentlichkeit. Versetzte es in den ursprünglichen Zustand zurück. Restaurierte es. Eröffnete es wieder als privates Wohnheim. Teils heiliger Ort, teils Wohngemeinschaft, teils Zuflucht, teils Erholungsstätte. Und wer steckte hinter diesem privaten Konsortium?

Ich kann es kaum glauben, als Schwester es mir verrät.

Die Erwecker.

Offenkundig haben die Erwecker Geld.

Bevor Schwester mit ihrer Erzählung fortfahren kann, unterbreche ich sie.

Du meinst, diese beiden alten Damen, die wir im East Village gesehen haben? Die uns diese Broschüre in die Hand gedrückt haben?

Ja. Mehr oder weniger. Obwohl diese beiden eher –

Sie zögert, wählt ihre Worte sorgfältig.

– von der alten Schule waren.

Ich denke an die Broschüre. An die fette Überschrift. Und daran, dass ich ihr offensichtlich mehr Aufmerksamkeit hätte schenken sollen.

ERWACHET!

Ich sage zu Schwester:

Du hast doch behauptet, du hättest noch nie von den Erweckern gehört.

Sie zuckt mit den Achseln.

Unsere Beziehung erschien mir noch etwas zu frisch, um über religiöse Fragen zu diskutieren.

Und diese Erwecker leben hier? Im Cloisters?

Ja.

Aber wer sollte so was freiwillig tun?

Sie lächelt.

Ich zum Beispiel.

Wir betreten das Gebäude durch einen steinernen Torbogen und zwei enorme Eichenpforten. Das höhlenartige Innere ist spärlich beleuchtet. Keine Kunstwerke mehr, keine Wandteppiche, nur schlichte Räume, kahle Wände und steinerne Wendeltreppen. Gewölbedecken, die sich hoch oben in der Dunkelheit verlieren. Perfekt erhaltene bunte Kirchenfenster. Nur die in ihren Halterungen flackernden Kerzen spenden Licht.

Und hier sind Krankenschwestern.

Überall Krankenschwestern.

Frauen jeden Alters, einige greisenhaft, andere sehen aus wie junge Mädchen. Einige tragen Schwesternuniformen, andere einfache Nachtgewänder. Eine Frau in einem weißen Nachthemd geht nickend vorbei, dann verschwindet sie hinter Vorhängen, die wie lange Mullverbandstreifen als provisorische Raumteiler von der Decke hängen. Die Möbel sind schlicht. Hölzerne Stühle und niedrige Liegen. Eiserne Kerzenhalter. Überall brennen Kerzen.

Hinter den Vorhängen bewegen sich Schatten.

Als wir durch die große Halle gehen, hallen unsere Schritte von den Wänden wider.

Zumindest meine. Sie trägt Kreppsohlen. Ich Stiefel mit Stahlkappen.

In der Mitte der großen Halle hängt ein merkwürdiger mittelalterlicher Kronleuchter, ein gigantisches eisernes Rad, auf dem zahllose Kerzen stecken. Die Kerzen wirken wie kleine weiße Mönche, zum Gebet gebeugt, in Kutten aus Wachs, mit leuchtenden Köpfen.

Flüsternd stelle ich Schwester eine Frage.

Was ist das? Ein Krankenhaus?

So in der Art.

Und wer sind die Patienten?

Das sind wir.

Wie lange wohnst du schon hier?

Ich bin hier eingezogen, kurz nachdem ich nach New York kam. Damals ging es mir nicht gut. Sie haben mich aufgenommen. Und mir geholfen.

Und was tut ihr alle hier?

Wir sind wach.

Sie legt ihre Hand auf meinen Rücken und führt mich einen weiteren Korridor entlang. Wir gehen eine Treppe hinunter und betreten einen Alkoven. Sie teilt einen Vorhang.

Das ist mein Zimmer.

Es ist ein winziger Raum, der nur durch zwei oder drei abwärts führende Steinstufen von der Haupthalle getrennt ist. Ein hohes Kirchenfenster ist die einzige Lichtquelle. Dies müssen die letzten Kirchenfenster New Yorks sein, die nicht von Vandalen zerstört oder von Plünderern geraubt wurden. Mir drängt sich die Frage auf, wie die friedfertigen Erwecker den Mob fernhalten.

Dann erinnere ich mich an das, was Schwester vorhin im Park gesagt hat. Über die Gebüsche voller Leichen.

Schwester zeigt mir, wo sie schläft. Eine schmale Liege in einer kleinen Nische. Auf einem Nachttisch steht ein Kerzenleuchter. Auf dem Bett liegt ein aufgeklapptes Buch mit dem Rücken nach oben. Es wirkt, als hätte es alle viere von sich gestreckt. So wie jemand, der gerade auf der Straße verhaftet wird.

Schwester hebt das Buch hoch und blättert darin. Ich habe es vorher schon gesehen. *Sämtliche Gedichte von Emily Dickinson.* Mit vielen Eselsohren.

Erinnerst du dich an dieses Gedicht, das ich dir vorgelesen habe? Neulich abends im Plowman?

Klar. Dieses eine, das wie ein dringendes Telegramm klang.

Sie nickt. Findet die Seite.

Liest es mir erneut laut vor.

*Ein Todesstoß ist wie ein Stoß ins Leben*
*für manche, die erst im Sterben*
*leben, und die zeitlebens sterben,*
*um erst im Tod Vitalität zu erben.*

Sie klappt das Buch zu.

Gefällt mir immer noch.

Sie lächelt.

Das habe ich mir gedacht.

Sie legt das Buch beiseite. Deutet auf den Vorhang.

Zieh ihn zu.

Also ziehe ich ihn zu.

Dann setze ich mich neben sie auf die Liege. Sie knarrt unter meinem Gewicht. Schwester beugt sich vor. Packt meinen Kragen. Sofern man bei einem T-Shirt von einem Kragen reden kann.

Sie zieht mich näher. Küsst mich fest. Wie schon gesagt:

Ein dringendes Telegramm.

Ich löse mich von ihr.

Schwester, ich habe versprochen, dass ich dich nach Hause bringe. Jetzt bist du zu Hause. Und nun verrat mir, was zum Teufel hier vor sich geht.

Sie grinst.

Ach, was heißt schon versprochen.

Du hast Loeb nicht einfach tot aufgefunden, oder? Und Langland auch nicht.

Ich hab sie beide gefunden. Nach einer langen Suche. Sie waren die perfekte Wahl.

Was soll das heißen?

Weil die Hüpfer ihnen gerne zugesehen haben.

Wozu brauchst du die Hüpfer?

Schwester löst ihre Haube aus dem Haar. Legt sie vorsichtig auf den Nachttisch. Dann zieht sie weitere Nadeln aus ihrem Haar. Einzelne Strähnen fallen herab. Sie hilft nach, indem sie den Kopf schüttelt.

Die Hüpfer brauchen wir nicht. Wir brauchen Zeugen. Menschen, die es in die Welt hinaustragen.

Die was in die Welt hinaustragen?

Dass die Sphäre nicht länger sicher ist. Dass sie das Risiko nicht mehr wert ist.

Und in der Zwischenzeit rammst du hier draußen Nadeln in Träumer und sorgst dafür, dass sie nicht mehr aufwachen.

Richtig.

Dann wartest du darauf, dass die Welt zwei und zwei zusammenzählt. Sie soll glauben, jemand hätte eine Möglichkeit gefunden, Menschen in der Sphäre zu töten.

Genau. So wie auch du es geglaubt hast.

Aber warum?

Um die Menschen aufzuwecken. Die Menschen, die ihr Leben in der Sphäre vergeuden. Es ist eine wunderschöne Welt hier draußen, wenn man wach genug ist, sie wahrzunehmen. Bist du wach, Spademan?

Vertrau mir. Ich bin mehr als wach.

Sie grinst.

Das glauben alle. Bis sie irgendwann aufwachen.

Ich erhebe mich.

Ich dachte bisher, die Erwecker wären einfach nur eine Gruppe alter Frauen, die an Straßenecken herumhängen und Broschüren verteilen.

Schwester schüttelt ihr Haar ein letztes Mal aus.

Es hat einen Wechsel an der Führungsspitze gegeben. Eine Strategieänderung. Eine jüngere Fraktion, die glaubt, dass wir uns proaktivere Taktiken zulegen müssen.

Aber wenn du dort draußen bist und die Leute mit Sedativa vollpumpst, wer ist dann die Frau in der Sphäre? In der Burka?

Sie seufzt. Erhebt sich. Nimmt meine Hand. Stellt sich auf die Zehenspitzen. Ihre Lippen sind nur wenige Zentimeter von meinem Ohr entfernt.

Komm mit.

# 26

Ein Atrium, tief verborgen im Inneren des Cloisters, darüber eine Kuppel aus bunten Kirchenfenstern.

Draußen dämmert es bereits. Die Sonne geht eben erst auf, aber es fühlt sich bereits wie Mittag an. Die Morgenluft senkt sich drückend auf die welke Stadt.

Die Hitzewelle ist schon zu spüren.

Auf der bemalten Glaskuppel über dem Innenhof schweben Engel und Herolde.

Sie schicken staubige Strahlen farbigen Lichts hinab auf den Fußboden.

Umflossen von den Lichtstrahlen steht ein einzelnes Bett.

In dem Bett.

Ich.

Schwester sitzt neben mir und bereitet alles vor. Befestigt die Sensoren auf meiner Haut. Vorsichtig, liebevoll, so als würde sie einen verwundeten Soldaten verbinden, den man schwer verletzt von der Front zurückgebracht hat.

Sie hält inne, ihre Hand schwebt über meiner Vene. Ihr Daumen liegt auf dem Kolben einer weiteren Spritze. Sie ist bereit, die Nadel unter meine Haut gleiten zu lassen. Doch zunächst stellt sie mir eine Frage.

Vertraust du mir?

Ich nicke.

Bist du sicher?

Ich nicke.
Sie fragt mich, warum.
Ich gebe ihr die einzige Antwort, die mir einfällt.
Warum nicht?
Sie lächelt. Führt die Nadel ein.
In Ordnung, Spademan. Bis gleich.

Ich wache auf.
In einem weißen Raum.
Keine Wände.
Keine Decke.
Kein Boden.
Tja, es muss einen Boden geben, denn irgendetwas trägt mich.
Aber ich kann keinen Boden sehen. Nur Weiß. In alle Richtungen.
Und in der Mitte des weißen Raums:
Ich.
Nur ich.
Nur ein Müllmann.

Dann.
Sehr weit weg.
In der Ferne.
Ein schwarzer Stecknadelkopf.
Ein schwarzes Pünktchen.
Ein schwarzes Fleckchen.
Ein schwarzer Klecks.
Er kommt näher.
Ein schwarzer Farbspritzer.
Ein Tintenklecks.
Hebt sich vom Weiß ab.
Ein schwarzer Schmierer.

Ein schwarzes Flackern.
Eine schwarze Flamme.
Kommt immer näher.
Ein schwarzer Geist.
Eine schwarze Fata Morgana.
Ein schwarzer Traum.

Eine schwarze Burka.
Eine Frau in einer schwarzen Burka.
Eine Frau in einer schwarzen Burka steht vor mir.
Ich spähe durch den schwarzen Schleier der Burka.
Schwarze Augen.

Ich hebe den Schleier an.
Natürlich.

Ich frage Schwester:
Warum so gewalttätig?
Wir müssen den Menschen Angst einjagen, damit sie die Sphäre verlassen.
Aber warum eine Burka? Warum eine Selbstmordattentäterin?
Davor fürchten sich die Menschen im Augenblick am meisten.
Hättest du nicht irgendeine andere Art von Albtraum wählen können?
Angesichts dessen, was da drinnen abgeht, würde keiner den Unterschied zwischen einem Albtraum und einem normalen Traum bemerken. Das ist das einzige Schreckensbild, das keiner in der Sphäre je freiwillig heraufbeschwört. Das wagt niemand.
Aber wenn du draußen bist und Nadeln in Leute stichst, wer ist dann hier drinnen?
Eine der anderen Schwestern. Wir wechseln uns ab.

Und warum habt ihr es auf die Hüpfer abgesehen?

Weil wir wussten, dass sie zurückkehren und es ausposaunen werden, Spademan. Die Nachricht würde die Runde machen. Sie würden Angst und Schrecken verbreiten. Hüpfer tratschen für ihr Leben gern.

Aber wie konntet ihr euch sicher sein, dass sie auch weitererzählen, was sie gesehen haben?

Sie haben es dir erzählt, oder etwa nicht?

Schwester steht vor mir in dem weißen Raum in einer schwarzen Burka mit gehobenem Schleier.

Ich schaue genauer hin. Bemerke etwas. Teile es ihr mit.

Deine Augen sind schwarz hier drinnen.

Sie sind überall schwarz.

Ich hätte schwören können, dass sie grün sind.

Schau noch mal genauer hin.

Dann erzählt mir Schwester den Rest.

Sie erklärt mir, dass eine jüngere Fraktion der Erwecker beschlossen hatte, dass sie radikaler vorgehen mussten. Dass die Broschüren nicht mehr ausreichten. Das Ganze sollte wie ein Paukenschlag wirken.

Daher waren sie übereingekommen, den Menschen die Sphäre nicht länger mit Argumenten auszureden. Stattdessen suchten sie nach einer Methode, sie nachhaltig abzuschrecken. Einer nach dem anderen, das war ihnen zu langsam. Ihnen war klar, dass sie eine regelrechte Panik auslösen mussten. Aber sie hatten nur wenige Ideen und kein echtes Fachwissen.

Dann tauchte eines Tages eine Frau im Cloisters auf.

Sie klopfte an die Eichentür. Eine Schwester öffnete ihr.

Die Frau trug eine schwarze Burka, erklärt mir Schwester.

Und dann erzählt sie mir, wie es weiterging.

Wir sahen nie ihr Gesicht, noch erfuhren wir ihren Namen. Das ist jetzt etwa einen Monat her. Sie tauchte einfach auf, klopfte an die Tür, und wir hießen sie willkommen, so wie das bei uns üblich ist. Hier ist jeder willkommen. Wir kochten ihr einen Tee. Setzten uns miteinander hin und redeten. Sie erklärte, dass sie etwas habe, das uns Erwecker interessieren dürfte.

Und was ist das?, fragten wir.

Eine Idee, erwiderte sie.

Sie erklärte uns, dass sie uns beibringen könne, in die Träume von Menschen in der Sphäre einzudringen, um sie in Panik zu versetzen. Sie erläuterte uns, wie das möglich ist. Wir sagten: Schön und gut, aber wie können wir eine wirkliche Veränderung herbeiführen? Schließlich gibt es nichts, was wir tun können, um die Menschen wirklich vom Einklinken abzuhalten.

Dazu braucht es nur einige Tote, erklärte sie. Ein paar Menschen, die nie wieder aufwachen. Danach werden die Leute glauben, die Sphäre sei nicht länger sicher. Lasst die Hüpfer Panik verbreiten, schlug sie vor. Dann erläuterte sie den übrigen Plan. Der Teil mit den Sedativa war natürlich kein Problem für uns. Außerdem haben wir leichten Zugang zu Sphären-Usern, da so viele von uns Krankenschwestern sind. Ich meldete mich freiwillig für den ersten Einsatz, da ich fest an unser Ziel glaubte.

Nachdem die Frau in der Burka ihre Teetasse geleert hatte und bevor sie sich zum Gehen wandte, sagte sie noch: Konzentriert euch auf die Hüpfer. Wählt solche Opfer aus, die von Hüpfern ausgespäht werden. Wir fragten sie, warum. Hüpfer tratschen gerne, erklärte sie. Und Klatsch und Tratsch ist der tödliche Virus, den ihr freisetzen müsst.

Aber wie versetzen wir die Hüpfer in Panik?, fragten wir sie.

Zeigt ihnen, was sie am meisten fürchten, erwiderte sie.

Dann deutete sie auf sich selbst.

Eine Selbstmordattentäterin. In einer Burka. Die sich in ihre geheimsten Träume einschleicht. Die sie umarmt und ihnen in der Umarmung den Tod bringt. Wenn ihr die Leute in Panik versetzen wollt, dann müsst ihr ihnen nur das hier zeigen, erklärte sie.

Zunächst zögerten wir. Angesichts der jüngsten Geschichte dieser Stadt schien es grausam und unverantwortlich zu sein. Aber schließlich überzeugte sie uns. Sie forderte uns auf: Ihr müsst tun, was ihr tun müsst. Macht euch keine Sorgen um die Träumer. Sie müssen geweckt werden. Die Sphäre ist nichts als ein Haus aus Bildern, erklärte sie.

Ich frage Schwester:

Waren das ihre genauen Worte? Ein Haus aus Bildern?

Schwester zuckt mit den Achseln.

Ja. Ein Haus aus Bildern. Warum?

Kürzlich hat ein Mann genau dieselben Worte gebraucht. Was war mit ihrer Stimme? Hatte sie einen merkwürdigen Klang?

Schwester überlegt.

Jetzt, wo du es erwähnst, wirkte ihre Stimme etwas belegt oder, besser gesagt, rau wie Sandpapier. Warum?

Ich bitte Schwester, mich auszuklinken.

Als ich wieder wach werde, ist Schwester schon zurück im Cloisters, beugt sich über mich und hilft mir. Mit geübten Handgriffen. Lächelnd.

Sie flüstert.

Wach auf.

Ich richte mich im Bett auf. Ich brauche eine Sekunde, um die Benommenheit abzuschütteln. Die Schläuche und Kabel baumeln noch von mir herab. Sie legt ihre Hand beruhigend auf meinen Rücken.

Lass dir Zeit.

Nein, ich muss los. Ich muss Lesser finden.

Warum?

Ich drehe mich zu Schwester.

Lesser war der Erste, richtig? Euer erster Zeuge?

Ja. Zusammen mit Langland. Eigentlich sollte es eher ein Testlauf sein. Und dann kam Loeb. Das war's. Nur diese beiden.

Aber warum habt ihr ausgerechnet Lesser ausgewählt?

Ich habe von Lesser erfahren, während ich für Langland gearbeitet habe. Langland war besessen von Lesser, weil dieser ihn offenbar irgendwie hintergangen oder betrogen hatte. Außerdem hat ihn Lesser in der Sphäre wie ein persönlicher Geist heimgesucht. Nachdem ich das alles erfahren hatte, schien mir Lesser für unsere Zwecke der perfekte Zeuge zu sein. Wenn wir ihm Langlands Tod in der Sphäre vorführten, würde er die Nachricht hier draußen verbreiten. Er würde alle aufwecken. Allerdings hat er nie jemandem davon erzählt außer dir.

Er hatte auch keine Gelegenheit dazu, Schwester. Er verschwand am nächsten Tag.

Und als wir nichts mehr von ihm hörten, wandten wir uns Loeb zu.

Wie viele wollt ihr töten?

So viele wie nötig. Kein Mensch trauert einem dieser beiden Kerle nach, Spademan. Einige wenige werden ewig schlafen, dafür werden wir so viele aufwecken.

Gesprochen wie eine echte Fanatikerin, Schwester.

Sie lächelt.

Ein Fanatiker ist einfach nur jemand, mit dem man noch nicht einer Meinung ist. Seit wann bist du eigentlich so zartbesaitet, Spademan?

Unsanft rupfe ich den letzten Infusionsschlauch heraus. Ich erkläre Schwester:

Eine Menge Leute glauben, dass Lesser irgendetwas weiß. Dass er etwas über die Sphäre herausgefunden hat. Und sie glauben das vor allem wegen eurer Aktionen.

Wir haben nichts mit Lessers Verschwinden zu tun. Wir wollten ihn lediglich als Zeugen.

Aber die Leute, die ihn jetzt in den Fängen haben, halten ihn für Langlands Mörder. Oder sie vermuten zumindest, dass Lesser herausgefunden hat, wie man jemanden in der Sphäre töten kann.

Welche Leute?

Das weiß ich noch nicht. Möglicherweise steckt Bellarmine dahinter.

Und wo ist Lesser jetzt?

An einem üblen Ort.

Was wirst du tun?

Ihn dort rausholen.

Aber warum du, Spademan?

Es hat sich herausgestellt, dass er ein besonders Befähigter ist. Ich schätze, er hat zumindest eine zweite Chance verdient.

Und du bist derjenige, der ihn retten muss?

Ich zucke mit den Achseln.

Wer sonst?

# 27

Wir stehen draußen vor dem Cloisters. Verabschieden uns. Sie fragt:

Und was nun?

Ich suche Lesser. Hoffentlich kann ich ihn retten.

Nein, ich meine, wie geht's mit uns beiden weiter? Wirst du mich und meine Mitschwestern anzeigen?

Bei wem?

Bei den zuständigen Behörden.

Keine Ahnung, wer das sein soll.

Schwester hat sich für die Nacht umgezogen. Sie hat ihre Uniform gegen etwas Langes, Weites und Weißes getauscht. Die Haarnadeln sind jetzt alle entfernt, und ihr Haar ist zu einem lockeren Pferdeschwanz zusammengebunden. Sie steht barfuß im Gras und wirkt wie eine ganz andere Frau. Sie streift sich eine Haarsträhne aus dem Gesicht.

Es tut mir leid, dass ich dich belogen habe, Spademan.

Kein Problem. Das passiert mir jeden Tag.

Es schien mir notwendig.

Ich nehme es als eine Lektion. Vertraue niemals jemandem aus Saskatoon.

Wir sind nicht alle schlecht.

Nein. Nur du.

Sie lächelt. Stellt sich auf die Zehenspitzen und nähert sich meinem Ohr. Flüstert.

Gib's zu. Wir sind ein gutes Team.

Ich kenne ja nicht mal deinen Namen, Schwester.

Sie kommt noch näher. Verrät mir ihren Namen. Haucht ihn sanft in mein Ohr. Es ist ein netter Name.

Dann lässt sie sich wieder auf die Fußsohlen sinken.

Bist du sicher, dass du nicht noch bleiben kannst, Spademan? Wir könnten einfach ein oder zwei Stunden totschlagen, bevor du gehst.

Ich muss nach Hause. Leute warten auf mich.

Sie seufzt.

Leute. Sie verderben alles.

Sie beugt sich vor. Packt meinen Kragen. Und küsst mich erneut. Ich leiste keinen Widerstand. Das Ganze scheint zu einer Gewohnheit zu werden.

Mein geliehenes Taxi parkt noch auf der Straße, und ich beschließe, damit nach Hoboken zu fahren.

Mir ist klar, dass der Taxifahrer inzwischen in einem Café hockt und vor Wut schäumt. Aber ich tröste mich mit dem Gedanken, dass ich ihn entschädigen werde. Ich werde den Mietpreis vervierfachen.

Während ich fahre, leuchtet das Handy auf dem Beifahrersitz auf und beginnt zu vibrieren.

Ich werfe einen Blick auf das Display.

Unbekannter Anrufer.

Was an sich bereits ein ausreichender Grund ist, um nicht dranzugehen. Doch wider besseres Wissen nehme ich den Anruf entgegen.

Hallo? Ist dort Mr. Spademan?

Ja, hier ist Spademan. Wer ist da?

Detective Dandy. James Dandy. Von der New Yorker Polizei. Wir haben uns gestern Abend kennengelernt.

Wie sind Sie an diese Nummer gekommen?

Ich bin Detective, Mr. Spademan. Es ist mein Job, Dinge herauszufinden.

Das sagten Sie bereits. Was wollen Sie, Dandy?

Sie haben mich nach diesem Cop gefragt, Joseph Boonce. Ich hatte noch nie von ihm gehört. Aber Sie haben mich neugierig gemacht. Daher habe ich nach Informationen über ihn gesucht. Seine Akte war ziemlich schwer aufzutreiben. Es scheint, als sei er –

Ein verdeckter Ermittler?

So in der Art. Jedenfalls ist er in irgendwelche Machenschaften auf höchster Ebene verstrickt, die weit über meine Zuständigkeit hinausgehen. Er hat etwa ein Jahr vor Times Square bei der Polizei angefangen. Dann kam er in Bellarmines Abteilung. Um schließlich zu irgendeinem anderen Projekt versetzt zu werden.

Naher Feind.

Richtig.

Und mir hat er erzählt, er wäre erst nach Times Square zur Polizei gegangen.

Wie auch immer, er scheint sauber zu sein, Spademan. Oder er ist verdammt gut darin, seine Spuren zu verwischen. Ich dachte nur, Sie würden das vielleicht gerne wissen.

Danke, Dandy.

Nicht alle von uns sind korrupt, Spademan. Es gibt noch ein paar gute Cops. Man muss sie nur zu finden wissen. Ich versuche weiter, etwas über diese beiden Polizisten herauszufinden, die Boonce beschäftigt, Puchs und Luckner. Ich kann nicht persönlich für sie garantieren, aber ich werde sehen, was ich über sie zutage fördern kann. Und was Bellarmine betrifft –

Das Handy summt erneut. Ein weiterer Anruf. Ich werfe einen Blick auf das Display.

Wenn man vom Teufel spricht.

Joseph Boonce.

Dandy, ich muss auflegen.

In Ordnung, wir bleiben in Kontakt. Spademan, passen Sie auf sich –

Ich lege auf. Keine Zeit für Nettigkeiten.

Ich nehme Boonces Anruf entgegen.

Spademan, ich habe ihn gefunden.

Lesser?

Ja. Oder zumindest hab ich den schwarzen Raum gefunden. Er ist hier in der Stadt. Und Bellarmine betreibt ihn.

Sind Sie sicher?

Es gibt nur noch einen schwarzen Raum in Manhattan, und nur eine einzige Person hat Zugang dazu. Ich weiß das, denn wir hatten ihn ursprünglich für Naher Feind eingerichtet. Als das Projekt eingestellt wurde, sollte er eigentlich geschlossen werden, und soweit ich weiß, geschah das auch. Aber Bellarmine hat ihn offensichtlich wieder in Betrieb genommen. Das muss der Ort sein, an dem sie Lesser festhalten.

Das Ganze ist ein Fehler, Boonce. Ein großes Missverständnis.

Was meinen Sie damit?

Lesser hat in Wahrheit keine Ahnung von dem, was er angeblich wissen soll.

Und woher wissen Sie das?

Vertrauen Sie mir einfach. In Ordnung?

Ich vertraue Ihnen, Spademan.

Gut. Können Sie mich in diesen schwarzen Raum bringen? In der Sphäre?

Ja. Es wird nicht einfach, aber es ist möglich. Sagen Sie mir, wer Ihr Techniker ist, und ich sorge dafür, dass er alles bekommt, was er an Zugangsdaten braucht. Ich hatte früher einmal unbeschränkte Zutrittsrechte für diesen Raum. Aber wer wird dort reingehen und Lesser holen, Spademan? Sie?

Nein. Ich suche Lesser hier draußen.

Wer dann?

Ich habe Freunde.

Freunde, die so einer Aufgabe gewachsen sind?

Das hoffe ich. Wo ist der schwarze Raum hier draußen?

Also, das wird Ihnen gefallen.

Wo, Boonce?

Wenn Sie in einer Stadt wie dieser einen schwarzen Raum verstecken müssten, wo würden Sie das tun?

Ich bin nicht in der Stimmung für Rätsel.

Tun Sie mir den Gefallen, Spademan. Überlegen Sie. Wo würden Sie in New York einen Raum verbergen, den niemand finden soll?

Ich überlege. Dann komme ich drauf. Natürlich.

Times Square.

Ins Schwarze getroffen, Spademan –

Dann wird unsere Verbindung unterbrochen, als das Taxi in den Schlund des frisch renovierten Holland Tunnels abtaucht.

Times Square.

Schwarzer Raum.

Während ich zurück nach Jersey fahre, lege ich mir einen Plan zurecht.

Das sollte einfach werden.

Nicht leicht. Aber einfach. Hoffentlich.

Ich werde Lesser hier draußen in dem schwarzen Raum am Times Square finden und ihn ausklinken. Und ich werde Mark Ray in die Sphäre schicken, um Lesser im Konstrukt des schwarzen Raums aufzuspüren und ihn aufs Ausklinken vorzubereiten. Bei einem schwarzen Raum muss man beides gleichzeitig durchführen; hier draußen und da drinnen. Und man muss es auf die Minute genau timen, sonst wird das Ganze keine angenehme Reise für Lesser.

Wie gesagt. Einfach.

Während ich mir meinen Plan zurechtlege, gibt es da noch einen Punkt, der mir Kopfzerbrechen bereitet.

Schwester und die Erwecker waren diejenigen, die die Attentate in der Sphäre vortäuschten, um Panik zu verbreiten. Eine Frau in einer Burka jagt Traumkonstrukte in die Luft, während entsetzte Hüpfer zuschauen. In der Zwischenzeit pumpt Schwester hier draußen den Träumer mit irgendeiner Substanz voll, die ihn nie wieder erwachen lässt. Auf die Art glauben die Hüpfer, sie wären Zeugen eines Mordes in der Sphäre geworden. Worauf sie durchdrehen, tratschen und Hysterie verbreiten. Der Plan war, damit irgendwann die Sphäre zu entvölkern. Sie wollten die ganze Stadt aufwecken, koste es, was es wolle. Die Idee stammte von einer Frau, die tatsächlich eine Burka trug; ein junges Computergenie mit einer rauen Stimme, das eines Tages vor dem Cloisters stand. Klingt wie dieselbe Frau, die mir ursprünglich den Auftrag erteilte, Lesser zu töten. Was merkwürdig ist, da Lesser eigentlich ihr Zeuge hätte sein sollen. In der Zwischenzeit bekommt Bellarmine Wind von den Attentaten und beschließt, die ganze Stadt darüber zu informieren. Wobei er sich selbst als der starke Beschützer aufspielt. Dann schnappt er sich Lesser und steckt ihn in den einzigen schwarzen Raum der Stadt. Er will aus Lesser ein Geheimnis herauspressen, das dieser gar nicht kennt. Offensichtlich heuert Bellarmine als Männer fürs Grobe Pushbroom an, die übelsten Reiniger der Sphäre.

Wie gesagt. Armer Lesser.

Das alles fügt sich mehr oder weniger zu einem stimmigen Gesamtbild.

Bis auf eine Sache.

Shaban.

Shaban und Lesser waren einmal beste Kumpel, damals auf der Langland-Akademie. Sie teilten sich eine Studentenbude. Arbeiteten Seite an Seite an den Programmcodes für Naher Feind. Shaban kennt Lesser länger und versteht ihn möglicherweise besser als irgendjemand sonst.

Und Shaban scheint trotz seines distanzierten Selbstvertrauens derjenige zu sein, dem am meisten daran gelegen ist, dass ich Lesser finde und zurückbringe.

Und dass ich herausfinde, was Lesser weiß.

Also was genau bereitet Shaban solche Sorgen?

# 28

Als ich in Hoboken eintreffe, parke ich mein Taxi gegenüber dem Streifenwagen. Klopfe mit dem Knöchel an das Fenster. Wecke Puchs auf, der leise schnarcht.

Er reibt sich die Augen. Kurbelt sein Fenster runter.

Morgen, Spademan.

Er entdeckt mein Taxi.

Haben Sie jetzt noch einen Nebenjob?

Luckner trägt ihre Sonnenbrille, und da sie ohnehin nie spricht oder lächelt, habe ich keine Ahnung, ob sie wach ist, schläft oder vielleicht schon tot ist.

Ich erkundige mich bei Puchs:

Gab es irgendwelche Schwierigkeiten?

Er zuckt mit den Achseln. Streckt seine dicken, muskulösen Arme mit den unter seinem kurzärmligen Hemd hervorspitzenden tätowierten Schlangen und Flammen und gähnt.

Nö. Alles ruhig.

Ich bedanke mich und mache mich auf den Weg zu meinem Apartment.

Shaban.

Er verbirgt irgendetwas.

Zumindest eine Sache.

Wie auch immer. Ich gehe davon aus, dass mir noch viel Zeit bleibt, ihn dazu zu befragen. Sobald ich Lesser gerettet habe.

Ich habe kein Problem damit, Shaban einen weiteren Besuch abzustatten.

Vielleicht werde ich ihm ein wenig den Arm auf den Rücken drehen.

Nur ein wenig.

Aber zuerst ist Lesser dran.

Ehrlich gesagt gefällt mir mein einfacher Plan. Bis auf eine Sache.

Den Teil, den ich mir nicht wirklich eingestehen möchte.

Nämlich dass Mark, trotz seiner endlosen Bettaufenthalte und seiner ganzen User-Expertise, trotz all seiner raffinierten Tricks und seiner engelsgleichen Schwertkunst, gegenwärtig verletzt und möglicherweise wenig kampflustig ist. Außerdem ist er selbst in Hochform einer solchen Aufgabe vermutlich nicht gewachsen, zumindest nicht alleine.

Schließlich reden wir hier nicht von einem überehrgeizigen Pastor und einer Schar ihm höriger Bauernburschen, wie das bei Harrow der Fall war.

Hier geht es um einen schwarzen Raum.

Und egal ob Lesser da drinnen von Bellarmines Männern oder von Pushbroom-Schlägern oder sogar von beiden bewacht wird, diese Kerle sind in jedem Fall Profis. Und sie sind richtig fies. Daher ist es riskant, Mark alleine da reinzuschicken. Es ist ihm gegenüber nicht fair. Es ist nicht einmal fair, ihn danach zu fragen. Und vermutlich wird die Unternehmung auch nicht von Erfolg gekrönt sein.

Also sollte ich ihn möglicherweise nicht alleine dort reinschicken.

Und jetzt kommt der Teil, den ich mir selbst nur schwer eingestehen kann.

Ich kenne jemanden, der fähig ist, so eine Aktion erfolgreich durchzuziehen.

Jemanden, der im Moment auf meinem Sofa schläft.

Und alles, was ich tun muss, ist, ihn um Hilfe zu bitten.

Freundlich.

In gewisser Weise ist das der härteste Teil des Ganzen.

Ich laufe den Flur zu meinem Apartment entlang und stelle fest, dass davor jemand auf mich wartet. Er steht lässig mit dem Rücken an meine Eingangstür gelehnt.

Ein Mann in grauem Overall. Er scheint zu dösen.

Aber er döst nicht wirklich.

Er ist tot.

Und um genau zu sein, lehnt er auch nicht an der Tür.

Er ist daran festgenagelt.

An einem der Nägel in seiner Brust hängt ein Zettel. Direkt unter dem Pushbroom-Abzeichen. Der Zettel ist mit Blut befleckt.

Darauf steht: *Netter Versuch.*

Die Tinte ist rot, daher vermute ich, dass es ebenfalls Blut ist.

Der Mann hängt da an meiner Tür wie ein fröhlicher Weihnachtskranz.

Ich klopfe neben seinem Kopf an die Tür.

Niemand öffnet. Aber sie ist unverschlossen.

Vorsichtig drücke ich die Tür auf.

Jemand zu Hause?

Simon sitzt im Wohnzimmer und schaukelt das schlafende Baby.

Er blickt auf. Bedeutet mir, leise zu sein. Formt stumm mit dem Mund die Worte:

Sie schläft.

Ich trete ein. Schließe leise die Tür. Bilde mit dem Mund stumm die Worte:

Warum ist da ein Mann an meine Eingangstür genagelt?

Simon blickt finster. Erwidert flüsternd:

Sie haben uns einen Besuch abgestattet. Sie sind ohne Probleme an deinen nutzlosen Cop-Freunden da draußen vorbeigeschlüpft. Wir hätten deine Hilfe brauchen können. Sie waren nämlich zu zweit.

Zu zweit? Wo ist der andere?

In der Badewanne.

Was macht er denn in der Badewanne?

Er läuft aus.

Mark blickt vom Esstisch auf. Er wirkt mitgenommen. Kritzelt etwas mit dem Finger auf das Display seines Smartphones. Hält es hoch.

ICH WAR KEINE GROSSE HILFE.

Persephone kommt aus dem Schlafzimmer. Sie riecht nach Rauch. Sie formt mit dem Mund stumm die Worte:

Wo bist du gewesen? Du warst die ganze Nacht unterwegs.

Ich flüstere:

Botengänge.

Sie wischt mit dem Daumen über meine Wange. Als sie den Daumen zurückzieht, kleben Spuren von Scharlachrot daran.

Du bist mit Lippenstift verschmiert, Spademan.

Okay, könntest du bitte kurz nach draußen gehen?

Den letzten Satz vergesse ich zu flüstern.

Oder besser gesagt, ich gebe mir keine große Mühe.

Wie auch immer, Hannah wacht auf. Schaut sich um. Beginnt zu weinen.

Persephone blickt finster. Derselbe finstere Blick wie bei Simon.

Großartig. Schau, was du angerichtet hast.

Persephone zieht sich ins Schlafzimmer zurück, um das Baby zu trösten, und ich setze mich an den Esstisch und erläutere Mark und Simon meinen Plan. Mark ist einverstanden, denn er ist loyal. Aber Simon sperrt sich. Was mich nicht sonderlich überrascht.

Er deutet auf Mark.

Also ich und dieser Rauschgoldengel hier sollen in einen schwarzen Raum eindringen? Warst du je in einem schwarzen Raum, Spademan?

Nein. Du?

Ja.

Hast du dort gearbeitet? Oder warst du Gast?

Beides. Zu unterschiedlichen Gelegenheiten.

Simon blickt zu Mark. Dann wieder zu mir.

Einen schwarzen Raum überfallen? Das werden zwei Leute allein nicht schaffen. Selbst wenn ich einer davon bin.

Ich habe jemanden in der Sphäre, der uns reinhilft.

Und wer ist das?

Darf ich nicht sagen.

Simon blickt finster.

Klar. Und was wirst du tun, während wir da drinnen unseren Hals für irgendeinen fetten, verkommenen Hüpfer riskieren, dem ich nie persönlich begegnet bin?

Ich werde diesen fetten, verkommenen Hüpfer hier draußen retten.

Simon blickt spöttisch. Lehnt sich zurück. Verschränkt die Arme.

Großartig. Hier kommt mein Gegenvorschlag, Spademan. Wir überlassen diesen fetten, verkommenen Hüpfer einfach seinem Schicksal. Er hat sich sein eigenes Bett gemacht. Und dann hat er bei jemanden den Voyeur gespielt. Daher bin ich nicht geneigt, meinen Hals für ihn zu riskieren. Denn wenn man in einem schwarzen Raum endet, gibt es üblicherweise einen Grund dafür. Also, was ist in diesem Fall der Grund?

Es war ein Irrtum. Ein Missverständnis.

Klar. Das ist es immer.

Simon, ich brauche deine Hilfe.

Und das nächste Wort will mir einfach nicht über die Lippen. Will mir nicht über die Lippen. Will mir nicht –

Dann sage ich es.

Bitte.

Simon lacht.

Er lacht tatsächlich.

Spademan, wenn ich mich recht erinnere, dann hast du bei unserer letzten Begegnung geschworen, dass du mich tötest, falls du mich je wiedersiehst.

Ich habe mich wohl versprochen.

Nein, du hast definitiv gesagt, wenn du mich je wiedersiehst, tötest du mich.

Das ist typisch Simon, er dreht und wendet das Messer in meiner Brust. Genießt es. Ich frage ihn erneut.

Simon, bitte. Nur dieses eine Mal.

Er schaut erneut zu Mark. Dann wieder zu mir.

Ich weiß deine Bitte zu schätzen, Spademan. Wirklich. Aber ehrlich gesagt bin ich nicht deshalb zurückgekehrt, weil ich mit dir gemeinsame Sache machen möchte.

Weshalb bist du dann hier, Simon?

Er deutet in Richtung Schlafzimmer.

Ich bin hier, um sie zu holen. Um die beiden zu holen. Meine Familie. Ich möchte sie mit nach Hause nehmen.

Und was halten sie davon?

Sie freunden sich langsam mit der Idee an.

Das bezweifle ich.

Simon lächelt.

Frag sie.

Er lässt den letzten Satz für einen Augenblick im Raum stehen, weil er weiß, dass er recht hat. Auch ich weiß, dass er recht hat. Aber ich will nicht, dass er recht hat, weil ich nicht will, dass sie gehen. Aber natürlich sind sie keine Gefangenen. Sie sind eine Familie. Wenn auch nicht unbedingt meine. Also sage ich zu Simon:

Tu meinetwegen, was du willst. Du kannst jederzeit verschwinden. Und wenn sie dir folgen wollen, dann ist das ihre Sache. Aber bevor du gehst, erledige diese eine Sache für mich. Hilf mir, diesen Jungen zu retten. Er hat nicht verdient, was mit ihm geschieht.

Niemand hat verdient, was mit ihm geschieht, Spademan. Das macht diese Welt so interessant.

Simon lehnt sich in seinem Stuhl zurück. Er hält alle Trümpfe in der Hand, und das weiß er auch.

Dann beugt er sich wieder vor.

Also, wo ist der reale schwarze Raum? Ich meine hier draußen?

Times Square.

Nun meldet sich auch Mark zu Wort. Besser gesagt, er kritzelt. Hält sein Smartphone hoch.

SCHEISSE.

Ich wende mich an sie beide.

Kein Problem. Ich übernehme das.

Selbst Simon ist überrascht.

Das tust du für Lesser? Du gehst zum Times Square?

Wenn er tatsächlich dort ist, werden die Sicherheitsvorkehrungen nicht sonderlich hoch sein. Sie werden keine Besucher erwarten. Ich komme da innerhalb von einer Stunde rein und wieder raus. Wie sagt unser Bürgermeister doch so schön? Nicht schlimmer als ein Zahnarzttermin, richtig?

Simon grinst.

Hängt ganz vom Zahnarzt ab.

Und nach diesem Kommentar weiß ich, dass Simon angebissen hat. Er wird es niemals zugeben. Diese Befriedigung wird er mir nicht gönnen. Aber er wird es tun. Er fragt:

Was ist mit Persephone? Und dem Baby?

Die beiden bleiben hier.

Und wer bewacht sie?

Die Cops sind immer noch draußen.

Die Cops sind nutzlos. Ich denke, das haben wir bereits festgestellt.

Die Aktion wird maximal ein paar Stunden dauern. So lange werden sie in Sicherheit sein.

Das hast du schon einmal gesagt, und du hast dich geirrt.

Ich weiß, Simon. Aber wir haben jetzt keine Zeit, jemanden zu finden, der auf sie aufpasst. Und ich brauche euch beide in der Sphäre. Ihnen wird schon nichts passieren.

Mark kritzelt.

WER KLINKT UNS EIN?

Mark, du erinnerst dich doch an Mina, oder? Sie betreibt jetzt Ricks alten Laden in Chinatown. Hat ihn in Kakumu Lounge umgetauft. Sie wird alles für euch bereitstellen. Die Monitore kontrollieren. Dafür sorgen, dass euch nichts zustößt. Wie gesagt, ich habe einen Mann in der Sphäre. Er wird ihr sämtliche Koordinaten und Zugangscodes geben. Alles, was sie benötigt.

Mark kritzelt erneut.

WIR BRAUCHEN EINE KRANKENSCHWESTER.

Ich weiß.

Mark kritzelt.

MARGO?

Nein. Ich hab da jemand anderen im Sinn.

Nun, da alle mit an Bord sind, sitzen wir um den Tisch und arbeiten die letzten Details aus. Dabei fällt mir meine sich stets verändernde To-do-Liste von letzter Woche wieder ein.

Töte Lesser. Finde Lesser. Rette Lesser.

Wie gesagt. Merkwürdige Woche.

Aber wir sind schon fast am Ziel.

Ich erkläre die Sitzung für beendet. Entlasse Simon, Mark und mich. Klopfe mit dem Knöchel als Hammerersatz auf den Tisch.

Als die beiden sich erheben, empfehle ich ihnen, sich gründlich auszuruhen. Morgen wird ein harter Tag. Und wir haben nur einen einzigen Punkt auf der Tagesordnung.

Ganz einfach.

Lasst uns Lesser rausholen.

# III. TEIL

# 29

Am nächsten Tag.
Morgendämmerung.
Die Skyline flimmert im Sonnenaufgang.
Die Quecksilbersäule steht jetzt schon auf über 30 Grad.
Die Gehwege glänzen. Der Asphalt schlägt Blasen.
Die Hitzewelle ist da.

Ich beginne den Tag mit demselben einfachen Gedanken, mit dem ich zu Bett gegangen bin.
Rette Lesser.
Sei sein Fürsprecher.
Und dann lass alles hinter dir. Diesen ganzen Mist.
Boonce, Bellarmine, Shaban, den ganzen Haufen.
Sei wieder der, der du wirklich bist.
Nur eine Kugel.

Ich sammle Simon und Mark ein, dann machen wir uns auf den Weg zum Pier und besteigen mein Boot. Ich richte den Bug nach Manhattan aus. Die Nase des Boots hüpft auf und ab, als wir das Kielwasser vorbeiziehender Barken kreuzen. Auf der anderen Seite setze ich Simon und Mark an der Canal Street ab. Zeige ihnen den Weg nach Chinatown.

Dann starte ich den Außenborder wieder und steuere nach Norden in Richtung Times Square.

Unterdessen in Battery Park City.

Auf einem Platz unten am Ufer. Ein Bautrupp stellt ein Gerüst auf. Errichtet Barrieren. Hängt Scheinwerfer auf. Passt stählerne Träger in stählerne Gelenkstücke ein.

Errichtet eine Bühne.

Heute ist die Debatte.

Bellarmine gegen den Bürgermeister.

Es ist jetzt ein Kopf-an-Kopf-Rennen.

Es wird eng.

Aus den Zeitungsautomaten in der Nähe plärrt die neueste Ausgabe der *Post:*

TOP COP VERSPRICHT: ES WIRD EINE ÜBERRASCHUNG GEBEN.

Unterdessen in Chinatown.

Simon und Mark treffen in der Kakumu Lounge ein.

Mina ist informiert. Sie öffnet früher als gewöhnlich. Begrüßt Simon und Mark in einem schwarzen Kimono an der Tür. Ihr Schädel ist immer noch kahl rasiert. Sie sieht aus wie ein Mönch. Mit dickem Eyeliner.

Sie lächelt Mark an. Kein Lächeln für Simon.

Und keine Erwähnung der kreuzförmigen Narbe auf ihrer Stirn, die er ihr verpasst hat.

Ich habe Mina freundlich gebeten, mir diesen einen Gefallen zu tun. Und ich habe ihr versprochen, dass sie Simon danach nie wiedersehen muss.

Sie stellt den beiden nicht allzu viele Fragen, und sie sagt auch nicht allzu viel. Führt sie einfach hinein und zeigt ihnen ihre Betten.

Mark legt sich gleich hin. Er ist erleichtert. Sein letzter Bettaufenthalt ist schon fast eine Woche her, was für ihn viel zu lang ist. Mina umsorgt ihn rührend. Stellt sicher, dass er es bequem hat.

Simon kümmert sich um seine eigene Ausrüstung: Schläuche, Kabel, Apparate, Nadeln. Er hat sich schon häufig alleine eingeklinkt. Eigentlich zieht er es sogar vor. Er hofft nur, dass diese Mina die richtigen Codes und Koordinaten hat.

Und er hofft, dass sie sich an dieses Manöver erinnert, das er ihr im Vorfeld beigebracht hat.

Ein kleiner Trick.

Für den Fall der Fälle.

Was Pushbroom betrifft, so bereiten diese Typen Simon kein allzu großes Kopfzerbrechen. Höchstwahrscheinlich werden sie in der Sphäre auf die drei Partner treffen, aber er hat es in der Vergangenheit schon öfter mit Pushbroom zu tun bekommen und nie den Kürzeren dabei gezogen. Ihn verbindet eine gemeinsame Geschichte mit einem der Partner, mit dem, der sich selbst Tu-Gutes nennt. Er freut sich darauf, den beiden anderen Partnern zu begegnen. Er kennt sie nur aufgrund ihres Rufs.

Nun, denkt Simon, ich habe auch einen gewissen Ruf.

Er schlägt mit zwei Fingern auf seinen Unterarm.

Die Krankenschwester tritt heran, um ihm bei der Suche nach der Vene zu helfen.

Simon blickt auf.

Die Krankenschwester lächelt.

Lassen Sie mich Ihnen damit helfen.

Sie hat sich an diesem Punkt bereits allen vorgestellt. Hat es hinter sich gebracht, gleich als sie ankam.

Simon, Mark, Mina – freut mich, euch kennenzulernen.

Als man sie nach ihrem Namen fragt, erklärt sie einfach:

Schwester. Nur Schwester, das muss reichen.

Unterdessen in Hoboken.

Persephone und Hannah sind erneut von allem abgeschottet. Sie sind seit fünf Uhr wach. Die alleinerziehende Mutter. Wieder einmal auf sich gestellt. Öfter mal was Neues.

Persephone ist todmüde. Hannah ist durch den Wind. Sie hat die ganze Nacht über geschrien. Persephone tröstet sie erneut, aber natürlich hilft es immer noch nicht.

Sie schaukelt sie auf ihren Hüften. Versucht sie zu besänftigen.

Komm schon, Baby. Komm jetzt.

Aber auch das funktioniert nicht.

Also flüstert sie ihr zu:

Keine Sorge. Wir gehen bald nach Hause. Bald sind wir zu Hause. Wir gehen heim.

Und sie fragt sich, ob sie selbst daran glaubt.

Unterdessen am Flussufer.

Ich.

Ich fühle mich wie ein Tourist.

Und wie so viele Touristen vor mir bin ich unterwegs zum Times Square.

# 30

Am Times Square hält keine U-Bahn mehr, daher mache ich mein Boot in der Nähe von Chelsea Piers fest und gehe zu Fuß in Richtung Norden.

Chelsea Piers besteht aus einer Reihe großer, dicht nebeneinanderliegender, überdachter Fußballfelder auf einer ehemaligen Pier-Anlage. Da niemand mehr dort spielt, sehen die grünen Rechtecke aus wie brachliegende Weiden. Felder von Plastikgras, das nie verwelken wird, mit weißen Kalklinien bestreut. Außerdem befindet sich dort eine große Golf-Driving-Range unter Flutlichtmasten, die nie wieder etwas erleuchten werden. Früher kamen die Leute zu jeder Tageszeit hierher, um Bälle zu dreschen. An den Seiten ragten hohe Netze empor, um die Fehlschläge abzufangen. Angeblich konnte man in früheren Tagen dort sogar Unterricht in Trapezkunst nehmen.

Bälle in Netze hämmern. Auf Plastikgras herumrennen. An einem Seil über einer Sandgrube turnen.

Das waren einst die Freizeitbeschäftigungen der Menschen dieser Stadt.

Man stelle sich vor, wie damals ihre Arbeit aussah.

Sie tauschten elektronisches Geld. Tauschten elektronischen Klatsch und Tratsch aus. Prügelten sich um immer kleiner werdende Fleckchen von Immobilienbesitz.

New York City in seiner Blütezeit.

Natürlich sind die Piers inzwischen verlassen. Sie sind schon lange dem Verfall preisgegeben.

Trapezkunst muss man jetzt anderswo lernen.

Einst gab es hier auch Kunstgalerien.

Und so etwas wie Kunst.

Zwischen den ganzen schicken Apartment-Hochhäusern.

Und einen Park auf Stelzen. Errichtet auf einer alten, stillgelegten Hochbahnstrecke, die man auf diese Weise wiederbelebt hatte.

Bei der Eröffnungszermonie war alles anwesend, was in der Politik Rang und Namen hatte.

Man trug Bauarbeiterhelme und ein fettes Grinsen im Gesicht.

Wie auch immer, inzwischen ist der Hochbahnpark wieder verfallen.

Die Natur hat ihn erneut für sich reklamiert.

Zurück-reklamiert.

Ich gehe unter der ehemaligen Hochbahnstrecke hindurch.

Wende mich nach Norden.

Ich marschiere die Ninth Avenue hinauf.

Nördlich der dreißigsten Straße beginnt sich die Zivilisation endgültig zu verabschieden. Die Dirty Thirties nennt man dieses Viertel. Früher Hell's Kitchen. Booonces Spielplatz in Kinderzeiten, wie er mir erzählt hat. Wenn ich jetzt einen Geigerzähler hätte, würde ich in dieser Gegend das erste schwache Klick-Klick-Klick hören.

Aber ich brauche keinen Geigerzähler. Inzwischen kennt jeder die Grenzen genau. Die riskanten Blocks. Die Kreuzungen, die man nicht überqueren sollte.

Die Dirty Thirties, zehn Blocks südlich des Times Square, sind nur halb verseucht, deshalb haben ein paar Läden trotzig weiter geöffnet. Es gibt immer noch ein paar Ein-Dollar-Shops und Army-Navy-Outlets. Und den einen oder anderen nicht auszurottenden irischen Pub. Sie preisen immer noch die Happy Hour an, als ob es noch so etwas wie glückliche Stunden gäbe.

Diese Hell's-Kitchen-Pubs haben die schlimmen alten Tage überlebt. Dann die guten alten Tage. Und dann die richtig schlimmen Tage.

Einen schlimmen Tag im Besonderen.

Ein Barmann, der an diesem Tag gearbeitet hat, hat mir davon erzählt.

Wegen dem ganzen Lärm im Lokal hörte es sich so an, als wäre die Bombe weit weg explodiert. Aber die Detonation war stark genug, um den Schaum auf den frisch gezapften Bieren zittern zu lassen.

Jemand hatte gerade eine Runde ausgegeben. Die Biergläser standen in einer Reihe auf der Bar bereit, wie Soldaten beim Appell.

Nach der Explosion wurde es still an der Bar.

Jemand schaltete die Musikbox aus.

Tödliches Schweigen.

Ein langer Moment kollektiven Atemanhaltens.

Niemand wusste, was passiert war. Aber alle wussten, dass es übel war.

Und dann, wie auf ein Zeichen hin, schnappte sich jeder dieser fröhlichen Zecher, die so oft an der Bar zusammen tranken, wortlos ein Bier und stürzte es mit einem einzigen Schluck hinunter.

Der Barmann auch.

Dann gab er eine weitere Runde aus, diesmal aufs Haus.

Anschließend schaltete er die Musikbox wieder ein und drehte die Lautstärke auf, um das Geheul der eintreffenden Sirenen zu übertönen.

Ich komme an diesem Pub in der Ninth vorbei.

Er hat immer noch geöffnet.

Ich gebe zu, ich bin in Versuchung.

Doch dann marschiere ich weiter Richtung Norden.

Vorbei an den dunklen Fenstern mit dem Neon-Kleeblatt, das sieben Tage die Woche rund um die Uhr brennt.

Die Eingangstür des Pubs steht weit offen, gehalten von einem Mülleimer voller Zigarettenkippen und Asche.

Im Inneren der Bar hockt eine Handvoll radioaktiver Stammgäste.

Ich wende mich nach Osten in Richtung Eighth Avenue und Fortieth Street.

Ich komme an dem großen, leeren Platz vorbei, wo früher mal Port Authority stand.

Ich entdecke zwei oder drei Klicker mit ihren selbst gebastelten Schutzanzügen, Geigerzählern und Gasmasken, die prall gefüllte Müllsäcke auf ihren Schultern schleppen wie apokalyptische Weihnachtsmänner. Sie durchforsten immer noch den Schutt von Port Authority. Selbst zu dieser frühen Stunde, selbst nach all der Zeit.

Als ob es da noch irgendetwas gäbe, das der Mühe wert wäre. Ja, vielleicht findet man noch einen halb geschmolzenen Kühlschrankmagneten, auf dem WILLKOMMEN IN NYC steht.

Eins muss man diesen Klickern allerdings lassen. Anders als der Rest von uns geben sie die Hoffnung niemals auf.

Port Authority. Das war früher mal ein Busbahnhof. Jetzt einfach nur ein Friedhof für Betontrümmer. Etwa ein Jahr nach Times Square fuhren hier noch Busse, aber nur die Linien, die aus der Stadt rausführten. Nicht mehr allzu viele Fahrgäste kamen noch mit den Bussen, sodass man diese irgendwann über Grand Central umleitete. Port Authority blieb noch ein weiteres Jahr mehr oder weniger geöffnet, obwohl eine Menge Angestellte nicht mehr zum Dienst erschienen, weil es zu nahe am Times

Square lag. Dann behaupteten die Behörden, Wind von einem geplanten Anschlag mit einem Bus bekommen zu haben. Angeblich planten die Attentäter, einen mit Petroleum, Dynamit, Nägeln und anderem Kram vollgestopften Greyhound in die Station rasen zu lassen. Im Grunde waren es nicht mehr als ein Haufen Online-Gerüchte; jemand hatte das Gefasel eines Irren aufgeschnappt und es für bare Münze genommen. Trotzdem lieferte es den Behörden die nötige Rechtfertigung.

Lasst uns die Abrissbirne schwingen.

Niemand trauerte dem Gebäude nach. Abgesehen von ein paar Obdachlosen vielleicht.

Doch es wirkte wie ein Symbol.

Der Zerfall der Autorität.

Nächster Halt auf unserer Besichtigungstour.

Die nordöstliche Ecke der Fortieth und Eighth.

Gegenüber den Trümmern von Port Authority steht ein verlassener Wolkenkratzer.

Das alte *New-York-Times*-Gebäude.

Nicht das alte alte *Times*-Gebäude. Es ist das neue alte Gebäude, das dritte, der schicke Wolkenkratzer, der aussieht wie eine Leiter, in die man oben eine Nadel gesteckt hat. Es war der letzte Sitz der *New York Times*, zumindest damals, als sie noch auf Papier gedruckt wurde und in New York beheimatet war.

Natürlich kriegt man die Zeitung inzwischen nicht mehr auf Papier. Sie ist nur noch eine Art Info-Banner, das in die Limnosphäre eingespeist wird. Die Nachrichten aus aller Welt, dargestellt als endlose Pixelstreifen. Die *Times* hat die gedruckte Ausgabe schon lange eingestellt; keine Zeitungsburschen mehr, keine Hauszustellungen. Und schließlich schloss die *Times* dann auch noch ihre New Yorker Büros. Zog nach Boston um, glaube ich.

Den Namen behielt sie allerdings bei. *Boston Times* klingt einfach nicht so gut.

Seither steht der Wolkenkratzer leer. Hausbesetzer und Klicker sind der einzige Grund, warum das weiße Zutritt-verboten-Band nicht mehr vor den Türen der Lobby hängt.

Reste davon flattern im Wind. Wie eine Kapitulationserklärung.

Übrigens bin ich auf dem Weg zum *Times*-Gebäude.

Dort halten sie Lesser fest.

Aber nicht in diesem *Times*-Gebäude. Und auch nicht im alten *Times*-Gebäude.

Ich bin unterwegs zum allerersten. Dem Originalgebäude.

An der Forty-Second Street.

Dem Gebäude, nach dem der Times Square ursprünglich benannt wurde.

# 31

Simon und Mark befinden sich in einem U-Bahn-Zug. Der Zug schwankt und schießt durch Tunnels, die wie in einem alten Stummfilm flackern. Der Zug dagegen ist alles andere als stumm und geräuschlos.

Sein Rattern ist ohrenbetäubend.

Der Wagen wird heftig durchgeschüttelt, sodass sich die beiden irgendwo festhalten müssen.

Mark trägt seinen üblichen außerkörperlichen Aufzug. Nackter Oberkörper. Um den Unterleib eine Art weißen Lendenschurz. Goldene Sandalen, die bis hinauf zu den Knien geschnürt sind. Blonde Lockenmähne.

Wie ein Engel.

Immer wenn Mark sich einklinkt, schlüpft er in eine Rolle. Er nennt sich dann Uriel. Den Namen hat er von einem echten biblischen Engel. Sein Name bedeutet: Gott ist mein Licht. Uriel hatte die Aufgabe, Adam und Eva nach dem Sündenfall vom Garten Eden fernzuhalten.

Mark findet das irgendwie inspirierend.

Außer den Tätowierungen auf den Fingerknöcheln, auf denen DAMN und ABLE steht, hat Mark noch ein weiteres Tattoo quer über den Schulterblättern. Dort steht in der realen Welt I RULE. In der Sphäre arrangieren sich die Buchstaben zu URIEL um.

Und dann sind da natürlich seine Flügel.

Bei Bedarf kann er sie jederzeit entfalten.

Im Augenblick sind sie jedoch unsichtbar verstaut.

Mark lässt die Fingerknöchel knacken. Räuspert sich. Sagt laut: Mann, es fühlt sich so gut an, wieder sprechen zu können.

Er schreit über den Lärm der U-Bahn hinweg:

Hallo! Hallo!

Der Schrei wird augenblicklich von dem gefräßigen Zugrattern verschlungen.

Simon steht neben ihm und behält den U-Bahn-Wagen im Auge. Simon trägt keine besondere außerkörperliche Kostümierung. Simon sieht einfach aus wie Simon. Weißer Rollkragenpullover, der sich über einem Körperbau spannt, für den es keine normalen Kleider gibt. Schwarzer Bart, der jetzt fein säuberlich gestutzt ist. Im Gesicht einen Ausdruck allgemeiner Geringschätzung.

Er erlaubt sich in der Sphäre nur ein einziges kleines Accessoire.

Bandeliers.

Zwei abgewetzte, lederne Patronengurte, die x-förmig über seine Brust geschlungen sind.

Das hat er mal in einem Film gesehen. Als Kind. Bei einem Banditen. Seither hat er eine Vorliebe dafür.

Doch die hebt er sich für spezielle Gelegenheiten auf.

An beiden Hüften trägt Simon in einem Holster einen silbernen Schießprügel. Zwei Trommelrevolver mit zwanzig Zentimeter langen Läufen. Zwei Handvoll Dirty-Harry-Macho-Überkompensation.

Auch diese sind natürlich speziellen Gelegenheiten vorbehalten.

Normalerweise braucht Simon keine Munition. Seine Fäuste sind mehr als ausreichend.

Allerdings handelt es sich in diesem Fall um einen schwarzen Raum.

Und da gilt dasselbe wie bei einer Hochzeit.

So etwas wie overdressed gibt es nicht.

Simon zieht eine Kanone aus dem Holster und hält den Lauf gegen die gespitzten Lippen. Bedeutet Mark zu schweigen. Die stählernen Räder rattern über die lückenhaften, alten Schienen, während der Zug weiter durch den Tunnel jagt.

Abgesehen von den beiden ist der U-Bahn-Zug leer. Simon muss zugeben, dass Mina sie perfekt eingeschleust hat. Es ist nämlich ziemlich vertrackt, jemanden in eines dieser beweglichen Untergrundbahnkonstrukte einzuklinken.

Der Wagen ist mit Graffiti beschmiert. So wie sie in New York damals alle aussahen.

Erneut erhält der Wagen einen Stoß. Wird gründlich durchgerüttelt. Mark stolpert beinahe.

Simon hält ihn fest.

Vorsicht.

Und dann gehen die Lichter aus, genau wie in einem alten Krimi.

Zwei Passagiere im Desorient-Express.

Die Lichter gehen wieder an.

Simon ist gerade mitten in einer Erklärung und brüllt über die U-Bahn-Geräusche hinweg.

... keine Sorgen. Dies ist ein übliches Schwarzer-Raum-Szenario.

Eine U-Bahn?

Ja. Oder irgendein anderer Zug.

Warum?

Weil die Programmierer den schwarzen Raum vor Eindringlingen schützen, indem sie beständig seinen virtuellen Ort ändern, von Server zu Server hüpfen, quer über die ganze Welt. Der Zug ist nur eine Metapher dafür. Ein bewegliches Objekt.

Die Lichter verlöschen erneut. Noch mehr Rattern. Mehr Schwanken. Jetzt in der Dunkelheit. Tunnellichter flackern vorbei.

Die Beleuchtung geht wieder an.

Simon sagt:

Es ist wie in jedem Konstrukt. Man nutzt seine Umgebung. Versucht seine Stärken auszuspielen. Deine Engelmasche könnte sich hier drin als nützlich erweisen.

Klar. Aber da gibt's ein Problem.

Welches?

Mark spannt mit nacktem Oberkörper die Muskeln an. Er ist nicht Simon, aber auch er ist muskulös.

Er stöhnt.

Beugt sich vor.

Flügel sprießen aus seinem Rücken.

Er richtet sich auf.

Versucht die Flügel zu entfalten, sich in die Luft zu erheben.

Was in der U-Bahn unmöglich ist.

Er wendet sich an Simon.

Ein bisschen eng hier drin.

Ist das dein einziger Trick?

Nein. Ich hab noch ein paar andere drauf.

In Ordnung. Ich bin gespannt.

Erneut verlöschen die Lichter. Bremsen kreischen, und draußen vor den Fenstern sprühen von den Schienen Funken auf wie ein Schwarm emporflatternder Vögel.

Der Wagen klappert laut. Wird langsamer.

Die Lichter gehen wieder an.

Mark und Simon bemerken es im selben Augenblick.

Am anderen Ende des Wagens.

Sie haben Gesellschaft.

Ein Mann mit Cowboyhut. Die Hutkrempe hat er ins Gesicht gezogen, sodass sie seine Augen beschattet. Seine lässig gekreuzten Füße stecken in Cowboystiefeln. Er trägt Sporen an den Stiefeln. Seine Hände ruhen auf je einem Pistolenhalfter. Als hätte er den ganzen Tag so auf sie gewartet.

Er lehnt am anderen Ende des U-Bahn-Wagens an der Tür zum nächsten Waggon. Es ist die Tür zwischen dem Ort, an dem Simon und Mark sich augenblicklich befinden, und dem Ort, an den Simon und Mark wollen.

Die Tür zwischen Simon und Mark und dem gesuchten Lesser.

Der Cowboy schiebt die Hutkrempe nach oben.

In seinem Mund steckt ein knochenweißer Zahnstocher.

Der Zahnstocher wandert in den anderen Mundwinkel.

Wie geht's, wie steht's, Jungs?

Simon runzelt die Stirn.

Tu-Gutes. Ist schon eine Weile her.

Der Cowboy grinst höhnisch.

Zu lange, würde ich sagen.

Mark schaltet sich ein.

Tu-Gutes? Ist das sein Name? Was ist er, eine Art Gutmensch?

Simon grinst.

Nicht wirklich.

Dann sagt er zu Tu-Gutes:

Ich habe dir bei unserer letzten Begegnung angekündigt: Falls du mir noch einmal über den Weg läufst –

Tu-Gutes grinst, hält sich aber nicht damit auf, zu antworten oder Simon auch nur ausreden zu lassen. Stattdessen reißt er seine Colts heraus und feuert sie beide auf Simon ab. Die Dinger funktionieren offensichtlich vollautomatisch. Der Wagen ist plötzlich voller Leuchtspurkugeln. So was funktioniert nur in der Sphäre. Hier gelten nicht die üblichen Gesetze für Schusswaffen.

Die Kammern der Revolver qualmen und drehen sich rasend wie die Läufe eines Gatling-Repetiergeschützes.

Sie beharken den Wagen.

Vier oder fünf der Leuchtspurkugeln durchlöchern Marks Flügel und hinterlassen zerfledderte blutige Blüten auf den weißen

Federn. Mark zuckt zusammen, krümmt sich und breitet seine Flügel über sich selbst, wodurch er eine Art fedrigen Kokon erzeugt. Er wirft sich hinter eine Sitzbank, um Deckung zu suchen. Teils will er sich vor den Kugeln von Tu-Gutes schützen, teils vor dem, was nun zwangsläufig als Nächstes kommt.

Das Donnern von Simons Kanonen.

Und es kommt.

Der Wagen erbebt.

Bamm-Bamm.

Dann ein weiteres Bamm-Bamm, als die beiden Schüsse in dem engen röhrenartigen U-Bahn-Wagen widerhallen. Anschließend hört Mark nur noch Klingeln.

Und dann weit entfernte Schüsse. Oder zumindest klingen sie weit entfernt.

Okay, jetzt kommen sie näher. Oder sie werden einfach nur lauter.

Leuchtspurmunition zerreißt die Luft mit einem Zip-Zip-Zip.

Gefolgt vom Zing-Tang-Zing der in der Metallröhre hin und her sausenden Querschläger.

Mark taucht hinter die Sitzbank, aus der jeder neue Treffer Plastiksplitter reißt. Ihm wird klar, dass es hier drinnen keinen sicheren Ort gibt. Außerdem ist er niemandem von großem Nutzen, wenn er sich hier in seinen Flügeln verkriecht.

Wenn er sich gewissermaßen selbst unter die Fittiche nimmt.

Währenddessen steht Simon einfach ruhig im Gang und leert seine beiden Kanonen.

Bamm Bamm. Bamm Bamm.

Nur werden sie niemals leer. Sosehr er sich auch bemüht.

Warum sollten sie auch?

Es ist schließlich nur ein Traum.

Bamm-Bamm.

Zip-Zip-Zip-Zip-Zip.

Zing-Tang-Zing.

Tu-Gutes setzt auf Zufallstreffer nach dem Gießkannenprinzip, während sich Simon auf tödliche Schüsse konzentriert.

Erneut zielt er sorgfältig.

Beide Kugeln treffen.

Mark erkennt das daran, dass Tu-Gutes plötzlich zurücktaumelt wie ein angeschlagener Boxer auf wackligen Beinen. Hinter ihm erscheint ein neuer Jackson Pollock an der Wand des U-Bahn-Wagens.

Große runde Einschusslöcher klaffen in Tu-Gutes' Bauch.

Er sackt nach vorne. Blickt nach unten. Runzelt die Stirn.

Der Zahnstocher wechselt den Mundwinkel.

Tja, Simon, ich schätze, du hast mich erwischt.

Dann krümmt sich Tu-Gutes. Er verzieht das Gesicht. Um ehrlich zu sein, sieht es ein bisschen so aus, als würde er hinten eine Wurst rauspressen.

Allerdings geben die großen Einschusslöcher dabei ein ganz anderes Geräusch von sich.

Sie schließen sich wie eine Irisblende. Vollständig.

Tu-Gutes richtet sich auf. Rückt sein gerade eben zerfetztes Jeans-Cowboyhemd zurecht. Blickt zu Simon auf.

Der Zahnstocher wechselt den Mundwinkel.

Das war mein Lieblingshemd.

Simon betrachtet sich das Ganze gelassen, in den Händen seine Kanonen, aus denen Rauch aufsteigt.

Geht das jetzt den ganzen Tag so weiter, Tu-Gutes?

Zip-Zip-Zip-Zip-Zip.

Wolken frisch zersplitterter U-Bahn-Bänke stieben empor.

Simon duckt sich. Seufzt.

Ich schätze schon.

Er zielt erneut.

Bamm-Bamm.

Diesmal trifft eine Kugel ihr Ziel.

Tu-Gutes taumelt wieder.

Und wieder macht er sein Kack-Gesicht.

Mark erkennt die Gelegenheit.

Und greift an.

Geduckt rennt er den Mittelgang entlang. Immer noch in seine Flügel gehüllt wie Dracula in seinen Umhang.

Tu-Gutes blickt auf. Schnaubt.

Und was hast du vor, Engelchen? Mich mit deinen Flügeln zu Tode wedeln?

Mark richtet sich auf. Breitet die Flügel aus. Sieht aus wie eine Fledermaus. Nur weiß. Wird plötzlich zu einer Masse zitternder blendend weißer Federn. Sie lenkt Tu-Gutes gerade lange genug ab, damit er nicht sieht, was Mark in seinen Fäusten hält.

Einen Schwertgriff.

Das flammende Schwert.

Marks anderer Trick.

Die Hiebe werden Tu-Gutes natürlich nicht töten.

Schließlich kann man in der Sphäre nicht sterben.

Allerdings liegt sein einer Arm hier, das andere Bein dort und ein weiteres Bein am anderen Ende des Wagens, in vier säuberliche Stücke zerteilt. Außerdem zuckt sein gliederloser Torso zu Marks Füßen, daher wird Tu-Gutes wohl eine Menge mentale Kack-Anstrengung aufbieten müssen, um sich wieder zusammenzusetzen. Nicht zu vergessen: Tu-Gutes' Kopf liegt ein ganzes Stück hinter dem Wagen auf dem U-Bahn-Gleis. Komplett mit Cowboyhut.

Das sollte ihnen mindestens zehn Minuten verschaffen.

Genug Zeit, Lesser zu holen.

Simon ist beeindruckt. Er nickt Mark zu.

Raffinierter Trick.

Mark wischt seine blutige Klinge an seinem Lendenschurz ab.

Alle sind immer so versessen auf Schusswaffen. Niemand respektiert das Schwert.

Simons Hand ruht auf dem Knauf der Tür, die zum nächsten Wagen führt.

Er ermahnt Mark.

Noch besteht kein Anlass zum Feiern.

Ein Aufkleber auf der Tür warnt: WÄHREND DER ZUGFAHRT NICHT ZWISCHEN DEN WAGEN AUFHALTEN.

Simon fragt:

Bereit für Wagen Nummer zwei?

Keine Ahnung. Nummer eins war nicht so schlimm.

Zwei wird schlimmer.

Was ist in Wagen Nummer zwei?

Keine Ahnung. Aber ich schätze –

Was?

Tu-Besseres.

Dann dreht Simon den Knauf und schiebt die Tür auf.

# 32

Battery Park City.

Die Bühne steht.

Die Flaggen hängen. Die Wimpel und Bühnendekorationen sind angebracht.

Die Sicherheitsmannschaft durchkämmt die Plaza. Dunkle Anzüge, Sonnenbrillen und Ohrhörer. Männer murmeln etwas in ihre Kragenmikros.

Alles sauber.

Der Chef gibt ein Zeichen.

Okay, ihr könnt die Kameras reinlassen.

Übertragungswagen rollen langsam in die dafür vorgesehenen Parkzonen. Das Biep-Biep-Biep der Fahrzeuge im Rückwärtsgang.

Reporter und Kameraleute steigen aus. Entladen ihre Ausrüstung.

Die Moderatorinnen überprüfen in den Seitenspiegeln der Übertragungswagen ihre Frisuren.

Streichen ihre Kostüme glatt. Bügeln Falten mit schweißfeuchten Handflächen aus.

Stellen sich auf ihre Markierungen.

Testen die Mikros.

Check Check Check.

Hoboken.

Hannah will die Flasche nicht nehmen.

Persephone versucht es ein letztes Mal.
Gurrt.
Komm schon, Hannah.
Keine Chance.
Persephone ist beunruhigt. Beschließt, ihr die Brust zu geben. Sie würde es vorziehen, das nicht tun zu müssen, weil sie jetzt alleine ist. Sie muss wachsam bleiben. Immer auf dem Sprung.
Andererseits passen ja draußen die Cops auf.
Und Hannah ist hungrig.
Was bleibt ihr also anderes übrig?

Ecke Forty-Second Street und Broadway.
Ich mittendrin.
Auf dem Times Square.
Die Kreuzung der Welt.

Als sie Anfang des 19. Jahrhunderts das alte *Times*-Gebäude errichteten, das Original, da war die Kreuzung Forty-Second Street und Broadway nicht mehr als ein schlammiges Loch, das die Anwohner Longacre Square nannten. Der Millionär, dem die Zeitung gehörte, überredete die Stadt, hier eine U-Bahn-Station zu bauen. Und dann brachte er sie dazu, dieses Schlammloch zu Ehren seiner Zeitung umzubenennen.
Times Square.
Die Zeitung blieb nicht lange dort, zumindest nicht in diesem ersten Gebäude. Ein paar Jahre später schon zog sie ein paar Blocks weiter und dann irgendwann in diese Himmelsnadel schräg gegenüber der Stelle, wo früher Port Authority stand. In der Zwischenzeit war der Times Square erst ein exklusives, dann ein gefährliches Pflaster geworden. Sie kennen vermutlich diese alten Fotos. Prostituierte und Pornofilme. Peepshows und Strip-

perinnen. Alles war überschwemmt mit Neonreklamen. Und so blieb der Platz eine ganze Zeit lang, nur Schmutz und Abschaum, bis er erneut völlig umgekrempelt wurde.

Aufgehübscht und disneyfiziert, wiedergeboren als größte Touristenattraktion des Landes. Die Kreuzung der Welt, aufgedonnert mit brandneuen Videowerbewänden und Neonreklamen, so hoch wie die Gebäude selbst. Jede Reklamewand kämpfte darum, die andere zu überstrahlen. Das Ganze sah aus wie Las Vegas, aber auf zehn Häuserblocks komprimiert.

Eine Million Menschen pro Tag, so heißt es. Die Bevölkerung einer gesamten Großstadt wälzte sich täglich über den Times Square.

Warum?

Weil es der Times Square war.

Er existierte nur, um angegafft, fotografiert, bestaunt und dann von der Liste abgehakt zu werden. Man besuchte den Times Square, um nachher sagen zu können, dass man auf dem Times Square war.

Und einmal im Jahr, am Silvesterabend, fiel dort der »Drop-Ball«, bei dem eine riesige, mit Lichtern versehene Kugel eine Stange hinuntergelassen wurde.

Dann waren die Straßen in alle Richtungen heillos verstopft. Sie waren so voll, dass man kaum stehen konnte. Man musste mit den Füßen aufstampfen, wenn man die Kälte abschütteln wollte, für Armbewegungen war kein Raum.

Der Countdown.

Zehn.

Neun.

Acht.

Et cetera.

Eins.

Happy New Year.

Der Ball fiel jedes Jahr oben auf dem Gebäude namens One Times Square. Es war dasselbe Gebäude, in dem vor Urzeiten die

*Times* untergebracht gewesen war. Die *Times* zog aus, aber das Gebäude blieb, wurde umgetauft in One Times Square, bekam eine hübsche neue Fassade und ein Dutzend weiterer Stockwerke verpasst. Im Laufe der Jahre residierten dort die unterschiedlichsten Firmen, doch irgendwann wurde es als exklusive Adresse für junge Start-up-Unternehmen entdeckt. Die Büroräume waren viel zu teuer und offen gesagt auch viel zu exzentrisch für irgendein traditionelles Unternehmen. Und welcher Einheimische will schon am von Touristen verstopften Times Square arbeiten?

Ganz anders war das bei den Start-up-Unternehmen, die sich einen Namen machen wollten. Man stelle sich die Adresse One Times Square auf einer Visitenkarte vor.

Sofortige Glaubwürdigkeit.

Also kamen all diese kleinen Unternehmen, eröffneten hier ihre Büros, träumten große Träume und gingen größtenteils damit baden. Die übliche Geschichte.

Bis auf eines.

Eine kleine Firma namens Negative Creation.

Mutige junge Typen. Mit interessanter Software. Insbesondere boten sie einen Service an, bei dem man Geschäftskonferenzen online mithilfe von dreidimensionalen Avataren abhalten konnte. Zwar musste man dabei klobige 3-D-Brillen tragen, in Headset-Mikros sprechen und durch Kopfhörer hören. Und der virtuelle Konferenzraum, in dem man tagte, sah aus wie die computergenerierte Skizze eines Architekten von einem Konferenzraum.

Aber trotzdem.

Es war irgendwie cool.

Und es hatte definitiv Potenzial.

Irgendwann fand dieses Unternehmen dann heraus, wie man auf die Brillen verzichten und das Ganze zu einer umfassenden

Erfahrung für alle Sinne machen konnte. Der Konferenzraum wirkte plötzlich beeindruckend lebensecht; zumindest für diejenigen Menschen, die sich von einem lebensecht wirkenden Konferenzraum beeindrucken ließen. Aber die Details stimmten, diese ganzen kleinen Dinge, bis hin zu dem leichten Lackgeruch, den der Sitzungstisch absonderte, oder dem elastischen Gefühl des dicken Teppichbodens unter den steifen Ledersohlen der Businessschuhe deines Avatars. Oder wahlweise unter seinen Trekkingsandalen, wenn dein Avatar eher der Typ war, der Trekkingsandalen trug.

Man konnte jeden Schuh wählen. Und ja, auch jeden Avatar.

Das war der eigentliche Reiz.

Und natürlich die vielen lebensechten Details.

Schon bald expandierte das Unternehmen und übernahm das gesamte Gebäude. Besetzte jedes verfügbare Büro in One Times Square.

Es wuchs exponentiell. Metastasierte. Wie ein Tumor.

Und das ist das Ende der Geschichte von One Times Square.

Erst kam der Tumor.

Dann kam die Radioaktivität.

One Times Square.

Die Eingangstür ist nicht abgeschlossen.

Boonce hat mir versichert, ich müsste nicht mit allzu viel Sicherheitspersonal rechnen.

Vielleicht ein oder zwei Wachleute auf dem Weg nach oben, aber wer meldet sich schon gern für den Sicherheitsdienst in einem leeren Gebäude am verseuchten Times Square?

Tatsächlich sitzt nur ein Wachmann hinter dem Empfangstresen. Er döst. Weswegen man ihm keinen Vorwurf machen kann. Es ist noch früh.

Außerdem trägt er keine Polizeiuniform. Und auch keinen Pushbroom-Overall. Nur einen schlichten schwarzen Kampfanzug. Es muss einer von Bellarmines privaten Wachleuten sein. Kleiner Nebenjob. Was natürlich Sinn ergibt. Denn wenn sich Bellarmines geheimer schwarzer Raum tatsächlich hier befindet, dann wird er wohl kaum die allgemeine Aufmerksamkeit darauf lenken wollen. Genauso wenig will er die New Yorker Polizei in die Sache einbeziehen, denn das könnte irgendwann zu unbequemen Fragen führen.

Stattdessen platziert man besser einen kräftigen, teutonisch aussehenden Herrn im schwarzen Kampfanzug hinterm Empfangstresen, um verirrte Klicker oder andere zufällig vorbeistolpernde Irre abzuschrecken. Allerdings sollte man darauf achten, dass der teutonische Wachmann nicht zu gelegentlichen Nickerchen neigt.

So wie dieser hier.

Sein Kopf zuckt.

So als würde er davon träumen, im Schlaf eine endlose Reihe langweiliger Fragen zu beantworten.

Armer Kerl.

Ich halte mich nicht mit irgendwelchen Vorwänden auf: Kein freundliches, falsches »Hallo, wie geht's«, keine erfundene Geschichte über eine Blumenlieferung oder ein lässiges »Ich bin mit Mister X verabredet«, denn niemand kommt mehr zum Times Square, um ein Blumenbukett zu liefern oder weil er einen Termin hat. Stattdessen marschiere ich in zügigem Tempo auf den Wachmann zu. Er wacht auf, schreckt hoch, fummelt an seinem Halfter herum, und noch während er fummelt, packe ich seinen Kragen und verpasse ihm zwei Schläge auf den Nasenrücken. Er sackt bewusstlos in sich zusammen.

Schlummert weiter.

Die meisten Wachmänner greifen instinktiv nach ihrem Pistolenhalfter, besonders, wenn man direkt auf sie zusteuert.

Wissen Sie, wie lange es dauert, die Lasche des Halfters zu öffnen, die Pistole zu ziehen und schussbereit zu machen?

Nicht sehr lange. Aber lange genug, damit ich Sie so weit außer Gefecht setzen kann, dass Sie die Pistole nicht mehr einsetzen können.

Ich bette seinen Kopf sanft auf den Tresen.

Ich habe leichte Gewissensbisse.

Schließlich tut er nur seinen Job.

Und es ist ein beschissener Job.

Tagschicht am Times Square.

Hinter ihm warten die Aufzüge.

Die immer noch funktionieren.

Ich drücke den Knopf nach oben.

Mache mich auf den Weg ins oberste Stockwerk.

# 33

Battery Park City.

Zwei Autokonvois.

Bellarmine trifft als Erster ein.

Drei blitzende Escalades gleiten in die abgeriegelte Parkzone hinter dem Podium.

Der erste Wagen ist voll besetzt mit Sicherheitsbeamten. Der dritte Wagen ebenfalls.

Im zweiten Wagen befinden sich Bellarmine, sein Chauffeur und seine zwei persönlichen Bodyguards.

Bellarmine sitzt hinten. Umgeben von schwarzem Leder. Die Klimaanlage läuft auf Hochtouren. Die getönten Panzerglasscheiben sind geschlossen. Kein Geräusch dringt herein.

Seine Stirn ist gerunzelt.

Seine Lippen bewegen sich.

Er geht noch einmal die Stichpunkte für die Debatte durch, die er sich auf Karteikarten notiert hat.

Er macht sich bereit, die Bombe hochgehen zu lassen.

Nachdem der Konvoi geparkt hat und alle ausgestiegen sind, wartet Bellarmine in einem Zelt. Seine Karteikarten hat er inzwischen wieder verstaut. Es hockt auf einem Klappstuhl. Ein weißes Papiertuch steckt in seinem Kragen. Die Maske trägt die letzten Pudertupfer auf. Für die Kameras.

Bellarmine ist ein großer Mann. Nicht fett, aber massig. Muskulös. Breitschultrig. Wie ein Cop alter Schule.

Militärisch kurz geschnittenes schwarzes Haar. Buschiger Schnauzbart.

Der Stuhl ächzt unter seinem Gewicht.

Neben ihm sitzen zwei muskulöse Cops, eine Frau und ein Mann, mit Sonnenbrillen und in Galauniform. Sie weichen nicht von seiner Seite und mustern schweigend das Zelt.

Draußen.

Der zweite Konvoi trifft ein.

Er besteht aus vier Wagen. Ein zusätzlicher Wagen. Einfach nur, um ein Zeichen zu setzen.

Der Bürgermeister hat gerne das Gefühl, dass er den längsten Konvoi hat.

Im U-Bahn-Zug.

Simon schiebt die Türe auf, die zu der winzigen Plattform zwischen den beiden Wagen führt.

Es donnert im Tunnel.

Simon dreht sich um und will sich über den Lärm hinweg verständlich machen, aber Mark hört einfach nur Lärm.

Die Tür schließt sich hinter ihnen. Und für einen Augenblick sind die beiden auf der winzigen schwankenden Plattform zwischen den beiden Wagen zusammengequetscht.

Simon formt mit den Lippen das Wort:

Bereit?

Mark nickt.

Dann öffnet Simon die Tür des zweiten Wagens, und sie stolpern hinein. Schließen die Tür hinter sich.

Auch dieser Wagen ist leer.

Über das Geratter hinweg fragt Mark:

Also, wer ist Tu-Besseres?

Simon blickt finster.

Es gibt drei von ihnen. Die Partner, die Pushbroom betreiben, haben sich nach den Figuren einer mittelalterlichen Parabel benannt. In dieser Geschichte trifft ein Pilger auf der Landstraße drei tugendhafte Männer. Tu-Gutes. Tu-Besseres. Und Tu-Bestes. Jeder ist immer noch besser als der vorige.

Und wie ist Tu-Besseres?

Keine Ahnung. Ich hatte bisher nur das Vergnügen mit Tu-Gutes.

Die beiden wenden sich um und bewegen sich langsam den Mittelgang hinab zur Tür am anderen Ende des Wagens. Die Wände und Fenster sind übersät mit grellbunten Spraybildern. Noch mehr U-Bahn-Graffitis der üblichen Art. Tags. Slogans. Blasenförmige Buchstaben.

Mark liest sie.

Aha.

Doch nicht die übliche Graffitis.

Wie es sich herausstellt, ist es mehr eine Art Protokoll. Graffiti, das sich liest wie die Aufzeichnung der letzten Momente einer Foltersitzung. Der Augenblick, kurz bevor der Gefolterte alles preisgibt.

*O Gott.*

*Ich weiß nicht, was Sie von mir wollen.*

*Lieber Gott.*

Niedergeschrieben in großen blasenförmigen Buchstaben als Warnung für das nächste Opfer.

Die beiden gehen langsam weiter.

*O Gott.*

*Hilf mir.*

Die Wände sind signiert wie ein Gästebuch.

*Hilf mir.*

Grüße aus dem Folterkeller der Inquisition.

*Es gibt keine Gnade.*

Mark und Simon bewegen sich zentimeterweise voran.

Beide warten darauf, dass plötzlich das Licht in der U-Bahn ausgeht. Warten darauf, dass die Tür am Ende des Wagens auffliegt. Warten darauf, dass, wer auch immer hier lauert, endlich sein Gesicht zeigt.

Die Lichter gehen aus.

Dann gehen sie wieder an.

Am anderen Ende des Wagens.

Der Wer-auch-immer ist aufgetaucht.

Aber er zeigt nicht sein Gesicht.

Sie zeigt ihres.

One Times Square.

Ich stehe im Aufzug, fahre nach oben.

Lausche Loverboy.

Working for the Weekend.

Diese Muzak ist wie die Kakerlaken.

Selbst eine Atombombe kann sie nicht vernichten.

Das Unternehmen, das die Online-Plattform mit den virtuellen Konferenzen errichtet hatte, fand ziemlich schnell heraus, dass der Markt für virtuelle Realitäten weit über Konferenzräume hinausgeht.

Das Problem war, dass die erforderliche Bandbreite enorm war. Deutlich höher als beim Internet.

Also brachen sie die Zelte ab.

Verließen das Internet.

Bauten sich ihr eigenes Internet auf.

Nannten es die Limnosphäre.

So wirklich wie die Wirklichkeit.

Den Rest kennen Sie vermutlich.

Möglicherweise haben Sie es selbst schon ein- oder zweimal ausprobiert. Vielleicht sogar mehr als ein- oder zweimal.

Der virtuelle Spielplatz für die dunkle Seite des Menschen.

Obwohl es anfänglich ganz anders war.

Anfänglich versprachen alle Presseverlautbarungen ein »Neues Leben ohne Beschränkungen«. Die Lahmen werden gehen können. Die Blinden werden sehen. Jeder Traum wird in Erfüllung gehen.

Der Teil des Werbeslogans mit den wegfallenden Beschränkungen war zutreffend. Aber anders als gedacht.

Limnosphäre.

Sie ist jetzt mächtiger als wir alle.

Und dieses Gebäude? Diese Adresse?

One Times Square?

Hier legten sie den Schalter um, um das Ganze in Gang zu setzen.

Riesige Feierlichkeiten.

Um Mitternacht.

Sie wurden in die ganze Welt ausgestrahlt.

Außerdem wurden sie live an die NASDAQ-Börse übertragen. Man hatte dort eigens länger geöffnet.

Eine Videoübertragung auf die zwanzig Stockwerke hohen Werbeflächen draußen. Damals, als Times Square noch von Menschen überlaufen war.

Der rotwangige Besitzer der Firma, ein junges Genie von kaum dreißig Jahren, stand da und hielt aufgeregt die Hand über den großen Schalter.

Kein richtiger Schalter. Bloß ein Requisit.

Man hatte ihn eigens für die Fotoaufnahmen gebaut.

Dann der Countdown.

Zehn.

Neun.

Die Menge auf dem Times Square skandierte mit.

Acht.

Sieben.

Ebenso die Broker an der Börse.

Sechs.

Fünf.

Rotbäckchen strahlte.

Vier.

Dieser Junge, der mit dem Traum groß geworden war, die Welt zu verändern.

Drei.

Jetzt würde er es tun. Wenn auch nicht im eigentlichen Sinn. Er würde sie nicht wirklich verändern.

Zwei.

Sondern einfach ersetzen.

Eins.

Er legte den Schalter um.

Glückliche neue Welt.

Über dem Times Square explodierte ein Feuerwerk, gewaltige donnernde Lichtkaskaden, die man kilometerweit sehen konnte.

Bing.

Fünfundzwanzigster Stock.

Meine Etage.

Im Flur hockt ein weiterer Wachmann auf einem metallenen Klappstuhl.

Doch dieser hier döst nicht. Liest nicht. Schreibt auch keine SMS.

Er hockt einfach nur da.

So als würde er mich erwarten.

Blonder, militärischer Kurzhaarschnitt. Ähnlich teutonische Gesichtszüge. Er könnte der Zwillingsbruder des Typen in der Lobby sein.

Er springt auf und tritt den Klappstuhl beiseite.

Unglücklicherweise greift dieser hier nicht nach seiner Schusswaffe.

Stattdessen nimmt er Kampfposition ein.

Knie locker. Hände gehoben.

Wartet auf mich.

So viel zu meinem Vorhaben, direkt auf ihn loszugehen und ihm zwei rasche Schläge zu verpassen, während er an seinem Halfter herumfummelt.

Schade. Ich stehe nämlich auf diese Taktik.

Seine Haltung lässt auf Kampfsporttraining schließen. Krav Maga vermutlich. Oder vielleicht irgendetwas Brasilianisches. Definitiv etwas Teures. Ohne Zweifel jahrelanges Training an einer Puppe irgendwo in einem verschwitzten Studio. Diese ganze aufgestaute Wut aus der Kindheit, die sich in tödlichen Schlägen gegen den Kopf, den Hals, den Körper Luft machte.

Was mich betrifft, so halte ich mich an mein Teppichmesser.

Es ist nach wie vor in meiner Tasche.

Meine Finger finden es.

Packen es.

Meiner Ansicht nach wurde bisher noch kein Kampfstil entwickelt, der sich nicht noch mit einem scharfen Gegenstand verbessern ließe.

Ich nähere mich ihm. Langsam.

Der Teutone wippt abwartend. Er richtet seine Kampfhaltung neu aus.

Was mich betrifft, so nehme ich keinerlei Kampfhaltung ein.

Mein einziger Vorteil ist, dass ich keinen echten Kampfstil habe.

Ich habe nur auf einem Schulhof in Jersey ein paar Regeln aufgeschnappt.

Regel Nummer eins: Schlage immer zuerst zu.

Regel Nummer zwei: Hör nicht auf zuzuschlagen.

Ich gehe langsam auf den Teutonen zu und lauere auf die Schwachstelle in seiner Deckung.

Das ist eine weitere Lektion, die ich auf dem Schulhof in Jersey gelernt habe.

Egal mit wem man es zu tun hat, es gibt immer eine Schwachstelle in seiner Deckung.

Er zieht seine Combat-Hose hoch, so eine mit vielen Taschen, doch das ist ein Fehler, denn es verrät mir genau, was als Nächstes kommt. Und tatsächlich feuert er zwei geschmeidige und elegante Roundhouse-Kicks gegen meinen Kopf ab, die sehr hübsch anzusehen, aber auch sehr langsam sind.

Beide verfehlen ihr Ziel.

Er nimmt erneut Kampfhaltung ein. Macht sich bereit, einen dritten Kick abzufeuern. Ein Bewegungsablauf, den er sicher über eine Million Mal in irgendeinem schicken Studio eingeübt hat.

Und ich weiß, jedes Mal, wenn er so einen Tritt loslässt, steht er für den Bruchteil einer Sekunde auf einem Bein, so stabil wie ein Flamingo. Ein Bein in der Luft, das andere auf dem Boden, dazwischen viel verletzlicher Körper.

Hier kommt ein weiterer Trick, den ich auf dem Schulhof in Jersey gelernt habe. Übrigens habe ich ihn an dem Tag gelernt, als man Terry Terrio in seiner schicken Judoklasse den Roundhouse-Kick beigebracht hat.

Wenn jemand dich zu treten versucht, duck dich. Und dann geh auf das andere Bein los.

Du musst es nur unter ihm wegschlagen. Mit deinem Arm, deinem Bein, einem Besenstil, was auch immer gerade zur Hand ist.

In diesem Falle verwende ich mein Bein.

Er tritt zu.

Ich ducke mich.

Und dann trete ich zu.

Der Teutone geht zu Boden. Schlägt lang, als würde er zwei Tonnen wiegen.

Und wenn du in so einem Kampf erst einmal unten liegst, hast du schlechte Karten.

Denn das bietet mir die Chance, mich auf dich zu werfen.

Was uns zurück zu Regel Nummer eins bringt.

Schlage zuerst zu.

Gefolgt von Regel Nummer zwei.

Hör nicht auf zuzuschlagen.

Diese Regel ist so lange wie nötig anzuwenden.

Der Teutone ist bewusstlos.

Aber irgendetwas kommt mir daran merkwürdig vor. Denn ehrlich gesagt ist er zu flink und zu durchtrainiert, um so schnell zu Boden zu gehen.

Zwar nicht ganz kampflos, aber fast.

Wie schon gesagt, ich weiß mich zu behaupten, aber ich bin kein Bruce Lee.

Jedenfalls ging das hier viel zu leicht.

Fast so leicht wie bei Terry Terrio.

So als hätte ihm jemand befohlen: Mach einen harten Eindruck, heb die Fäuste, steck ein paar Schläge ein und dann geh auf die Bretter.

Aber wer sollte ihm so etwas befehlen?

Lesser wohl kaum.

Bellarmine?

Oder bin ich einfach besser darin, Leute zu vermöbeln, als ich es in Erinnerung habe?

Wie auch immer, ich lasse ihn in Ruhe sein Nickerchen machen.

Und wende mich der Tür am Ende des Flurs zu.

# 34

Battery Park City.

Der Konvoi des Bürgermeisters trifft ein. Sein Gefolge strömt aus den vier glänzenden Limousinen. Anzugträger, Schlägertypen, Assistenten, Faktotums.

Faktotum. Gutes Wort.

Heißt so viel wie Arschkriecher.

Praktikantinnen mit Headsets bellen anderen Praktikantinnen Befehle zu. Alle warten darauf, dass der Bürgermeister aussteigt.

Ein Chauffeur in Livree hält die Hecktür der Limousine geöffnet. Der Chauffeur trägt mehr Brokat am Leib als ein General aus einer Bananenrepublik.

Er hält die Tür geöffnet. Wartet.

Dann bemüht sich unser Bürgermeister heraus.

Ein Blitzlichtgewitter bricht los.

Er winkt.

Genießt den Auftritt.

Es mag merkwürdig erscheinen, dass der Bürgermeister einer toten Stadt immer noch mit so viel Tamtam empfangen wird.

Aber hier ist immer noch eine Menge Geld zu holen, wenn man weiß, welche Quellen man anzapfen muss.

Wen stört's, wenn das Herz der Stadt verlassen und radioaktiv ist?

Man denke nur an die durchschnittliche Bananenrepublik.

Macht wird oft auf Ruinen errichtet.

In der rasenden U-Bahn.

Sie ist etwa ein Meter neunzig groß. Grob geschätzt.

Sie ist barfuß.

Ihre Zehennägel sind schwarz lackiert. Ebenso wie ihre Fingernägel. Ihr Kopf streift fast die Decke des U-Bahn-Wagens.

Sie ist groß, und sie ist Asiatin, vermutlich Koreanerin. Sie trägt einen eleganten schwarzen Hosenanzug und ein blütenweißes, perfekt gebügeltes Hemd, das am Kragen offen steht. Der Halsausschnitt wirkt, als wäre er mit einer frisch geschliffenen Klinge gezogen.

Schwarzes Haar und ein rasierter Schädel.

Nein, nicht rasiert.

Wie nennt man das noch gleich?

Pixie Cut.

Sie lächelt.

Hallo, Jungs.

Mark antwortet.

Ich gehe nicht davon aus, dass Sie uns einfach vorbeilassen.

Ihr Lächeln wird breiter. Großes Grinsen.

Das ist leider nicht möglich.

Während sie das sagt, hält sie eine Hand mit den pechschwarz lackierten Fingernägeln hoch, spreizt die Finger, an denen sie jeweils einen klobigen Silberring trägt.

Moment. Nein. Keine Ringe.

Kreissägen.

Die winzigen Sägeblätter haben etwa die Größe von Wurfsternen.

Mark ist beeindruckt.

Nettes Accessoire.

Sie nickt ihm zu.

Nette Flügel.

Es klingt fast so, als würden sie miteinander flirten.

Dann wackelt sie mit den Fingern, als würde sie ihm charmant zuwinken.

Die Sägen klimpern wie Schmuck.

Simon blickt finster.

Sie lächelt.

Simon der Magier. Was für eine Freude. Ich habe schon so viel von Ihnen gehört. Werden Sie mir einige Ihrer berühmten Tricks zeigen?

Hängt davon ab. Wie ist der Plan?

Sie zuckt mit den Achseln.

Nun, mein Plan ist, Sie beide zurück in die Realität zu schicken, und zwar in Einzelteilen. Dann soll Ihr Gehirn herausfinden, ob Sie immer noch am Leben sind oder nicht.

Simon grinst höhnisch. Er legt die Hände auf die Griffe seiner Revolver.

Ich hoffe nur, Sie schlagen sich besser als Tu-Gutes.

Die Sägeblätter blitzen, während sie den beiden zuzwinkert.

Dann sagt sie zu Simon:

Schließlich nennt man mich ja nicht Tu-Dasselbe.

Simon zieht und feuert, aber sie ist bereits zur Seite gesprungen und hat dabei mit drei raschen und mühelosen Bewegungen des Handgelenks drei sich drehende Sägeblätter in Marks Richtung geschleudert.

Wie silberne Frisbees, denkt er, als er sie auf sich zusegeln sieht. Dann fragt er sich, warum sie wohl Kreissägeblätter und keine traditionellen Wurfsterne verwendet. Es scheint ein unnötiger Schnörkel.

Er wirft sich nach links. Presst sich flach gegen das zerkratzte U-Bahn-Fenster.

Zwei Sägeblätter fliegen in hohem Bogen über ihn weg. Warnschüsse.

Das dritte Sägeblatt trifft das Fenster etwa einen halben Meter neben Marks Gesicht.

Schlecht gezielt. Mark grinst.

Doch dann beginnt sich das dritte Sägeblatt zu drehen.

Es sägt. Glas spritzt.

Die Säge rast auf sein Gesicht zu. Fräst einen langen Schnitt in das mit Graffiti verschmierte Fenster, zischt auf ihn zu wie eine Schlange, die durchs Wasser gleitet.

Er springt zurück. Entgeht der Säge nur um Haaresbreite.

Das Sägeblatt bläst ihm einen Kuss zu, während es an ihm vorbeirast.

Okay, denkt er.

Deshalb also die Kreissägen.

Sie hat sich geduckt und schickt rasch drei weitere Kreissägen hinterher. Diesmal in Simons Richtung.

Er feuert noch einmal seine beiden Kanonen ab, zwei laute Detonationen, die lediglich Sitze zu Kleinholz verarbeiten, dann hechtet er nach rechts, während die Sägen über ihm durch die Luft zischen.

Tu-Besseres lacht. Ein schelmisches Lachen.

Simon erhebt sich und klopft sich den Staub vom Körper, als die Sägen in einem Bogen zurückkehren.

Wie zwei Bumerangs. Denn schließlich ist ja alles nur ein Traum.

Die Gesetze der Physik gelten hier drinnen nicht. Sie sind nur Vorschläge. Probleme, die es zu lösen gilt, denkt Simon, als die beiden Sägeblätter ihn mit einem doppelten Thunk-Thunk treffen.

Wie ungeschickt von mir, denkt Simon. Das hätte ich kommen sehen müssen.

Dummer Simon.

Die Sägen bohren sich in sein Fleisch.

Die Sägeblätter schneiden tief.

Dann beginnen sie zu kreisen.

Sein weißer Rollkragenpullover färbt sich rot.

Simon faucht. Er lässt eine seiner Waffen los, der Revolver fällt klappernd zu Boden und geht los. Die Kugel stanzt ein Loch von der Größe einer Grapefruit ins Fenster.

Dann steckt er den zweiten langen Revolver ins Holster und greift nach der Wunde oben an seinem linken Arm, wo die Kreissäge gerade den Muskel durchtrennt hat und nun zum Ende des Wagens weiterfliegt.

Simon hält die Wunde mit der rechten Hand umklammert. Er blickt auf den Rücken seiner rechten Hand.

Dort ist also die zweite Säge gelandet.

Simon verfällt allmählich in einen Schockzustand. Kämpft dagegen an.

Die Säge kreist immer noch.

Frisst sich in seine Hand.

Durch seine Hand.

Und dann durch die Wunde, die er umklammert hält.

Simon faucht immer noch. Doch dann schreit er.

Ein lauter Schrei. Er kann es nicht unterdrücken.

Die Kreissäge schneidet in direkter Linie durch seinen Körper, bis sie auf der anderen Seite herausdringt und dabei wie ein Rasensprenger große Mengen Blut verspritzt.

Mark fliegt.

Zumindest breitet er die Flügel aus.

Er gibt sein Bestes.

Hüpft.

Auf Tu-Besseres zu.

Die, wie sich herausstellt, ihren Namen nicht zu Unrecht trägt.

Sie hat keinen Tropfen Schweiß vergossen, hat nicht den geringsten Kratzer abbekommen, während Mark und Simon beide bluten.

Mark kann sich im engen Wagen gerade lange genug in der Luft halten, um zwei weiteren rotierenden Sägeblättern zu entgehen. Sie zischen an ihm vorbei und bohren sich ins Dach der U-Bahn. Fräsen sich hindurch. Fliegen rotierend hinaus in die Dunkelheit des Tunnels und was auch immer dahinter liegen mag.

Mark schlägt zweimal kräftig mit den Flügeln, rauscht auf Tu-Besseres zu und zückt sein Schwert.

Die Klinge steht in Flammen.

Und mit zwei winzigen, kaum wahrnehmbaren Gesten, so als würde sie sanft an eine Tür klopfen, schickt Tu-Besseres zwei weitere kreisende Sägeblätter in seine Richtung ab.

Das eine biegt nach links ab. Das andere nach rechts.

Haha, diesmal hast du mich verfehlt, denkt er. Bis er feststellen muss, dass er sich getäuscht hat.

Jedes der beiden Sägeblätter hat Blutfedern in seinen Flügeln durchtrennt.

Außerdem haben sie einige Flugfedern gekappt.

Die man zum Fliegen braucht.

Blut spritzt.

Rot befleckte Schwingen.

Mark trudelt.

Mit lahmen Flügeln.

Das Schwert klappert auf den Boden.

Mark ist abgestürzt.

Die Flamme ist verloschen.

Simon sitzt mit gespreizten Beinen an eine Bank gelehnt und stöhnt wie ein Soldat aus dem amerikanischen Bürgerkrieg, dem man gerade das Bein absägt.

Beiß die Zähne zusammen, denkt Simon.
Beiß die Zähne zusammen.
Und er schwitzt, zieht eine Grimasse und versucht seine Wunden zu flicken. Oder zumindest die Wunden, die ihn daran hindern, seine Revolver zu halten.
Diese Wunden sind nicht wirklich, versichert er sich.
Diese Sägen sind nicht wirklich.
Doch die Schmerzen sind es.
Die Schmerzen sind real.
Er knirscht mit den Zähnen und versucht mit bloßer Willensanstrengung, das verletzte Gewebe wieder zu schließen.

Mark liegt mit dem Gesicht nach unten auf dem schmutzigen U-Bahn-Boden.
Versucht sich aufzurappeln.
Schafft es nicht.
Sackt wieder in sich zusammen.
Seine Flügel zucken.
Tu-Besseres steigt elegant über ihn hinweg, hebt ihre nackten Füße mit der Grazie einer Tänzerin. Läuft den Wagen hinunter zu Simon, der immer noch an die Bank gelehnt dahockt. Blutüberströmt. Schwitzend. Fauchend.
Er versucht immer noch, diese schrecklichen Wunden zu heilen.
Sie steht über ihm. Abwartend. In ihrem schwarzen Anzug sieht sie aus wie eine Bestattungsunternehmerin. Die eleganteste Bestattungsunternehmerin, die man je gesehen hat. Alles an ihr ist perfekt. Das exakt geschnittene Haar. Der exakt geschnittene Anzug.
Die Sägeblätter.
Auch sie exakt geschnitten.
Eine Figur von geradezu chirurgischer Präzision.

Simon schaut fast bewundernd zu ihr auf, während er mit der Ohnmacht ringt. Weil ihn das Flicken seiner Wunden so viel Kraft kostet.

Scheiß auf die Wunden, beschließt er. Lass sie bluten.

Er hat schon Schlimmeres erlebt.

Und schon Schlimmeres überlebt.

Er verzieht das Gesicht, während er daran denkt. Die Ränder seines Blickfeldes werden schwarz.

Tu-Besseres steht einfach nur über ihm, beobachtet ihn mit seitlich geneigtem Kopf. Und mit großem Interesse.

Wie viele Jäger verfolgt auch sie die letzten Zuckungen ihres Opfers gerne aus der Nähe.

Dann hält sie ein letztes Sägeblatt hoch.

Sie werden nicht sterben, Simon. Das wissen Sie, oder? Sie sollten das besser wissen als jeder andere.

Sie dreht das einzelne silberne Kreissägeblatt auf der Spitze ihres Fingers, bis es wie ein Instrument zu singen anfängt.

Ich kann allerdings dafür sorgen, dass dies eine Erfahrung wird, die Sie lange Zeit im Gedächtnis behalten werden.

Sie lässt die Säge wieder stillstehen. Hält sie ihm zur näheren Betrachtung hin. Sie glänzt wie eine Glück bringende Münze.

Dann sagt sie lächelnd:

Bye bye, Simon.

Simon sitzt mit gespreizten Beinen da und hebt seine Kanone, den langen Revolver, der so merkwürdig klobig wirkt wie die Cartoon-Revolver von Yosemite Sam. Der Lauf ist auf den Boden gerichtet. Tu-Besseres beobachtet Simon einfach nur, wartet neugierig ab, was er als Nächstes vorhat.

Er macht sich nicht mal die Mühe, in ihre Richtung zu zielen. Es ist schon schmerzhaft genug, das Ding überhaupt anzuheben. Der Lauf ist einfach nur vage in Richtung Wagenende gerichtet. Auf nichts Besonderes. Tja, vielleicht in Richtung Lessers, der sich in einem weiteren Wagen befindet, in einem kommenden Wagen, am anderen Ende des Zugs, dem letzten Wagen, ihrem Ziel. In Richtung der Person, wegen der sie hier sind, des Kerls, den sie retten sollen.

All das für einen fettarschigen Hüpfer, denkt Simon. Nein, nicht nur das. Du musst auch zurück. Zurück zu deiner Familie. Zurück zu deiner Kirche. Du musst dir wiederholen, was dir gehört. Du darfst nicht in einem schwarzen Raum verbluten.

Glücklicherweise hat Simon noch einen letzten Trick in petto.

Eine letzte Sache, die er mit Mina verabredet hat. Schon im Vorfeld. Für den Fall der Fälle. Als Notausstieg.

Er hofft, dass Mina sich daran erinnert.

Und er hofft, dass sie es auch tatsächlich durchziehen kann.

Und er hofft vor allem, dass sie wegen dieser Narbe nicht mehr wütend auf ihn ist.

Simon schaut zu Tu-Besseres hoch. Sein Gesicht wirkt ausgezehrt unter seinem blutbefleckten Bart. Seine Augen sind blutunterlaufen. Rot gerändert.

Tu-Besseres lächelt.

Es ist eine Schande, Simon. So ein harter Bursche wie Sie. Der zudem auch noch gut aussieht. Unter anderen Umständen hätte das mit uns beiden was werden können.

Das glaube ich kaum.

Wieso nicht?

Weil ich jetzt Familie habe.

Und dann schreit er mit aller in seinen Lungen verbliebenen Kraft. Schreit einen Namen.

Mina!

Und drückt den Abzug.

Der Lauf donnert.

Spuckt Feuer.

Trifft nichts.

Aber das war auch gar nicht beabsichtigt.

Die Kugel hinterlässt ein klaffendes Loch in der Rückenlehne eines Plastiksitzes.

Der Schuss ist nur eine Ablenkung. Er soll lediglich dafür sorgen, dass Tu-Besseres für einen Augenblick den Kopf wendet. Dass sie verwirrt ist. Nur für einen kurzen Moment. Und diesen Zweck erfüllt er.

Sie blickt über die Schulter, dorthin, wo der Schuss ins Leere gegangen ist.

Zuckt mit den Achseln.

Nun, ich verstehe nicht ganz –

Sie dreht sich wieder zu ihm um.

Simon ist verschwunden.

# 35

Noch zwei Minuten, Sir.

Bellarmine nickt abwesend, ohne von seinem Smartphone aufzublicken, und schreibt dann weiter seine SMS.

Mit seinen beiden fetten, plumpen Daumen tippt er irgendetwas. Schickt irgendjemandem eine Nachricht.

Das provisorische Zelt, in dem sie sich alle aufhalten, flattert, als eine Windböe vom Fluss herauffegt. Eine ungesicherte Plane knallt scharf wie ein Peitschenschlag. Bellarmine schaut von seinem Smartphone hoch. Nicht erschreckt. Nur hellwach. Dann schreibt er weiter.

Zwei Wachen flankieren ihn.

Eine Frau, ein Mann.

Beide in Polizei-Galauniformen. Marineblaue Anzugjacken mit goldenen Knöpfen. Goldene Tressen auf den Schultern. Steife Polizeimützen. Sonnenbrillen.

Die männliche Wache hebt den Arm, um einen Blick auf die Uhr zu werfen.

Er dreht sein Handgelenk, um die Uhr unter seinem steifen Jackenärmel hervorzuschütteln.

Über seinem Handgelenk wird ein schmaler Streifen Haut sichtbar.

Und der Rand eines Tattoos.

Schlangen und Flammen.

Nachdem er auf die Uhr gesehen hat, zieht er den Ärmel wieder herab. Dann sagt er:

Bereit?

Bellarmine grunzt, nickt, die Augen immer noch auf das Smartphone geheftet.

Aber die Wache hat gar nicht mit Bellarmine gesprochen.

Das Erste, was Simon tut, ist, sich zu übergeben. Er kotzt sich selbst voll, das Bett, sämtliche Geräte, Schläuche, die Sensoren und Bildschirme, in großen eruptiven Schwällen, die alles übersteigen, was man einem menschlichen Körper an Fassungsvermögen zutrauen würde.

Dann, erschöpft und mit Kotze überschwemmt, blickt Simon zu Mina auf, sein Gesicht so hager wie das eines Kadavers. Allerdings faucht er immer noch. Und ist bereit, sofort wieder auf den Kampfschauplatz zurückzukehren.

Er sagt zu ihr:

Danke, Mina. Und es tut mir leid wegen der Narbe.

Sie erwidert nichts. Steht nur da.

Er zuckt mit den Achseln.

Das habe ich verdient.

Er lässt sich zurück aufs Bett sinken. Sagt zu Mina:

Ich bin bereit, wenn Sie es sind.

Der Weckruf.

Ein plötzlicher, durchbohrender, überwältigender Schmerz, der das Ausklinken und Erwachen aus der Bettruhe begleitet. Alle Sinne gehen auf einen Schlag wieder online.

Es ist übel.

Es kann sogar sehr übel sein.

Je nachdem, wie schnell man aufwacht.

Selbst im besten Falle dauert es mehrere Minuten, um sich wieder zu erholen.

Simon kommt schnell zurück. Diese Minuten hat er nicht.

Daher das Erbrechen.

Eine verantwortungsvolle Krankenschwester würde niemals jemanden so schnell ausklinken und ihn schon gar nicht anschließend gleich wieder einklinken. Allein der Schock für den Kreislauf übersteigt jedes vertretbare Maß. Es ist, als würden sämtliche Sinne mit einem Starkstromstoß traktiert, der ganz plötzlich aufhört, nur um gleich darauf erneut mit voller Kraft loszulegen. Das haut alle mentalen Sicherungen raus. Sorgt für einen massiven Kurzschluss. Dabei können dauerhafte Schäden zurückbleiben. Und man hat definitiv beträchtliche temporäre Schmerzen.

Was Schwester betrifft, so ist sie einen Schritt zurückgetreten und hat die Hand über den Mund gelegt. Als wären sie und Mina Grabräuberinnen, die gerade eine Gruft geöffnet und darin einen Lebenden entdeckt hätten. Schwester hat schon eine Menge gesehen, und sie ist keine übermäßig empfindliche Frau. Doch bei einem derartigen Manöver war sie noch nie dabei. Und im Augenblick wirkt sie, als würde sie gleich in Ohnmacht fallen.

Beim Autofahren nennt man so etwas die Schmuggler-Kehrtwende. Bei Höchstgeschwindigkeit hart die Handbremse anziehen, das Lenkrad herumreißen, eine 180-Grad-Drehung hinlegen und dann in der entgegengesetzten Richtung davondüsen.

Dieses Ausklink-Manöver hat Ähnlichkeit damit, nur findet es im Gehirn statt.

Simon, schweißüberströmt, wiederholt jetzt scharf:

Mina! Tun Sie es!

Mina zögert.

Wenn es nach ihr geht, so hat sie kein Problem damit, Simon auf diese Art hin und her zu jagen. Rein und raus, eine ganze Stunde lang. Ihretwegen auch ein ganzes Leben. Ihn so oft mit dem Weckruf zu traktieren, bis er nur noch trocken würgen kann.

So wie es Rick ergangen ist. Durch Simons Hände.

Nein, sie hat es nicht vergessen. Sie dachte, sie hätte ihm vielleicht vergeben, aber wie sich herausstellt, ist das nicht der Fall.

Die kreuzförmige Narbe auf ihrer Stirn tut immer noch weh.

Doch Mark ist noch da drin. Und Mark hat sie immer noch gern.

Mit Simon kann sie später noch abrechnen.

Simon bellt.

Mina!

Und sie klinkt Simon erneut ein.

Schwester pumpt eine weitere Ladung Drogen in seine Adern, während er abtaucht.

Aber kurz bevor er endgültig versinkt und sein Fauchen endlich verstummt, blickt er noch einmal zu ihnen beiden auf, wie eine verlorene Seele, die man aus den Schatten der Tiefsee emporgezerrt hat.

Als wolle er ihnen ein schmerzhaftes Geheimnis anvertrauen.

Doch dann rollen seine Augen in die Höhlen, er sackt zurück aufs Bett und verliert das Bewusstsein.

Tu-Besseres schaut nach links, nach rechts, wieder nach links, als ob Simon einfach nur weggerobbt wäre und sich wie ein ängstliches kleines Kind unter einer Bank verkrochen hätte.

Sie hält nach einer Blutspur Ausschau.

Hinter ihr versucht Mark sich zu erheben, aber sie macht sich keine allzu großen Sorgen wegen ihm.

Es bleibt noch genug Zeit, ihn zu erledigen.

Sie ist auch nicht allzu besorgt wegen Simon, doch sie ist neugierig. Also spaziert sie zum Ende des Wagens. Zu der Tür, durch die sie hereingekommen sind.

Allerdings ergibt ein Rückzug keinen echten Sinn.

Denn dort hinten ist nichts mehr. Die hinteren Wagen sind alle verschwunden.

So funktioniert ein Schwarzer-Raum-Zug. Der letzte Wagen verschwindet immer, sobald man ihn verlassen hat. Jeder neue Wagen, den man betritt, wird automatisch zum Schlusslicht.

Vielleicht hat er es irgendwie geschafft, sich auszuklinken, denkt sie. Vielleicht hat er die Reißleine gezogen. Das wäre allerdings eine ziemlich holprige Nummer. Außerdem wäre es ziemlich feige von ihm, seinen Freund hier zurückzulassen. Damit sie dann ihre ganze Frustration an ihm auslassen kann.

Und die wächst gerade beträchtlich.

Während ihr all das durch den Kopf geht, schiebt sie lässig die Tür des U-Bahn-Wagens auf und schaut eigentlich mehr aus Neugier in den hinter ihr davonsausenden Tunnel hinaus.

Durch das Öffnen der Tür verdoppelt sich der Lärm in der U-Bahn.

Sie beugt sich vor und späht in die Dunkelheit, dann zuckt sie mit den Achseln.

Tja, denkt sie. Wenn er sich tatsächlich nach da draußen verzogen hat, dann kann er nur auf den Gleisen gelandet sein.

Und gerade, als sie das denkt, raschelt hinter ihr irgendetwas.

Nicht irgendetwas.

Irgendjemand.

Simon ist zurück.

Er sieht aus wie die Hölle, kriegt kaum noch Luft und ist sich nicht mal sicher, ob er kräftig genug ist, ein Bein zu heben und sie durch diese Tür hinaus in den Tunnel zu treten.

Doch er täuscht sich.

Er ist durchaus kräftig genug.

Ein kurzer Schrei, der sofort vom Kreischen der U-Bahn verschluckt wird.

Dann wieder das normale rhythmische Rumpeln, als der Zug weiterrattert.

Simon hievt Mark auf die Beine. Sagt zu ihm mit heiserer Stimme:

Das wird sie nicht stoppen, nur eine Weile aufhalten. Ich habe uns vielleicht drei Minuten verschafft, maximal.

Mark hält sich an einer Stange fest. Faltet seine blutigen Flügel.

Ich bin bereit.

Dann streckt Mark die Hand aus und packt den Knauf der Tür, die zum nächsten Wagen führt. Während die beiden durch die Tür gehen, fällt Mark ein, dass es drei sind. Simon hat gesagt, die Partner sind zu dritt.

Tu-Gutes.

Tu-Besseres.

Tu-Bestes.

Bereit?

Die weibliche Wache im Zelt am Ufer nickt, greift an ihren Gürtel und löst ihre Handschellen.

Auf dem knappen Zentimeter Haut zwischen ihren weißen Galahandschuhen und dem Ärmel ihrer Galauniform spitzt der Rand eines Tattoos hervor.

Dasselbe Tattoo. Schlangen und Flammen. Genau wie die Tätowierungen der männlichen Wache.

Beide sind loyale Bodyguards.

Loyal.

Aber nicht Bellarmine gegenüber.

Die weibliche Wache lässt die Handschellen aufschnappen. Bellarmine blickt kurz von seinem Smartphone auf. Seine Aufmerksamkeit ist geweckt, und er wirft ihr einen fragenden Blick zu. Und gerade, als er etwas bemerken will, tritt die andere Wache, der Mann, mit einem schnellen Schritt hinter ihn, schlingt seine Arme fest um die Bellarmines, reißt sie hoch und hält sie fest.

Das Smartphone fällt auf den Zeltboden.

Die in der Nähe befindlichen Faktotums bemerken das Handgemenge und erheben sich überrascht. Ihre Clipboards klappern zu Boden.

Bellarmine windet sich. Er ist viel zu stark, um ihn länger als einen Augenblick so festzuhalten.

Aber sie benötigen auch nicht mehr als einen Augenblick.

Bellarmine strampelt, bäumt sich auf und flucht laut.

Was zum Teufel soll das, wollen Sie etwa *mich* festnehmen?

Die weibliche Wache hält die eine Handschelle geöffnet hoch, sodass der dünne spitze Schließbügel hervorsteht. Dann schwingt sie die Handschelle wie eine Sense und rammt sie tief in den weichsten Teil von Bellarmines Hals.

Sie zielt auf die Arterie.

Die Handschelle reißt ein klaffendes Loch.

Die zweite Wache lässt Bellarmine los.

Bellarmine sackt auf die Knie, starr vor Schock.

Die Handschelle steckt noch immer in seinem Hals. Blut sprudelt rhythmisch aus der pulsierenden Arterie.

Die weibliche Wache springt beiseite, um den Fontänen zu entgehen.

Jemand schreit. Dann fällt ein Schuss. Und ein weiterer Schuss.

Die weibliche Wache sinkt zu Boden, als würde sie in Ohnmacht fallen. Vielleicht weil sie kein Blut sehen kann.

Nein – sie ist tödlich getroffen.

Weitere Schreie und Chaos.

Bellarmines Sicherheitsbeauftragte in den schwarzen Anzügen, die damit beschäftigt waren, das Gelände abzusichern, wenden sich nun den beiden Wachen zu. Sie ziehen ihre Waffen, zielen, feuern, rennen näher, zielen erneut, feuern.

Die männliche Wache entfernt sich langsam von Bellarmine. Er hebt seine weißen Handschuhe, die nun nicht mehr so strahlend sauber sind, in einer Geste der Kapitulation.

Seine tätowierten Arme sind jetzt halb entblößt.

Schlangen und Flammen.

Schließlich kracht irgendwo im Zelt ein letzter Schuss.

Der Schädel der männlichen Wache wird von dem Kopftreffer zur Seite gerissen.

Er wankt.

Fällt seitlich aufs Gras.

Aber Bellarmine ist bereits verblutet.

Bellarmine ist tot.

Auftrag erledigt.

Mark schiebt die Tür zum nächsten Wagen auf.

Zum dritten Wagen.

Gemeinsam treten er und Simon ein.

Am anderen Ende des Wagens sieht Mark einen Mann, aber es kann nicht Tu-Bestes sein, denkt Mark.

Dieser Mann trägt einen Anzug, ist mit den Armen hinter der Lehne an einen Stuhl gefesselt, die Beine gespreizt. Er sitzt einfach da, wartet, in der Mitte des Gangs, mit einer weißen Kapuze über dem Kopf.

Das muss Lesser sein, denkt Mark.

Lesser. Endlich.

Simon blickt zu Mark. Nickt. Offenbar denkt Simon dasselbe. Klopft Mark auf den Rücken.

In Ordnung. Wir haben es fast geschafft.

One Times Square.

Aus irgendeinem Grund ist die Tür am Ende des Flurs verschlossen. Aber nach zwei festen Tritten splittert der Rahmen. Dann ramme ich die Schulter dagegen, um das Bolzenschloss aufzubrechen. Der Bolzen baumelt lose herab, als die Tür aufschwingt.

Ich gehe davon aus, dass ich beim Betreten des Raumes möglicherweise einen weiteren Teutonen vorfinde, vielleicht auch eine gelangweilte Krankenschwester, die ein Exemplar von *People* durchblättert, vermutlich ein ausgetüfteltes Schwarzer-Raum-Bett, verborgen hinter einem Wust von Schläuchen, Monitoren und Sensoren. Und in dem Bett: Lesser. Dann muss ich ihn nur noch ausklinken und das Ganze mit Mark und Simon zeitlich genau koordinieren. Hoffentlich haben sie ihn inzwischen in der Sphäre aufgespürt.

Das ist es, was ich vorzufinden erwarte.

Doch was ich tatsächlich vorfinde, sobald ich die Tür eingetreten habe, ist etwas ganz anderes.

Ein leeres Büro.

Neonlicht.

Grauer Teppichboden.

Große Panoramafenster vom Boden bis zur Decke.

Und nur ein Mann im Anzug, an einen Stuhl gefesselt, die Arme hinter der Lehne, die Beine gespreizt. Er sitzt einfach da, wartet, mitten im Büroraum, mit einer weißen Kapuze über dem Kopf.

Er sitzt.

Wartet.

Auf mich.

Bewegt schlängelnd seine Schultern. Bewegt schlängelnd seine Handgelenke.

Wie Houdini.

Die Schnüre, mit denen er gefesselt ist, fallen zu Boden.

Sobald die Handgelenke frei sind, hebt er die Hände.

Eine Uhr mit einem klobigen metallenen Kettenarmband wird sichtbar.

Dann greift er nach oben und zieht seine weiße Kapuze herunter.

Kein Bett.

Kein schwarzer Raum.

Keine Bodyguards.

Nur Boonce.

Der zu mir aufschaut.

Und ein einziges Wort sagt.

Buh!

# 36

Verblüfftes Schweigen unter dem Summen altertümlicher Midtown-Neonröhren.

Bis ich schließlich eine Frage stelle.

Wo ist Lesser?

Lesser ist tot.

Seit wann?

Er starb etwa fünf Minuten, nachdem Sie letzten Samstagabend sein Apartment in Stuyvesant Town verlassen haben. So viel Zeit brauchte ich, um dort einzudringen und ihn dazu zu bringen, mir alles zu erzählen, was er wusste. Was er auch tat, allerdings nur unter erheblichem Zwang. Keine Ahnung. Vielleicht waren es auch zehn Minuten. Ich habe nicht auf die Uhr gesehen.

Aber was ist mit dem schwarzen Raum?

Es gibt keinen schwarzen Raum, Spademan.

Aber wer –

Ich.

Warum?

Boonce erhebt sich. Streicht seinen Anzug glatt.

Weil ich das wollte, was Lesser hatte. Was er bei Naher Feind entwickelt, mir dann vorenthalten und mir schließlich gestohlen hat. Ich wollte wissen, was es ist. Ich wollte es ihm entreißen und es selbst verwenden. Was ich bald auch tun werde.

Aber Lesser wusste gar nichts.

Das stimmt nicht. Er wusste nur nichts von dem, was Sie vermutet hatten, dass er weiß. Und was ehrlich gesagt auch ich vermutet hatte. Doch er wusste etwas anderes. Etwas Besseres.

Boonce schlüpft aus seinem Jackett. Legt es gefaltet über seinen Arm.

Wollen Sie mal was Komisches hören, Spademan? Wenn Sie ihn tatsächlich an diesem Abend getötet hätten, bevor ich ihn in die Mangel genommen habe, wäre nichts von alldem passiert. Hätten Sie ihn an diesem Abend getötet, hätten Sie ihn auf gewisse Weise sogar gerettet. Sie hätten lediglich das Einzige auf der Welt tun müssen, in dem Sie wirklich gut sind.

Boonce legt das Jackett über die Stuhllehne.

Natürlich wäre das ein furchtbar schlechtes Timing für mich gewesen. Ich wäre sehr wütend gewesen und hätte Sie jagen und im Fluss versenken lassen. Und ich hätte Ihre Schlampe samt Baby aufgestöbert und die beiden in den Wäldern verscharren lassen. Aber zumindest hätten Sie verhindert, dass Lessers Wissen in meine Hände fällt. Und das war, wie ich vermute, auch die Absicht der Person, die Sie angeheuert hat, ihn zu töten.

Boonce löst einen Manschettenknopf.

Diese Person hoffte wohl, mir dadurch Lessers Wissen vorenthalten zu können.

Er betastet das kleine NYPD-Schild auf dem Manschettenknopf.

Und es hätte beinahe funktioniert. Beinahe.

Er steckt das Schild in die Tasche.

Wissen Sie übrigens, wer das war? Die Frau, die Sie angeheuert hat, Lesser zu töten?

Nein.

Boonce überlegt einen Augenblick. Fummelt an dem anderen Manschettenknopf herum. Zuckt mit den Achseln.

Ich auch nicht, um ehrlich zu sein. Obwohl ich so eine Ahnung habe.

Er löst den zweiten Manschettenknopf.

Das schätze ich so an Ihrem Freund Simon, Spademan. Obwohl er meine Pläne oben in den Wäldern durchkreuzt hat.

Irgendetwas an meinem Gesichtsausdruck lässt Boonce kurz innehalten.

Dann lächelt er.

Ja, das war ich. Es war mir zwar ziemlich unangenehm, mich mit Pushbroom einlassen zu müssen, doch ich hatte das Gefühl, ich muss Ihnen ein wenig Feuer unterm Hintern machen. Etwas mehr Druck ausüben. Doch dann hat sich Simon eingemischt.

Er steckt das zweite Schild in die Tasche.

Ich mag Simon, weil er Ihnen ähnelt, Spademan. Allerdings ist er immer bereit, das zu tun, was getan werden muss. Ohne Rückhalt und ohne Zögern. Das ist bei Ihnen nicht immer der Fall.

Boonce spielt an seinem Uhrarmband herum. Währenddessen taste ich in meiner Jacke nach dem Teppichmesser. Es ist noch da.

Ich frage Boonce:

Und was ist mit Bellarmine?

Es gibt keinen Bellarmine mehr, Spademan. Seit …

Er blickt auf die Uhr. Diese beschissene Uhr.

Seit schätzungsweise vier Minuten nicht mehr. Eine große Tragödie. Der letzte Beschützer der Stadt, brutal ermordet auf dem Höhepunkt seiner Karriere, kurz vor seiner großen Ankündigung. Es sieht so aus, als hätten ein paar gekaufte Cops ihn erledigt. Ohne Zweifel wurde er das Opfer irgendeiner groß angelegten terroristischen Verschwörung. Aber natürlich wird die Stadt überleben. Und unser geliebter Bürgermeister wird eine weitere Legislaturperiode amtieren.

Sie arbeiten also für den Bürgermeister.

Boonce lacht.

O nein.

Er zupft am Knoten seiner Seidenkrawatte.

Kapieren Sie denn überhaupt nichts, Spademan? Nicht wenigstens ein bisschen?

Er löst die Krawatte und zieht sie unter dem steifen weißen Kragen hervor.

Ich muss zugeben, Spademan, ich hatte anfänglich ebenso wenig Ahnung wie Sie, wen Lesser da in dieser Nacht gesehen hatte. Wer diese verrückte Frau mit der Burka war, die in der Sphäre herumrannte und sich selbst in die Luft sprengte. Und ich war definitiv neugierig. Ich meine, wenn das alles tatsächlich wahr gewesen wäre? Wenn tatsächlich jemand dieses Problem geknackt hätte? Menschen in der Sphäre zu töten? Ich habe Jahre erfolglos daran gearbeitet. Trotz all meiner Bemühungen und der vielen jungen Genies, die ich protegiert habe. Es ist schon ziemlich übel, dass sich das Ganze als ein Gerücht erwies. In die Welt gesetzt von einem Hexenzirkel hysterischer Fanatikerinnen, die in einem zugigen Schloss in einem Park hausen und einen Haufen Hüpfer dazu benutzen wollen, die Welt zu erwecken.

Boonce faltet seine Krawatte. Hängt sie über den Stuhl.

Diesen Teil der Geschichte habe ich nur dank Ihnen herausgefunden, Spademan. Daher war Ihr ganzes Herumgerenne in der Stadt also nicht gänzlich umsonst. Sie waren hinter dieser Krankenschwester her wie ein liebestoller Teenager. Ich hoffe, sie war's wert.

Bei diesen Worten krampft sich meine Brust zusammen. Ich balle die Faust um das Teppichmesser in meiner Tasche.

Da liegen Sie falsch, Boonce. Sie ist nicht –

Er hebt eine Hand, um mir das Wort abzuschneiden.

Ersparen Sie mir das.

Dann öffnet er den obersten Knopf seines weißen Anzughemds. Arbeitet sich langsam die Knopfreihe hinunter, wobei er sich Zeit lässt. Er genießt das. Er lässt das Schweigen im Raum hängen. Ich halte das Teppichmesser umklammert und frage mich, wie lange ich mir das noch anhören soll. Soweit ich feststellen kann, ist außer uns beiden niemand hier oben. Nur wir beide, ganz oben in One Times Square. Aber ich bin mir nicht sicher, ob Boonce nicht noch eine weitere Überraschung auf Lager hat, irgendeine neue trickreiche Wendung, beispielsweise ein Trupp Wachleute in den Nebenräumen, die auf sein Kommando hereinstürzen. Doch das ist mir egal. Was auch immer passiert, es ist nicht genug Raum zwischen uns, als dass ich ihn nicht erledigen könnte, bevor ich zu Boden gehe. Ich muss nur losstürmen und ihm zwei oder drei gute Schnitte an empfindlichen Stellen verpassen.

Das ist die letzte Regel, die ich auf dem Schulhof in Jersey gelernt habe. Die letzte und die wichtigste Regel, aber sie war sehr schwer zu lernen. Es gibt niemanden, den man nicht erledigen kann, egal wie groß oder schnell oder stark er ist, solange es einem gleichgültig ist, ob man selbst danach wieder aufsteht.

Boonce löst den letzten Knopf seines Hemds.

Sie haben mich für einen ziemlich zugeknöpften Burschen gehalten, richtig, Spademan?

Stimmt.

Nun, hier kommt Ihre Lektion. Ihre letzte Lektion. Bevor sich unsere Wege trennen.

Boonce schüttelt sein weißes Hemd ab.

Manchmal steckt mehr in den Menschen, als man auf den ersten Blick erkennt.

Boonce faltet das Hemd über der Stuhllehne. Dann richtet er sich auf, mit nackter Brust. Er ist vom Hals bis zur Hüfte mit Tattoos übersät. Jeder Zentimeter seines Oberkörpers. Ebenso beide

Arme bis hinab zu den Handgelenken. Er sieht aus wie ein Freak im Nebenprogramm einer Zirkusshow.

Wie der Star einer Freakshow.

Schlangen und Flammen.

Hoboken.

Puchs und Luckner sitzen im Streifenwagen und passen auf.

Puchs gähnt. Streckt seine tätowierten Arme. Kratzt sich daran.

Luckner starrt geradeaus.

Luckners Handy summt.

Sie blickt nach unten.

Auf das Display.

Dann verstaut sie das Handy wieder.

Sie wendet sich an Puchs.

Alles klar. Los geht's.

Puchs setzt sich gerade hin.

Wie lautet der Befehl?

Luckner überprüft die Patronenkammer ihrer Automatik.

Das gesamte Gebäude.

Alle?

Alle.

Puchs nickt, lächelt still vor sich hin, dann überprüft er ebenfalls seine Pistole.

Sie steigen aus dem Wagen, marschieren quer über die Straße und betreten die Lobby des Gebäudes.

Irgendein unglückseliger Nachbar treibt sich in der Lobby in der Nähe der Briefkästen herum und blättert durch seine Werbepost. Er blickt kaum auf, als die beiden Cops eintreten. Vielleicht fühlt er sich bei ihrem Anblick sogar ein bisschen sicherer.

Luckner hebt ihre Pistole, zielt auf ihn und feuert zweimal. Sie schickt den Nachbarn zu Boden und verbeult den Briefkasten mit einem doppelten metallischen Scheppern.

Dann fährt Luckner mit dem Finger das Klingelschild entlang.

Findet die Apartmentnummer.

Klingelt.

Persephones Stimme quäkt durch den Lautsprecher.

Hallo?

Luckner beugt sich vor.

Ma'am, hier ist Officer Luckner von unten. In der Lobby wurden Schüsse abgegeben. Verlassen Sie auf keinen Fall Ihr Apartment. Wir sind gleich bei Ihnen.

Und Persephone lässt sie herein.

Der letzte Wagen.

Der Zug schwankt.

Mark und Simon springen hinein und lassen die Tür hinter sich zugleiten. Sie bewegen sich auf Lesser zu, der am anderen Ende sitzt, in einem Anzug und mit einer weißen Kapuze über dem Kopf.

Die Lichter gehen aus.

Die Lichter gehen wieder an.

Und nun sitzt etwas zwischen ihnen und Lesser. Nein, eigentlich sitzt es nicht, sondern krümmt sich, buckelt, ein gewaltiger Berg verknoteter Muskeln. Sie können nur vermuten, dass es sich um einen Menschen handelt. Das Ding ist kahlköpfig und auch sonst völlig haarlos. Der Rest schaut einfach aus wie ein Berg vernarbten Fleisches. Die Hautfarbe erinnert an verdorbene Lebensmittel. Jetzt macht sich im Wagen auch ein leichter Fäulnisgeruch breit. Die Bestie vor ihnen trägt keine Kleidung, abgesehen von ein paar Lumpen, die nachlässig um ihre Mitte geschlungen sind. Eine überflüssige Verbeugung vor den Anstandsregeln.

Das Ding dreht den kahlen Schädel, der mehr aussieht wie ein riesiger gekrümmter Daumen, der oben aus einer geballten Faust ragt.

Die Bestie blinzelt.

Entdeckt sie.

Grunzt.

Beginnt sich zu recken.

Wulst für Wulst entfaltet sich ihr muskulöses Fleisch.

Die Bestie erhebt sich.

Betrachtet sie beide.

Diese kahle Kreatur mit punktförmigen schwarzen Augen und einem Mund voll abgesplitterter Zähne.

Sie stößt eine Art erstickten Schrei aus.

Ein zischendes Grollen.

Und um die splittrigen Zähne bildet sich so etwas wie ein fieses Lächeln.

Dann streckt die Kreatur ihre beiden muskelbepackten Arme aus und wickelt ihre dicken Fäuste um zwei gegenüberliegende Stangen des U-Bahn-Wagens.

Das Monster stellt sich breitbeinig hin.

Packt fester zu.

Knurrt.

Zieht.

Es folgt das schrille Geräusch von sich verbiegendem Metall.

Der U-Bahn-Wagen faltet sich allmählich in sich selbst zusammen.

Das gemeine Grinsen wird breiter.

Tu-Bestes.

# 37

Ich taste wieder nach dem Teppichmesser in meiner Tasche. Packe es. Mache mich bereit.

Boonce blickt erneut auf seine Uhr. Vor dem Hintergrund seiner ganzen Tätowierungen kann man das große klobige Ding jetzt kaum noch erkennen. Bei näherer Betrachtung fällt mir auf, wie detailliert diese Tattoos sind. Nicht einfach nur Schlangen und Flammen, die sich an beiden Armen emporwinden, sondern ein ganzes Panorama der Apokalypse ist auf seine Brust, seinen Rücken und seinen Hals gestochen. Ein tintenschwarzes Inferno aus Schlangen, Flammen, sich aufbäumenden Pferden, Reitern mit grinsenden Totenschädeln unter weißen Kapuzenmänteln, jammernden Sündern und verlorenen Seelen, die sich im Todeskampf winden, während die Erde aufreißt und Verdammnis über sie hereinbricht.

Boonce blickt von seiner Uhr auf.

Bewundern Sie meine Tätowierungen?

Er nickt in Richtung seiner Brust, seines Halses und seiner Arme.

Hat Jahre gedauert. Und schmerzt wie die Hölle, muss ich schon sagen. Liebe Kinder, die ihr zu Hause vor den Fernsehern zuschaut? Lasst euch niemals Tattoos stechen.

Er betrachtet wieder seine Uhr.

In Ordnung, Ihre Freunde in der Sphäre sollten inzwischen im letzten Wagen eingetroffen sein. Vorausgesetzt, sie sind an Tu-Gutes und Tu-Besseres vorbeigekommen, wovon ich allerdings ausgehe. Um ehrlich zu sein, Tu-Gutes ist ein ziemlich schlichtes Gemüt, und Tu-Besseres – nun, ich würde zwar mein Geld auf sie setzen, sie ist verdammt gut, doch Simon und Ihrem engelhaften Freund gebührt mein größter Respekt. In einer anderen Welt hätten Simon und ich vermutlich hervorragend zusammenarbeiten können. Gemeinsam hätten wir große Dinge vollbringen können.

Er schaut zu mir auf.

Tja, bedauerlich.

Während Boonce spricht, dreht er eine Runde vor den großen Panoramafenstern, die drei Seiten des Büros einnehmen. Hinter ihm breitet sich die Kulisse des verödeten Times Square aus. Turmhohe Neonreklamen, die seit Jahren nicht mehr in Betrieb sind, ragen blind und grau empor. An anderen Gebäuden hat man vergessen, die Reklamen abzuschalten, und sie zeigen immer noch Endlosschleifen von Werbeclips, die niemand mehr sehen wird. Werbung für abgesetzte Sitcoms, für längst vergessene Kino-Blockbuster und für Broadway-Shows, die nicht mehr gespielt werden. Im Hintergrund läuft eine Werbung für irgendeine Art neumodischen Zirkus. Der Clip muss schon an die fünfzehn Mal gelaufen sein, während ich hier stehe. Irgendein Zirkus, in dem Clowns mit langem Kinn und weißen Gesichtern die Hauptrolle spielen. Akrobaten in Leopardenkostümen. Panther, die durch brennende Reifen springen. Alles nur noch für den verlassenen Platz. Für die Leere. Für nichts.

Boonce betrachtet den Clip ebenfalls. Dann wendet er sich wieder mir zu.

Gehen wir also davon aus, dass Ihre Freunde es geschafft haben. Was jedoch Ihre Freundin mit dem Baby in Hoboken betrifft, so stehen die Chancen für sie etwas schlechter. Ich habe meine besten Männer auf diesen Fall angesetzt. Ich korrigiere, meinen besten Mann und meine beste Frau.

Und mit einem Bühnenflüstern fährt er fort:

Diese Luckner ist ein Biest.

Bei diesen Worten krampft sich meine Brust erneut zusammen, diesmal doppelt so schmerzhaft wie zuvor. Ich spüre, wie sich Boonces Faust um mein Herz krallt. Wie sie fest zudrückt.

Ich sage zu Boonce:

Tun Sie das nicht. Die beiden sind einfach nur – lassen Sie sie aus der Sache raus.

Er lächelt. Schweigt.

Boonce, bitte. Bitte. Lassen Sie die beiden.

Sein Lächeln verschwindet.

Nein, Spademan, Sie haben die beiden gelassen – und zwar im Stich. Wieder und wieder und wieder. Sie haben sie erst im Wald im Stich gelassen, und Sie haben sie in Hoboken erneut im Stich gelassen. Offensichtlich sind Sie zu nichts anderem gut.

Sie müssen ihnen nicht wehtun, um mir wehzutun.

Er schneidet mir das Wort ab.

Tut mir leid, es ist bereits geschehen. Aber meine Leute sind normalerweise ziemlich schnell, wenn das ein Trost für Sie ist.

Ein neuerlicher Blick auf die Uhr. Er wartet. Immer noch. Auf irgendetwas. Daher frage ich ihn.

Warum, Boonce?

Er schaut zu mir hoch. Wirkt jetzt ungeduldig.

Wissen Sie, was ich in meiner Zeit bei der Polizei gelernt habe?

Was?

In diesem Land gibt es viele Finger am Abzug, Spademan. Und alles, was sie brauchen, ist ein Anlass, um abzudrücken. Dafür sind sie geboren, dafür werden sie trainiert, und dafür leben sie. Sie sind nur das – Finger am Abzug. Ohne Abzüge haben diese Finger keine Bedeutung. Was sie brauchen, sind Abzüge und einen Grund, um abzudrücken.

Boonce schaut erneut auf die Uhr.

Und diese Finger, Spademan, warten. Sie warten darauf, dass man ihnen einen Grund gibt. Eigentlich warten sie auf eine Geschichte. Eine Geschichte, die sie Ihnen, die sie mir, die sie sich selbst erzählen können.

Boonce deutet auf die Stadt.

Die sie den Leuten da draußen erzählen können.

Ein erneuter Blick auf die Uhr. Der Zeitpunkt ist noch nicht gekommen. Daher fährt er fort.

Das ist mein Job, Spademan. Ich bin ein Geschichtenerzähler. Ich schreibe Storys.

Er blickt über die Skyline hinaus.

Genauer gesagt, ich schreibe die Enden von Storys.

Boonce schiebt seine Hände in die Taschen seiner Anzughose.

Hier ist meine neueste Geschichte, Spademan. Verraten Sie mir, was Sie davon halten. Es ist die Story eines arabischen Exilanten, der in eine gefallene Stadt kommt und sich daranmacht, Unterstützer zu rekrutieren. Sagen wir, er ist ein brillantes Ausnahmetalent mit einer tragischen Vergangenheit und einem Grund, Amerika zu hassen. Und jetzt hat er einen Weg gefunden, uns den letzten Zufluchtsort zu rauben, der uns geblieben ist. Die magische Limnosphäre. Unsere geliebte Fluchtburg. Zumindest für diejenigen unter uns, die wirklich wichtig sind. Hört sich bisher nicht schlecht an, oder?

Ich antworte nicht. Lasse Boonce einfach plappern. Er wartet einen Augenblick, kriegt keine Antwort von mir. Also plappert er weiter.

Sagen wir also, unser gefährlicher Terrorist schmiedet den Plan, ausgerechnet denjenigen Millionär umzubringen, der ihn hierhergeholt hat. Ich muss zugeben, das ist eine Wendung, die nicht einmal ich vorhergesehen habe, aber mir soll's recht sein. Und sagen wir, unser Terrorist geht noch einen Schritt weiter und verübt einen Anschlag auf einen Kandidaten für das Bürgermeisteramt, den er als mächtigen Gegner fürchtet. Was wären wir nicht bereit zu tun, um einen solchen Terroristen auszuschalten? Welche Maßnahme wäre in unseren Augen nicht gerechtfertigt, wenn wir so eine Geschichte hören würden?

Ein leises Brummen ertönt jetzt im Raum, und die Fenster scheinen zu vibrieren. Da wir hoch genug sind, gehe ich zunächst davon aus, dass es sich um eine starke Windböe handelt. Boonce bemerkt es ebenfalls. Er lächelt. Dann fährt er fort.

Wissen Sie, was ich bereitwillig tun würde, wenn ich eine solche Geschichte hören würde, Spademan?

Was denn?

Sämtliche Abzüge drücken. Bis auf den allerletzten.

Aber diese Geschichte ist nicht wahr, Boonce. Kein einziges Wort davon.

Ob wahr oder nicht, das spielt keine Rolle mehr, sobald die ersten Schüsse gefallen sind. Kriege werden nicht wegen Ideologien ausgefochten, Spademan, oder aus Glaubensgründen. Das sollten Sie eigentlich wissen. Sie werden wegen Geschichten ausgefochten. Sie erzählen Ihre Geschichte, ich erzähle meine Geschichte, dann kämpfen wir. Und der Sieger schreibt das Ende. So funktioniert die Geschichte der Menschheit.

Und was dann, Boonce? Sie werden Bellarmine töten? Shaban töten? Und diese ganze Stadt niederbrennen?

Er lächelt.

Ja, für den Anfang zumindest.

Sein Lächeln dauert an, wie das Nachbild auf einem Fernseher, der gerade ausgeschaltet wurde. Es ist nicht das Lächeln eines siegessicheren Mannes. Es ist das Lächeln eines Mannes, der das Spiel bereits für sich entschieden hat und der ein wenig traurig darüber ist, dass es schon vorüber ist und so leicht zu gewinnen war.

Das Lächeln verschwindet. Er zuckt mit den Achseln. Hängt irgendwelchen privaten Gedanken nach. Blickt erneut auf seine Uhr.

Weswegen sind Sie so angespannt, Boonce?

Er blickt aus dem Fenster. Auf die ausgestorbene Stadt.

Ich warte einfach auf das Eintreffen meiner Abzüge.

Während er auf die Skyline starrt, lege ich den Daumen auf den Schieber des Teppichmessers in meiner Tasche. Drücke die Klinge heraus, bis sie eine brauchbare Länge erreicht hat. Mache das Messer bereit. Fahre mit dem Daumen über die Schneide. Sobald ich sie aus der Tasche gezogen habe, sind es schätzungsweise noch vier große Schritte bis zu Boonce. Er steht jetzt dicht genug am Fenster, sodass ich ihn umreißen und uns möglicherweise zusammen durch das Fenster hinaus in den Himmel katapultieren kann. Ich frage mich, wie dick diese Fenster sind. Welcher Art von Aufprall sie widerstehen können. Wie viel Wucht es braucht, damit sie zersplittern und uns beide, von einer schimmernden Scherbenwolke umhüllt, hinausstürzen lassen.

Aus dieser Höhe dauert es drei, vier Sekunden, bis wir auf dem Asphalt von Times Square aufschlagen. Genug Zeit, um ihm ein paar Schnitte beizubringen, ihn von der Kehle abwärts aufzuschlitzen.

Während wir fallen.

Genau wie der Drop-Ball an Neujahr.

Drei.

Zwei –

Ein verlockender Gedanke. Und ich bin kurz davor loszuschlagen. Doch zunächst muss ich ihm noch eine letzte Frage stellen.

Was war es, Boonce? Was hat Lesser herausgefunden? Was war dieses ganze Gemetzel wert?

Boonce dreht sich zu mir um, will etwas sagen, doch dann flattern seine Augenlider. Er blickt nach links, nach rechts, wieder nach links, zuckt zusammen, als würde er sich an etwas äußerst Unangenehmes erinnern.

Dann wendet er sich mir zu.

Ohne etwas zu sagen.

Er bewegt einfach nur die Hände.

Atmet tief ein.

Atmet wieder aus.

Dann spricht er.

Etwas viel Besseres, Spademan. Etwas so viel Besseres. Werden Sie mein Zeuge.

Zeuge von was?

Von dem, was nun folgt.

Boonce schließt langsam die Augen. Atmet erneut aus. Tief. Räuspert sich mit einem tiefen Grollen.

Dann reißt er die Augen weit auf.

Seine Augäpfel sind jetzt völlig weiß.

Wenn Sie mich für einen Augenblick entschuldigen, Ihre Freunde sind endlich eingetroffen.

# 38

Simon und Mark sind so abgelenkt von diesem wogenden Berg sich ballender Muskeln und dem sich zusammenfaltenden U-Bahn-Wagen, dass ihnen völlig entgeht, wie die sitzende Gestalt mit der weißen Kapuze am Ende des Wagens plötzlich spastisch zuckt, in Krämpfe verfällt, sich dann wieder entspannt und schließlich langsam erhebt.

Sie hebt die Hand, um die weiße Kapuze herabzuziehen.

Eine rote Hand.

Sie nimmt die Kapuze ab.

Das Gesicht kommt zum Vorschein.

Ein rotes Gesicht.

Boonce.

Aber ein rot gefärbter Boonce.

Boonces Kopf, Hände und jeder Zentimeter sichtbarer Haut dazwischen sind purpurrot. Er hat weißblondes, kurz geschnittenes Haar.

Weißes Haar.

Weiße Augen.

Weißes Lächeln.

Rotes Fleisch.

Leuchtend rot.

Blutrot.

Inzwischen hat er Marks und Simons volle Aufmerksamkeit.

Boonce steht da in seinem Anzug, rückt seine Krawatte zurecht und reißt dann mit einer einzigen schnellen Bewegung sein

Jackett und sein Hemd herunter, schleudert sie weg und steht nun mit entblößter Brust dar.

In der Sphäre bedecken keine raffinierten Tattoos seinen Oberkörper.

Nur eine einzige Tätowierung. Quer über seine Brust.

In gotischer Schrift.

NOCEBO.

Boonce blickt auf seine Brust hinab. Dann wieder hoch zu Mark und Simon. Fragt sie beide:

Wie steht's mit Ihrem Latein?

Mark und Simon erwidern nichts.

Boonce lächelt.

Wollen Sie eine grobe Übersetzung? Ich werde Schmerzen bereiten.

Dann geht Boonce ruhig auf Tu-Bestes zu, der immer noch faucht wie eine Bestie an der Kette. Boonce tätschelt ihn sanft, dann legt er seine Handfläche wie ein Heiler auf Tu-Bestes' Stirn.

Tu-Bestes erschaudert. Dann fällt er.

Sackt ohne einen Laut auf dem U-Bahn-Boden zusammen. Zittert kurz. Dann liegt er bewegungslos da.

Boonce blickt fast traurig auf Tu-Bestes hinab, wie auf einen Hund, den er einschläfern musste.

Dann schaut er wieder hoch zu Mark und Simon.

Sie können mir dankbar sein. Sie wären niemals an ihm vorbeigekommen.

One Times Square.

Boonce steht immer noch vor mir, mit geschlossenen Augen, bewegungslos, völlig entspannt, die Arme locker an den Seiten herabhängend, ruhig atmend, fast so, als würde er meditieren.

Und ich stehe da mit meinem Teppichmesser. Überlege.

Worauf wartest du?
Das ist die Gelegenheit.
Das Teppichmesser ist bereit.
Mehr als bereit.
Ich bin bereit.
Tu's jetzt.
Tu's.
Tu's.
Aber ich tu's nicht.
Denn da ist noch eine Sache, die ich wissen muss.

Hoboken.

Puchs klopft dreimal mit dem Knöchel an die Apartmenttür. In der anderen Hand hält er seine Waffe.

Er blinzelt nicht einmal beim Anblick des toten Pushbroom-Schlägers, der zusammen mit der Nachricht an die Eingangstür genagelt ist.

Er klopft einfach.

Niemand antwortet.

Er probiert den Türknauf.

Die Tür ist nicht abgesperrt.

Also dreht er den Knopf leise eine halbe Umdrehung, dann macht er Luckner ein Zeichen.

Er signalisiert ihr: Gib mir Deckung. Ich geh rein.

Sie nickt unzufrieden. Lass mir auch was übrig, denkt sie, während er den Knauf langsam weiterdreht.

Die Tür öffnet sich mit einem Klicken.

Puchs schiebt sie einen Spaltbreit auf und späht in das Apartment.

Er überlegt, ob er Persephones Namen rufen soll, doch er will sie nicht erschrecken, und außerdem, was spielt es schon für eine Rolle? Das hier wird ohnehin nicht allzu lange dauern.

Nur eine Frau und ein Baby.
Das ist im Handumdrehen erledigt.
Puchs schlüpft hinein.

One Times Square.

Boonces Augen klappen wieder auf.

Er sieht mich an. Fast scheint er überrascht, dass ich immer noch da bin.

Es ist härter, als ich dachte, aber es ist ein Wahnsinnstrip, Spademan. Ein Wahnsinnstrip. Schade, dass Sie es nie selbst erfahren werden. Ich muss Sie jetzt gleich verlassen. Ich muss Sie hier am Times Square zurücklassen, wo alles begann. Wie passend, oder? Sie hier zurückzulassen. Wo Sie geboren wurden.

Ich wurde in New Jersey geboren, Boonce.

Er lächelt.

Irgendjemand wurde vermutlich in Jersey geboren. Aber Spademan wurde am Times Square geboren.

Und dann stelle ich ihm meine Frage. Die naheliegende Frage. Dieselbe Frage, die ich ihm bereits stellte, als ich ihn das erste Mal auf der Grand Central Station traf.

Warum ich?

Er zuckt mit den Achseln.

Der U-Bahn-Fahrer.

Nicht die Antwort, die ich erwartet hatte. Was ich Boonce auch mitteile.

Was ist mit dem U-Bahn-Fahrer?

Er ist das letzte Puzzleteilchen, Spademan. Das letzte lose Ende. Und weil ich eine sentimentale Ader habe, dachte ich dummerweise, es wäre in Ordnung, wenn ich ihn den Rest der ihm noch verbleibenden Zeit friedlich da oben in Beacon verbringen lasse. Er sollte seine letzten Tage im Exil beschließen. Und ich ging davon aus, niemand wüsste davon. Schließlich hatte niemand sonst überlebt. Aber dann kamen Harrow und sein kleiner Handlanger, wie war noch sein Name?

Milgram.

Ja, richtig, Milgram. Und diese Typen mussten die ganze Sache unbedingt ans Tageslicht bringen und Ihnen dann auch noch brühwarm erzählen. Worauf Sie nichts Besseres im Sinn hatten, als loszuziehen und den Mann aufzuspüren. Sie sind direkt an seinem Haus vorbeigefahren, Spademan. Am Tag, nachdem Sie in Lessers Apartment aufgetaucht waren. An dem Tag, als ich Sie ins Spiel brachte. Es war ausgeschlossen, dass ich Sie diese Spur bis zum Ende verfolgen lassen würde. Daher gab ich Ihnen einen Auftrag. Lesser finden. Danach waren Sie einfach nur noch eine Art nützlicher Idiot. Allerdings muss ich zugeben, dass ich mich in gewisser Weise verantwortlich fühle.

Für Lesser?

Nein. Für Sie.

Was soll das heißen?

Da Sie hier geboren wurden, Spademan, habe ich Sie erschaffen. Genau hier. Am Times Square.

Boonce, ich verstehe nicht –

Doch dann begreife ich.

Ich muss es nicht einmal aussprechen. Ich will es nicht aussprechen. Nicht vor Boonce. Nicht vor mir selbst.

Ich will es nicht einmal wissen.

Aber ich tue es trotzdem.

Ich spreche es aus.

Sie wussten es.

Ich spreche es tatsächlich aus.

Sie wussten es.

Denn jetzt habe ich begriffen.

Sie wussten von dem geplanten Anschlag auf den Times Square.

Boonce blickt beinah bedauernd. Dann zuckt er mit den Achseln.

Hätten wir es denn verhindern können? Hätte es eine Rolle gespielt?

Und gleich darauf ist das Bedauern, oder was auch immer da für einen Augenblick in seinen Augen aufleuchtete und kurz flackerte, wieder verschwunden. Erstickt. Ausgelöscht. Wie diese Stadt.

Er wusste von Times Square.

Er wusste von dem Anschlag und ließ es geschehen.

Boonce starrt aus dem Fenster. Dann sagt er:

Wir haben es natürlich nicht geplant. Nun ja, vielleicht haben wir dem Ganzen ein wenig nachgeholfen. Aber eigentlich habe ich es nur kommen sehen und bin einfach beiseitegetreten.

Warum?

Wenn man das Chaos kommen sieht, Spademan, dann bereitet man sich entweder auf den Untergang oder auf den Erfolg vor.

Er deutet erneut auf den toten Platz unter uns.

Ich meine, schauen Sie sich an, was nach Times Square passiert ist. Eine neue Welt erblühte. Die außerkörperliche Welt. Und ich werde Sie jetzt verlassen, um diese Welt aufzusuchen.

Die Fenster des Gebäudes wackeln jetzt tatsächlich, sie vibrieren wie gezupfte Saiten.

Boonce grinst.

Mehr als nur aufsuchen, wenn alles gut geht.

Er streckt seine Hand aus.

Ihr Teppichmesser, Spademan.

Er steht aufrecht da, mit ausgestreckter Hand. Die Handfläche nach oben. Er wiederholt seine Aufforderung.

Ihr Teppichmesser. Ich weiß, dass es in Ihrer Tasche steckt. Bitte. Sie sehen doch, dass ich unbewaffnet bin.

Sie wollen, dass ich Ihnen mein Teppichmesser gebe?

Nein, Spademan. Ich will, dass Sie es bei mir zum Einsatz bringen.

Er lässt seine Hand wieder fallen, sodass beide Arme entspannt und locker an der Seite herabbaumeln. Er legt den Kopf leicht in den Nacken, entblößt seine Kehle und schließt ruhig die Augen.

Dann sagt er:

Ich will, dass Sie es bei mir einsetzen, Spademan. Tun Sie das Einzige, worin Sie wirklich gut sind. Ein letztes Mal.

Ich spüre das Teppichmesser in meiner Tasche und packe es. Mein Daumen fährt an der scharfen Schneide der ausgefahrenen Klinge entlang. Ich schlitze mir die eigene Haut auf. Es blutet. Ich kann fühlen, wie sich das warme Blut in meiner Tasche sammelt. Dann nehme ich meinen aufgeschlitzten Daumen und fahre die Klinge wieder ein. Ziehe meine Hand aus der Tasche. Sage zu Boonce:

Nein.

Er öffnet nicht einmal die Augen. Die Fenster wackeln nun, als ob sie kurz davor waren, zu implodieren und uns mit einer Kaskade zersplitternden Glases zu überschütten.

Er wiederholt seine Aufforderung.

Tun Sie's, Spademan. Bringen Sie es zu Ende.

Sie meinen es ernst.

Ja, das tue ich.

Aber es wird die ganze Sache nicht beenden.

Er öffnet die Augen.

Nein, das wird es nicht.

Dann greift er mit der Hand in seine Anzughose.

Nun, wenn Sie mir diese Bitte nicht erfüllen wollen, dann gibt es noch eine letzte Sache, die Sie für mich tun können, Spademan.

Was, Boonce?

Er lächelt.

Schauen Sie mir zu.

Er zieht einen kurzen, gekrümmten Dolch aus seiner Tasche.

Wie hieß dieser eine Satz? Der, den Ihre Frau immer so gerne sagte?

Er überlegt einen Moment. Dann fällt es ihm ein.

Ah ja.

Dann sagt er ihn.

Wir sehen uns auf der anderen Seite.

Und mit diesen Worten zieht er die eigene Klinge fein säuberlich quer über den Hals, schlitzt seine Kehle auf, rasch, gleichmäßig und ohne zu zögern. Schlagartig sprudelt das Blut heraus, und er steht einen Augenblick lang da, die Klinge in der Hand, blutend, wie Priester und Opfer zugleich, dann fällt das Messer aus seiner Hand, und sein Körper sackt zu Boden.

# 39

Hoboken.

Puchs schlüpft mit raschen, fließenden Bewegungen in das Apartment, die Pistole im Anschlag. Er hat die ganze Woche zusammengekauert im Streifenwagen gehockt und auf diesen Einsatz gewartet. Boonce hat ihnen versprochen, dass sie diese Sache auf diese Weise zu Ende bringen dürfen. Dass sie ihren Spaß haben werden, wenn sie nur geduldig warten.

Das Wohnzimmer ist leer, daher macht Puchs ein Alles-klar-Zeichen in Richtung Luckner, die immer noch an der Eingangstür steht. Dann dreht sich Puchs um und schaut zur geöffneten Schlafzimmertür.

Er sieht Persephone in der Türöffnung stehen.

Ein Stück hinter der Türöffnung, um genau zu sein.

Halb verdeckt.

Die Glock gehoben.

Persephone zögert nicht.

Zielt auch nicht wirklich.

Entlädt einfach ihr Magazin.

Sie hat Hannah in ihrem Babybett zurückgelassen, in der Dunkelheit des Kleiderschranks. Sie hat sämtliche Decken, die sie gefunden hat, über das Babybett drapiert, in der Hoffnung, dass sie die Geräusche des Babys dämpfen, in der Hoffnung, dass sie Hannah verbergen, sie beschützen, zumindest ein bisschen.

Dann hat sie sich selbst einen Schritt hinter dem Türrahmen aufgebaut, sodass sie von der Eingangstür des Apartments aus nicht zu sehen ist. Sie hat sich genau dahin gestellt, wo Simon es ihr gezeigt hat, für den Fall, dass es irgendwelche Probleme geben sollte. Er hat ihr erklärt, dass sie warten soll, bis der Eindringling voll in ihr Blickfeld tritt. Er hat ihr erklärt, wie sie die Glock halten muss. Hat ihr gezeigt, wie sie den Abzug drückt, wenn der Zeitpunkt gekommen ist.

Das Abwarten ist der schwierigste Teil, hat er ihr erklärt.

Sie werden unten klingeln, und wenn sie das tun, dann solltest du sie reinlassen, hat Simon gesagt. Anschließend stell dich genau hierhin, ein Stück hinter die Schwelle, außerhalb des Blickfeldes, und warte.

Also hat sie den Cops geöffnet.

Hat sich in die Türöffnung gestellt.

Die Pistole gepackt.

Mit lockeren Ellbogen, nicht verkrampft.

Den Finger leicht am Abzug.

Und sie hat gewartet.

Bis jetzt.

Und nun leert Persephone das Magazin.

Sie ist sich nicht sicher, wie oft sie den Kerl getroffen hat, aber immerhin so oft, dass er zu Boden geht.

Es hat sich leicht angefühlt.

Automatisch.

Genau wie es Simon gesagt hat.

Das ist nun schon das zweite Mal, dass Simon sie gerettet hat.

Sei einfach eine Maschine, hat er ihr erklärt. Atme, bleibe ruhig, und sei eine Maschine.

Das kann ich, hat sie gedacht. Ich bin einfach wie mein Baby.

Eine Überlebensmaschine.

Simon und Mark machen sich bereit, während Boonce den zusammengesackten Haufen von Tu-Bestes umrundet und durch den U-Bahn-Wagen auf sie zugeschlendert kommt.

Joseph Boonce. Immer noch kampfbereit. Immer noch lebendig. Zumindest in der Sphäre.

Simon mustert Boonce von Kopf bis Fuß und sagt dann zu ihm:

Warum sind Sie so rot, Boonce? Sie sehen aus wie ein Pavianarsch.

Boonce grinst.

Ich mag Sie, Simon. Daher entschuldige ich mich im Voraus für das, was jetzt kommt.

Wie ein Heiler legt er sanft eine Hand auf Simons Stirn. Simon fällt um.

Geht ohne ein Wort zu Boden.

Mark hebt sein Schwert, dessen Klinge sich mit einem leisen, kaum wahrnehmbaren Knallen entzündet wie ein Gasbrenner.

Während er das tut, sagt Boonce:

Mark, Sie sind Pastor, richtig? Also kennen Sie wohl die Bibel. Nun, hier ist einer meiner Lieblingssätze daraus.

Seine Stimme klingt wie ein Insektenschwarm. Das Geräusch dringt Mark in die Ohren und scheint sein Trommelfell aufzulösen.

Boonce sagt:

So jemand mit dem Schwert tötet, der muss durch das Schwert getötet werden, und so weiter und so fort. Den Rest hab ich vergessen.

Und dann hängt Boonce seinen roten Unterkiefer aus wie eine Riesenschlange, klappt seinen Mund weit nach unten auf, greift mit seiner roten Faust tief hinab in die eigene Kehle und zieht ein langes Schwert aus sich heraus, was an sich völlig ausgeschlossen ist, aber er tut es trotzdem. Denn jetzt ist ihm alles möglich, zumindest scheint es so.

Nur ein Traum, denkt Mark. Nur ein Traum.

Und Mark hebt sein eigenes flammendes Schwert, doch es ist plötzlich viel leichter. Er braucht kaum Kraft, um es zu heben, und er muss feststellen, dass Boonce, schneller, als Mark es wahrnehmen konnte, mit seiner eigenen Klinge Marks Schwert mit drei raschen Streichen zerstückelt hat. Die drei brennenden Teile liegen nun auf dem U-Bahn-Boden und verlöschen rasch, während Mark nur noch das Heft in der Hand hält.

Dann hebt Boonce sein langes, dünnes, unmögliches Schwert mit beiden Händen hoch und bereitet sich auf den vernichtenden Schlag vor.

Aber Mark ist verschwunden.

Boonces Schwert spaltet die Luft an der Stelle, wo Mark stand.

Wütend schwingt Boonce sein Schwert erneut und lässt es auf Simons Körper herabfahren, immer und immer wieder. Unter den gewaltigen Schlägen erzittert der Boden des U-Bahn-Wagens, bis Boonce schließlich ablässt und der Zug weiterdonnert.

Hoboken.

Luckner feuert von der Eingangstür aus drei Schüsse in Richtung Schlafzimmer ab, aber es ist kein guter Winkel. Sie trifft lediglich den Türrahmen.

Egal. Sie hat mindestens zwölf Schüsse gezählt, und so wie diese Frau gefeuert hat, einfach wild drauflosgeballert, muss ihr Magazin leer sein, oder zumindest fast leer.

Anfängerfehler.

Luckner rückt ihre Sonnenbrille zurecht. Betritt das Apartment.

Hinter Persephone fängt Hannah zu schreien an. Selbst im Kleiderschrank, unter all den Decken, kann Persephone sie dort so ganz alleine weinen hören. Persephone ist klar, dass die Pistole leer ist, denn sie hat das Klick klick klick gehört, als sie die letzten Male den Abzug gezogen hat. Trotzdem hat ihr Finger immer weiter gedrückt, sie konnte einfach nicht aufhören. Eine Überlebensmaschine.

Drück drück drück drück klick klick klick Scheiße.

Es darf nicht so enden, denkt sie, doch dann beginnt sie zu weinen, denn sie weiß sehr gut, dass es durchaus so enden kann. Nach der Blockhütte. Nach dem heutigen Tag. Nach den Camps im Central Park. Nach dem Lieferwagen in Red Hook. Nach allem, was sie im Himmel ihres Vaters gesehen hat.

Nach ihrem Vater.

Nachdem alle sie wieder einmal alleine gelassen haben, alleine mit Hannah, in Hoboken.

Es tut mir leid, Hannah, denkt sie. Ich verspreche dir, ich werde dich festhalten, und du wirst keinen Schmerz spüren. Ich verspreche dir –

Luckner taucht in der Tür auf. Mit gezogener Waffe. Sie entdeckt Persephone. Nimmt sie langsam ins Visier. Mit der Andeutung eines Grinsens.

Persephone weicht zurück, bis sie vor der Tür des Kleiderschranks steht. Sie schließt die Augen.

Dann tut sie etwas, das sie früher immer aus Gewohnheit getan hat. Es ist wie ein Reflex. Eine letzte Zuflucht.

Sie betet.

Herr, wenn du mich je geliebt hast, dann rette Hannah. Nimm mich, aber rette wenigstens Hannah. Bitte schütze Hannah –

Persephone betet noch, da fällt ein einzelner Schuss, und sie zuckt zusammen.

Sie öffnet gerade rechtzeitig die Augen, um Luckner stürzen zu sehen.

Hirnmasse klebt am Türstock.

Luckner ist auf der Schwelle zusammengebrochen.

Die Sonnenbrille hängt schief in ihrem Gesicht.

Dann hört Persephone eine Stimme aus dem Wohnzimmer.

Hallo? Alles in Ordnung bei Ihnen da drinnen?

Ein langer Mann schiebt sein langes Gesicht um die Ecke. Er betrachtet sie lange. Dann schiebt er seinen stummelläufigen Revolver in das Schulterhalfter.

Es tut mir leid, wenn ich das Baby erschreckt habe. Mein Name ist Dandy. Detective James Dandy. Von der New Yorker Polizei.

Sie braucht eine Minute, um das zu verarbeiten. Dann will sie etwas sagen, aber er unterbricht sie.

Ich ziehe James vor. Ich bin auf der Suche nach einem gewissen Mr. Spademan?

Er ist nicht da.

Verstehe. Tja, können Sie ihm wohl mitteilen, dass ich hier war? Und ihn wissen lassen, dass ich beschlossen habe, Nachforschungen über diese beiden Cops anzustellen, die Boonce zu Ihrem Schutz abkommandiert hat. Gut, dass ich das getan habe. Das waren nämlich ziemlich üble Gestalten.

Er beäugt Luckners Leiche.

Aber ich schätze, das ist Ihnen auch schon aufgefallen.

Persephone öffnet den Kleiderschrank und holt Hannah aus ihrem Babybett. Umarmt sie fest. Beruhigt sie. Flüstert.

Lass uns nach Hause gehen.

Dann wendet sie sich an den Detective.

Entschuldigung, aber wie war Ihr Name noch mal?

Dandy. Detective Dandy.

Also, Detective Dandy, würden Sie bitte reinkommen und uns beim Packen helfen?

# 40

One Times Square.

Ich renne.

Den Flur entlang. An dem Teutonen vorbei. Weg von Boonces Leiche.

Hämmere auf den Aufzugsknopf.

Dann stürze ich auf die Erde hinab wie der Drop-Ball an Silvester.

Zehn.

Neun.

Ich habe Boonces verblutenden Körper zurückgelassen. Boonce ist tot. Vermute ich zumindest.

Acht.

Sieben.

Ich habe gesehen, wie sein Blut vom grauen Teppichboden aufgesaugt wurde. Ihn durchtränkte.

Sechs.

Fünf.

Aber ich weiß, es ist noch nicht vorbei. Da bin ich mir sicher, auch wenn ich keine Ahnung habe, was er vorhat.

Vier.

Drei.

Er hat gesagt, er schreibt Geschichten. Schreibt Enden von Geschichten. Diese Geschichte ist nicht zu Ende. Noch nicht.

Zwei.

Erdgeschoss.

Eins.
Ich renne.
Quer über den Times Square. Den Broadway hinunter. Die langen Blocks entlang nach Süden zum sicheren Bezirk. Wo vielleicht einer der verrückteren Taxifahrer leichtsinnig genug ist, nach einem Fahrgast Ausschau zu halten.
Forty-First.
Fortieth.
Ich renne weiter.
Thirty-Ninth.
Keine Taxis. Und mir bleibt wenig Zeit.
Thirty-Eighth.
Dann tue ich etwas Merkwürdiges.
Ich bete.
Bitte –
Ich habe das noch nie zuvor getan.
– wenn du mich hörst –
Thirty-Sixth.
– ich weiß, ich habe noch nie –
Dann sehe ich es.
Nur wenige Blocks entfernt.
Ein gelber Streifen huscht vor der aschgrauen Straßenlandschaft vorbei. Ein einsames Taxi auf Kundenfang.
Ich flüstere: Danke. Zu wem auch immer.
Dann winke ich es herbei.
Das Taxi wird langsamer.
Ich klettere hinein.
Beuge mich vor zum Fahrer.
Atlantic Avenue. In Brooklyn.
Er wedelt entgeistert mit der Hand.
Nein nein nein nein nein, keine Atlantic Avenue, kein Brooklyn.

Er ist zwar mutig genug, sich am Times Square herumzutreiben, aber so mutig ist er dann offensichtlich auch wieder nicht.

Ich überlege, ob ich das Taxi entführen soll. Ein weiteres Taxi. So als würde ich die Dinger sammeln.

Aber dann fällt mir etwas anderes ein. Ich krame in meiner Tasche herum. Finde das Teppichmesser. Und neben dem Teppichmesser noch etwas anderes. Die Schlüssel des Vans.

Also ziehe ich mein letztes Geldbündel heraus. Werfe es auf den Vordersitz.

Sage zum Fahrer:

Dann eben nach Chinatown.

Im Taxi rufe ich Persephones Handy an.

Hoffentlich geht sie ran.

Ich verfluche mich selbst, während das Telefon klingelt und klingelt. Und klingelt.

Dann endlich.

Sie nimmt ab. Kein Hallo. Ihre Stimme klingt kalt.

Mach dir keine Sorgen wegen uns. Wir sind in Sicherheit. Wir beide. Und wir sind bereits weg. Versuch nicht, uns zu folgen, Spademan. Sag Simon, er soll zu uns kommen, wenn er kann. Sag ihm, wir gehen alle nach Hause.

Dann legt Persephone einfach auf.

Das Taxi hält vor der Kakumu Lounge.

Im Bettensaal ist es dunkel, es riecht nach Schweiß, Erbrochenem und Panik. Meine Augen brauchen eine Weile, um sich anzupassen, und als es so weit ist, bietet sich mir folgendes Bild:

Mina, bleich und erschöpft.

Mark auf seinem Bett, die Verkabelung halb gelöst, sein Hemd komplett durchgeschwitzt, leicht benommen und schweigend, aber ausgeklinkt.

Schwester über Simons Bett gebeugt, sie hat eine Hand auf den Mund gepresst.

Simon in seinem Bett liegend. Regungslos.

Ich frage Mark, obwohl ich die Antwort bereits kenne.

Habt ihr Lesser gefunden?

Er schüttelt den Kopf. Versucht zu sprechen. Hat vergessen, dass sein Kiefer hier draußen gebrochen ist. Dann schnappt er sich ein Stück Papier. Kritzelt rasch etwas.

EINE FALLE. NUR BOONCE. MINA HAT MICH RAUSGEHOLT.

Boonce ist tot.

Mark blickt zu mir auf. Kritzelt erneut.

NEIN IST ER NICHT.

Mark, ich hab es mit eigenen Augen gesehen. Er ist tot. Ich habe ihn sterben sehen. Vor zehn Minuten am Times Square.

Mark kritzelt.

NICHT TOT.

Schreibt erneut.

NICHT DA DRINNEN.

Damit habe ich nicht gerechnet. Ich blicke zu Mina, und sie scheint etwas sagen zu wollen, doch dann wird ihr offenbar klar, dass sie dem nichts hinzuzufügen hat. Also löst sie stattdessen die letzten Sensoren von Marks Körper.

Ich wende mich wieder an Mark.

Aber das ist unmöglich. Vielleicht war es nicht Boonce, den du gesehen hast.

Mark kritzelt.

VIELLEICHT.

Aber Mark weiß es. Und ich weiß es auch.

Simon hat sich immer noch nicht gerührt.

Ich frage Schwester.

Warum hast du ihn nicht ausgeklinkt?

Sie zieht ihre Hand vom Mund, wo sie die ganze Zeit hilflos lag.

Ich traue mich nicht.

Warum nicht?

Ich weiß nicht, ob er es schaffen wird.

Was meinst du damit?

Was auch immer ihm Boonce dort drinnen angetan hat, Simon antwortet nicht mehr. Er ist komplett abgeschaltet. Ich kann ihn nicht erreichen. Ich hab so was noch nie zuvor erlebt, Spademan. Seine Vitalfunktionen sind so schwach, fast als ob er nur noch dort drinnen lebt. Also, wenn ich ihn jetzt ausklinke, dann weiß ich nicht –

Aber du musst ihn ausklinken.

Ich weiß nicht.

Was für eine andere Wahl haben wir?

Sie hat dem nichts mehr hinzuzufügen. Ich nicke in Simons Richtung.

In Ordnung. Pass auf ihn auf. Ich muss nach Brooklyn.

Dann drehe ich mich zu Mark um.

Bleib hier. Behalt die drei im Auge. Und warte auf meinen Anruf.

Er nickt.

Dann sage ich zu Mina:

Schließ ab. Lass niemanden rein. Überhaupt niemanden. Hast du einen Keller?

Sie nickt.

Dann sollen alle, die gehen können, in den Keller.

Schwester fragt mich:

Und was ist mit dir?

Ich muss nach Brooklyn. In die Atlantic Avenue. Und zwar schnell.

Warum? Was ist in der Atlantic?

Boonces letzter Akt.

Glaubst du nicht, dass er hinter uns her ist?

Ich erwidere:

Nein. Wir sind nicht wichtig genug.

Die Finger an den Abzügen.

Die darauf warten abzudrücken.

Ich trete auf die Straße in Chinatown.

Canal Street.

Hier hat mich Puchs beim ersten Mal aufgesammelt.

Ich laufe eine Seitengasse hinab.

Die Luft vibriert noch immer. Die Luft ist lebendig.

Sie summt wie ein sich nähernder Schwarm.

Wie am Times Square.

Mir bleiben schätzungsweise noch zwanzig Minuten, maximal.

Ich denke über das nach, was Mark mir gerade über Boonce erzählt hat.

Ich denke über die einzige Antwort nach, die halbwegs Sinn ergibt.

Was Lesser entdeckt hat. Was Lesser wusste. Es war keine Methode, um jemanden in der Sphäre zu töten. Nicht so richtig.

Es war eine Methode, um in der Sphäre zu leben. Egal, was mit deinem Körper hier draußen passiert.

Für immer in der Sphäre zu leben, ohne auf einen Körper angewiesen zu sein.

Als ich mit Boonce sprach, war er währenddessen gleichzeitig in der Sphäre. Er bewegte sich simultan in beiden Welten. Ohne Bett, ohne Sensoren, ohne Sedativa, ohne Schläuche und Kabel. Er musste sich nicht einklinken.

Das war Lessers Geheimnis. Das war Lessers Entdeckung.

Wer will überhaupt noch in dieser Welt leben, wenn er für immer in der anderen abtauchen kann?

Mark wusste es ebenfalls. Er wollte es nur nicht aussprechen. Aber er wusste es.

Boonce ist am Leben.

Nur nicht hier draußen.

Ich marschiere die Gasse hinunter.

Wende mich nach links.

Spreche ein weiteres Gebet. Zur Hölle, warum nicht? Das erste hat ja auch funktioniert.

Hallo. Ich bin's wieder –

Ich biege um eine weitere Ecke. Hoffe, dass er noch da steht.

Er steht noch da.

Der gemietete Mini-Van ist von vorne bis hinten mit Graffitis übersät. Eine Scheibe ist eingeschlagen. Aber zumindest ist er nicht auf Ziegelsteine aufgebockt. Die Reifen sind noch dran. Also ist er fahrtüchtig. Theoretisch zumindest.

Und als ich auf den Türöffner am Schlüsselbund drücke, schnappen die Schlösser auf.

Ich kletterte hinein, und der Motor startet bei der ersten Umdrehung des Zündschlüssels.

Ein magischer Wagen.

Ich betätige den Scheibenwischer, der die frischen Graffitis gerade so weit verschmiert, dass ich hindurchspähen kann. Ich stoße rückwärts aus der Gasse, drehe um und fahre dann in Richtung Brooklyn Bridge.

Ich hoffe, sie ist geöffnet.

Weil ich nur noch fünf Minuten habe.

Auf den Flanken des Mini-Vans ist der Name der Verleihfirma unter den Verzierungen der Vandalen kaum noch zu erkennen. Nur wenn man die Augen zusammenkneift.

Der »Schon Erledigt«-Mini-Van. Bereit für seinen großen Auftritt.

Ich trete aufs Gas und jage los.

Ich erreiche die Brücke. Kein Verkehr.

Ich fliege ungehindert darüber hinweg.

Dann entdecke ich sie. Über dem East River.

Vier von ihnen.

Sie fliegen in Formation.

Die Nasen nach unten gekippt. Um noch mehr Geschwindigkeit rauszuholen.

Die Rotoren lassen die Luft vibrieren. Ein Geräusch wie tausend Hufschläge. Sie donnern auf Brooklyn zu.

In Richtung Atlantic Avenue.

In Richtung Shaban.

Kampfhubschrauber.

Militärmaschinen. Sie wirken wie schwer bewaffnete Wespen.

Die Gesichter der Piloten sind hinter den großen Fenstern kaum sichtbar. Sie haben ihr Ziel im Visier.

Die Finger am Abzug.

Bereit abzudrücken.

Ich hole das Letzte aus dem magischen Wagen heraus.

Verlasse die Brücke.

Schieße mit kreischenden Reifen an ein paar Autos vorbei, deren Fahrer erschrocken stehen bleiben.

Erreiche die Atlantic.

Reiße das Steuer nach links.

Die Reifen jaulen.

Ich gehe nicht vom Gas.

Bis ich mit voller Kraft auf die Bremse trete.

Ich komme vor dem Duftladen zum Stehen, der Van zur Hälfte auf dem Gehweg.

Bemerke das »Geschlossen«-Schild, das hinter der Tür baumelt.

Ich springe hinaus.

Brülle und hämmere gegen die Glastür.

In der stillen Straße ertönt der Ruf zum Gebet.

Er kommt von der nahen Moschee, die vor Kurzem neu eröffnet wurde.

Ich hämmere weiter gegen die Glastür, rufe, obwohl mich da drinnen sicher niemand hört. Vermutlich sehe ich von der anderen Seite aus wie ein Irrer, mit meinen schwingenden Fäusten und dem wild aufgerissenen Mund.

Und hier draußen ist der Ruf zum Gebet ohrenbetäubend, ein tiefes Dröhnen, das sich ausbreitet, die ganze Atlantic Avenue einhüllt und jedes andere Straßengeräusch übertönt.

Ich hämmere weiter.

Endlich zeigt sich hinter der Theke einer der Ladenangestellten.

Ich brülle durch die geschlossene Tür.

Shaban!

Der Angestellte blickt verwirrt. Kommt langsam auf die Tür zu. Er wirkt, als frage er sich, ob er nicht doch lieber erst seine Schrotflinte holen solle.

Wegen diesem Verrückten da draußen, der gegen das Glas trommelt.

Dann taucht Shaban hinter ihm auf. Er weiß sofort Bescheid.

Hinter mir.

In der Luft.

Das Trampeln von Hufen. Es wird lauter. Kommt immer näher.

Kein Hufgetrampel.

Helikopter.

Das Röhren von Rotorblättern zerhackt die Morgenluft. Es übertönt den Ruf zum Gebet.

Shaban trägt eine Art langes Gewand, vielleicht ist er auf dem Weg in die Moschee, und er hakt die Bügel seiner randlosen Brille hinter seinen Ohren fest, wohl damit er besser sehen kann, wer da an der Tür ist. Ich winke ihm. Und er kommt näher, sperrt die Tür auf und will mich gerade etwas fragen, doch der Ausdruck in meinem Gesicht beantwortet alle seine Fragen.

Dann bellt er seinem Angestellten über die Schulter hinweg irgendetwas Dringliches zu und winkt ihm: Komm, komm, komm. Und als der Angestellte sich umdreht und nach oben rennen will, um ein paar Dinge zu retten, bellt Shaban erneut: Keine Zeit, komm einfach. Und der Angestellte gibt sein Vorhaben auf und folgt uns nach draußen. Und ich dränge die beiden eilig zum Mini-Van, der zur Hälfte auf dem Gehweg steht. Ich schiebe die Seitentür auf, und sie klettern hinein.

Und gerade, als sie im Wagen sind, ich die Tür wieder zugeschoben habe und selbst auf den Fahrersitz gesprungen bin, taucht am Ende des Häuserblocks der zweite Angestellte auf. Er biegt um die Ecke, wahrscheinlich auf dem Weg zur Moschee. Weil der zweite Angestellte offenbar gesehen hat, wie die beiden von mir in den Van geschubst wurden, bleibt er vor Schreck mitten auf der Straße stehen, so als fürchte er, die beiden würden vielleicht verhaftet oder gekidnappt oder Schlimmeres. Und der zweite Angestellte ruft irgendetwas, und Shaban ruft mir hinten aus dem Van etwas zu und hämmert von innen gegen das Wagenfenster. Neben ihm greift der erste Angestellte nach der Tür und reißt sie wieder auf. Und obwohl wir bereits fahren, springt der erste Angestellte aus dem Wagen, um loszurennen, seinen Kollegen zu warnen und ihn einzusammeln. Doch es ist zu spät, weil ich bereits das Gaspedal voll durchgetreten und eine wilde Kehrtwende auf der Mitte der Atlantic Avenue hingelegt habe und nun eine Einbahnstraße in der falschen Richtung hinunterrase. Denn wir haben keine Zeit mehr. Ich gebe Vollgas, und wir lassen die beiden Angestellten hinter uns zurück. Keine Zeit mehr, keine Zeit mehr. Wir preschen davon, und Shaban blickt aus der weit offen stehenden Seitentür zurück und brüllt irgendetwas. Aber wir müssen sie zurücklassen, müssen sie dort auf der Straße zurücklassen, und am Ende kann ich nur einen retten.

Nur einen.

Nur Shaban.

Nur die Zielperson.

Wir fahren schweigend an heruntergekommenen Häuserblocks entlang, die Seitentür immer noch weit geöffnet, vorbei an verlassenen Häusern aus braunem Sandstein. Wir sind beide merkwürdig stumm, als wäre dies die erste Etappe einer langen beschwerlichen Reise, die wir antreten und vor der uns beiden graut.

Dann hören wir hinter uns die erste dumpfe Detonation und gleich darauf ein gewaltiges Rauschen. Der Van wird nach vorne geschleudert, wir werden nach vorne gegen unsere Sitzgurte gedrückt. Ohne sich noch einmal umzudrehen, schließt Shaban rasch die Seitentür. Trotzdem kann ich sie hinter uns sehen, diese feurige Zunge, die durch die Atlantic Avenue fegt. Im Rückspiegel des Vans kann ich sie deutlich erkennen.

Dann folgen die drei anderen Helikopter.

Sie feuern ihre Sidewinder-Raketen in die morschen Gebäude.

Jedes Mal, wenn sich eine Rakete in die Ziegelsteine bohrt, entfaltet sich eine orangefarbene Blüte. Die müden Gebäude schwanken und zittern, dann brechen sie in einer Staubwolke zusammen.

Zwischen den mit lautem Krachen einstürzenden Mauern steigt eine rote Wolke empor, und die Rotoren der vier Hubschrauber saugen den Staub an und wirbeln ihn hinauf in den Himmel, wo er tanzt wie ein wilder roter Derwisch.

Dann rasen die Helikopter im Tiefflug den Block hinunter, fegen die Avenue entlang, ihre Landekufen küssen beinahe den Asphalt, ihre schräg geneigten Rotoren donnern und löschen jeden schwachen menschlichen Laut aus, der nicht bereits unter dem Donnern des einstürzenden Häuserblocks begraben wurde.

Die Hubschrauber fegen durch die Straße.

Dann kehren sie zurück.
Zu einer zweiten Angriffswelle.

Die Sidewinder werden mit einem einzigen Fingerdruck abgefeuert. Einmal, zweimal. Die sich um die eigene Achse drehenden Sprengköpfe zischen los, ziehen korkenzieherförmige Rauchwolken hinter sich her.

Treffen ihr Ziel.

Und die vier Helikopter entladen ihre letzten verbleibenden Sprengladungen in die Überreste der Atlantic Avenue. Eine ehemals ausgestorbene Straße, die wieder aufzuleben versuchte, nun aber vollständig in sich zusammenbricht, mit einem letzten Seufzer aus Rauch und Feuer, so wie ein schwer verwundeter Drache, den man in seiner Höhle schlafend niedergemetzelt hat.

Ich fahre einfach.

Lasse das Blutbad, das sich in meinem Rückspiegel abspielt, hinter uns zurück.

Die Säuberung der Atlantic Avenue. Die zweite.

Die erste endete mit Unruhen.

Die zweite endete in Flammen.

Beide endeten in Trümmern.

Und wir fahren.

# 41

Shaban und ich nehmen einen langen Umweg nach Hoboken. Ich schätze, dass er dort für den Augenblick in Sicherheit ist.

Hoffentlich denken sie, dass sie ihn erwischt haben, zumindest für eine Weile.

Das ist der Vorteil von Trümmern.

Geheimnisse sind darin wochenlang gut verborgen.

Als wir mein Apartment erreichen, ist Persephone natürlich längst verschwunden.

Mir war klar, dass sie nicht mehr da sein würde, aber es schmerzt trotzdem. Die Wohnung ist leer, bis auf zwei weitere Leichen, Puchs und Luckner, die sich zu den beiden toten Pushbrooms gesellt haben. Und als guter Gastgeber werde ich die Hinterlassenschaften meiner Gäste beseitigen. Was ich dann auch tue.

Mit Körpern kann ich umgehen.

Besonders mit toten Körpern.

Mit lebendigen fällt mir das in letzter Zeit weniger leicht.

Shaban hat mir alles erzählt. Die ganze Geschichte. Im Van.

Während der Fahrt.

Wir haben nicht den Holland Tunnel genommen. Der Holland Tunnel ist jetzt wieder geschlossen, was vielleicht besser so ist. Sämtliche Tunnel und Brücken sind inzwischen geschlossen, keiner kommt mehr in die Stadt rein und keiner mehr raus. Es ist schon überall in den Nachrichten. In dem Chaos nach der Ermordung Bellarmines hat der Bürgermeister eine komplette Abriegelung der Stadt befohlen. Er hat die Nationalgarde alarmiert. Alles wurde abgesperrt. Er hat die Stadt komplett abgeriegelt.

Shaban und ich schaffen es gerade noch über die Verrazano Bridge im Süden Brooklyns, bevor die Soldaten auch diese absperren. Der mit Sprühfarbe beschmierte, stotternde Mini-Van, in dessen hinterem Fußraum sich Shaban duckt, rollt zentimeterweise auf die Straßensperre zu, die gerade errichtet wurde. Irgendein flaumbärtiger Gefreiter, kaum älter als achtzehn, hält uns an und legt die Hände ans Fenster, kann aber wegen der vielen Graffitis nicht ins Innere spähen. Die Autoschlange hinter uns hupt und flucht, weil es alle eilig haben, noch vor der Komplettabsperrung rauszukommen, also winkt uns der Soldat vorbei.

Schließlich verlassen wir ja die Stadt, was sollte es ihn also kümmern?

Ehrlich gesagt hat uns letztlich nur das heillose Durcheinander gerettet.

Während wir langsam weiterrollten, hörte ich, wie Cops über widersprüchliche Befehle stritten. Wir kamen an Soldaten vorbei, die eilig Barrikaden errichteten. An Vorgesetzten, die wütend Anweisungen bellten. Alle warteten noch immer auf endgültige Befehle. Sie versuchten vergeblich Ordnung ins Chaos zu bringen, während sich das Chaos immer weiter ausbreitete.

Chaos.

Genau wie Boonce es versprochen hat.

Wären wir nur zehn Minuten später hier eingetroffen, wären wir in die Fänge des totalen Belagerungszustands geraten. Shaban wäre jetzt im Gefängnis oder tot, und ich weiß Gott wo.

Aber wir hatten Glück und konnten rechtzeitig entwischen.

Und wir fuhren weiter.

Wir überquerten die Verrazano in Richtung Staten Island, schlugen einen langen Bogen durch Süd-Jersey und dann wieder hinauf in Richtung Norden. Es dauerte nicht lange, und wir waren mitten in Jersey und aus dem Einzugsbereich der Stadt heraus. Die Türme von Manhattan überragen selbst in hundert Kilometern Entfernung noch jedes Gebäude, aber wenn man lange genug fährt, verschwinden auch sie irgendwann aus dem Blickfeld.

Irgendwann sind Shaban und ich allein auf einer sonntäglichen Spazierfahrt. Wir kommen an grünen Bezirken vorbei, die fast noch wie ursprüngliches Farmland wirken. Die Benzinuhr zeigt an, dass der Tank nur noch zu einem Achtel gefüllt ist, aber wir werden ganz sicher nicht an einer Tankstelle halten.

Während der Fahrt erzählt mir Shaban seine Geschichte.

Er spricht leise. Er beginnt mit einem Geständnis.

Ich wusste davon. Von Lessers Geheimnis. Ich kannte es.

Shaban sitzt immer noch hinten auf der Rückbank und ich vorne hinterm Steuer wie ein Chauffeur. Immer wieder spähe ich in den Rückspiegel, während er zurückgelehnt dasitzt und die Felder vorbeiziehen sieht.

Woher wussten Sie es, Shaban?

Schließlich war ich sein Zimmergenosse. Bei Naher Feind. Wir teilten alles. Aber nicht nur deshalb.

Was meinen Sie?

Ich wusste es, weil ich es selbst gebaut habe. Zumindest in der Theorie. Ich habe es mir ausgedacht.

Was haben Sie sich ausgedacht? Sie müssen entschuldigen, Shaban, aber ich bin kein Experte in Sachen IT.

Er lächelt. Betrachtet weiter die vorbeiziehenden Felder.

Bitte. Nennen Sie mich Sam.

Was haben Sie sich ausgedacht, Sam?

Den Code. Den Lesser hatte. Den Boonce verwendet hat. Den Code, der einen in der Sphäre existieren lässt. Ich habe diesen Code geschrieben. Oder besser gesagt, ich habe herausgefunden, dass es möglich sein muss. Ich habe ihn geschrieben, ja, aber nur auf einer Tafel. Dann habe ich ihn wieder weggewischt. Schon in dem Augenblick, als er mir gewissermaßen aus der Kreide floss, wusste ich, dass es ein Fehler war. Lesser war derjenige, der ihn weiterentwickelt und getestet hat. Der ihn realisiert hat. Und dann hat Boonce ihn von Lesser übernommen.

Und wie funktioniert er?

Sie haben sicher schon vom Loop gehört, oder?

Klar. Der Loop. Wenn man hier draußen getötet wird, bleibt man im letzten durchlebten Lebensmoment in der Sphäre hängen.

Shaban fährt fort, und ich merke, dass er überlegt, ob er mir bestimmte technische Details zumuten kann. Also ermuntere ich ihn.

Sprechen Sie einfach nur langsam, Sam. Ich kann Ihnen schon folgen.

Die Theorie des Loops ist, dass das Gehirn genau im Moment des Todes eine letzte heftige neuronale Aktivität erzeugt. Und dieses kleine elektronische Gewitter kann in der Sphäre weiterexistieren. Es wird Teil des Konstruktcodes. Selbst wenn der reale Körper begraben oder verbrannt wird, existiert das Bewusstsein weiter, durchlebt immer wieder diesen einen letzten Moment.

Verstehe.

Genau das habe ich auf die Tafel geschrieben. Eine Frage, aber in Form von Zahlen.

Was war die Frage, Sam?

Was, wenn es nicht nur ein Loop ist?

Aber man ist doch tot hier draußen. Das Gehirn ist tot. Der Körper ist tot. Man ist vollständig tot. Genau wie Boonce jetzt.

Natürlich. Aber man kann dort drinnen weiterexistieren. Zumindest der Theorie nach. Und mehr war es nicht. Eine Theorie. Ich war nur ein Rotzlümmel, der ein bisschen angeben wollte. Danach habe ich sofort wieder die Finger davon gelassen. Aber Lesser hat die Idee aufgenommen. Ich habe Lesser die Idee überlassen.

Und Lesser hat sie weitergesponnen.

Ja. Er hat sie weiterentwickelt. Soweit ich weiß, hat er es nie selbst ausprobiert. Wie ich gehört habe, hat ihm die ganze Geschichte einen solchen Horror eingeflößt, dass er einfach wieder zum Vollzeit-Betthüpfen zurückgekehrt ist. Er ist schon immer gerne ungesehen in den Träumen anderer herumgeschwebt. Er fühlte sich sicherer, einfach nur der Geist von jemand anderem zu sein. Aber Boonce wusste, dass Lesser etwas herausgefunden hatte, irgendeinen neuen Trick. Aber er wusste nicht, was es war, und war entschlossen, es herauszufinden. Und ich kannte Lesser. Mir war klar, dass die Idee bei ihm nicht sicher war.

Klar. Aber jetzt ist Lesser tot. Und Boonce auch.

Nicht wirklich. Nicht in der Sphäre.

Aber wie hat Boonce das geschafft? Wie konnte er sich ohne Bett einklinken?

Ich weiß es nicht, Spademan. Ich habe keine Ahnung, zu was Boonce jetzt imstande ist.

Ja, aber wenigstens sind Sie noch am Leben, Shaban.

Ja. Dank Ihnen.

Sie müssen untertauchen, das wissen Sie, oder?

Shabans heisere Stimme ist kaum noch zu hören. Sein Blick ist immer noch auf die vorbeiziehenden Felder gerichtet.

Ich weiß.

Ich meine es ernst, Sam. Alles, was Sie dort zurückgelassen haben, die Menschen, alles, was Sie aufgebaut haben, ist jetzt vernichtet. Die Behörden glauben, Sie wären für das ganze Chaos verantwortlich. Daher wird man Sie gnadenlos jagen. Sie müssen verschwinden. Spurlos. So als hätte es niemals einen Salem Shaban gegeben.

Ich weiß. Keine Sorge. Ich habe verstanden.

Schaffen Sie das denn?

O ja. Ich habe das schon einmal getan.

Mit diesen Worten verändert sich der Klang seiner rauen Sandpapierstimme. Irgendetwas fällt plötzlich weg, die heisere Schärfe, die er immer auf die verbrannten Stimmbänder geschoben hat. Und als er fortfährt, ist es zwar noch dieselbe Stimme, klingt aber doch ganz anders.

Weicher. Wie seine wahre Stimme.

Unverschleiert.

Und er sagt:

Ich war es. Die Person, die Sie angerufen hat.

Was?

Ich habe Sie angerufen. Damit Sie Lesser töten. Ich war das. Ich war derjenige, der Sie angeheuert hat. Denn mir war klar, was Lesser weiß, und mir war klar, dass ich ihm niemals vertrauen konnte. Ich habe versucht, mit ihm zu reden, aber er hat mich nur als Fanatiker und Schlimmeres beschimpft. Und mir war bewusst, dass er dieses Geheimnis nicht verraten durfte, auf keinen Fall. Schon gar nicht jemandem wie Boonce. Daher habe ich Sie angerufen. Damit Sie Lesser töten. Aber ich schätze, letztendlich sind wir beide gescheitert.

Aber es war eine Frau, die mich angerufen hat, Sam. Eine Frau hat mich angeheuert, um Lesser zu töten.

Shaban spricht wieder vom Rücksitz aus. Mit dieser neuen Stimme. Die jetzt unverstellt ist.

Ich weiß, Spademan. Glauben Sie mir. Das war ich.

Erneut betrachte ich Shaban im Rückspiegel und frage mich, was das nun wieder für ein Spielchen ist. Ich bemerke, dass er seine randlose Brille abgesetzt hat. Betrachte sein kurz geschnittenes schwarzes Haar, das aus dem weichen Gesicht gekämmt ist, und die von schrecklichen Verbrennungen verunstaltete Wange. Das übrige Gesicht ist weich und völlig haarlos. Kein Bart. Keine Andeutung von Koteletten.

Und dann dämmert es mir.

Salem Shaban hatte niemals eine Schwester.

Und Hussein el-Shaban hatte niemals einen Sohn.

Nur eine Tochter.

Und während wir weiterfahren, erzählt mir Salem Shaban alles.

Den ganzen Rest.

Sie verrät mir alles.

Alia Shaban war eine geniale Programmiererin, ein Wunderkind, doch als Jugendliche starb sie offiziell bei diesem Drohnenangriff. Sie wurde zwar lebend, oder besser gesagt halb tot, aus den Trümmern geborgen und dann unter dem Schutz eines Millionärs namens Langland in die Vereinigten Staaten geschickt. Aber irgendwann während eines nächtlichen Überseeflugs wurde sie als ihr Bruder, den sie nie hatte, wiedergeboren.

Alia Shaban starb bei diesem Drohnenangriff und wurde als Salem Shaban wiedergeboren. Langland wusste das, und er hatte genügend Einfluss, um die entsprechenden Papiere zu besorgen. Die amtlichen Unterlagen in Ägypten waren so chaotisch, dass niemand sich weiter über die kleine Unstimmigkeit in den Akten wunderte. Nachdem Langland all das arrangiert hatte, trat er als großer Sponsor auf und sorgte dafür, dass ein außerordentlicher Asylantrag für Shaban genehmigt wurde. Immerhin war er ein minderjähriger Waisenknabe, der dringend aus einer Krisenzone gerettet werden musste, während Gegner seines Vaters dabei waren, nach der Herrschaft zu greifen und das

Machtvakuum zu füllen, das durch den Raketenanschlag entstanden war.

Alia wusste das ebenfalls. Ihr war klar, dass sie von dort verschwinden musste.

Und in einem Teil ihres verwundeten Herzens wusste sie, wenn auch noch nicht in ganzer Deutlichkeit, dass sie, wenn sie in Amerika tatsächlich eine Führungsfigur werden wollte, so wie es ihr vorschwebte, als Frau niemals Anhänger gewinnen würde. Schon gar nicht als Mädchen im Teenageralter. Ihre späteren Erfahrungen bestätigten diese Vermutung. Als Salem Shaban seine Kampagne zur Wiederbevölkerung der Atlantic Avenue startete, brachte man ihm trotz seiner jungen Jahre nur deshalb solchen Respekt entgegen, weil er der männliche Erbe der Familie war.

Eine Tochter hätte niemals eine solche Bewegung anführen können.

Natürlich hätte eine Person wie Salem Shaban auf normalem Wege niemals ein Visum ergattern können, aber Langland handelte rasch und entschlossen. Und er konnte einen Agenten namens Joseph Boonce überreden, ihm dabei zu helfen. Boonce zog im Hintergrund einige Fäden. Er sorgte für eine militärische Eskorte und einen geheimen nächtlichen Flugtransport. Er arbeitete im Verborgenen, schnell und sehr diskret.

Unterhalb des Radars.

Und Shaban, Salem Shaban, der einzige Sohn, der überlebende Erbe, das junge Computergenie, der besonders Befähigte, versprach für Boonce und sein ehrgeiziges Projekt Naher Feind ein solcher Zugewinn zu werden, dass er und Langland die US-Streitkräfte in einer gemeinsamen Aktion dazu veranlassten, dieses besondere Kind in die USA zu verfrachten.

Während des Lufttransports wurde es dann irgendwo über dem Atlantik wiedergeboren.

In einer Toilette, wo sie sich selbst in einem runden verzerrten Spiegel betrachtete. Ihr Gesicht halb verbrannt, vernarbt und noch in Verbände gewickelt.

Die Andenken an den Drohnenangriff. Und sie wusste, in Amerika würde sie niemand danach fragen, woher die Narben stammten.

Dort erwartete man von allen, die aus einem solchen Land kamen, derartige Narben.

Und Langland behielt recht.

Shaban war besonders befähigt.

Ein Wunderkind.

Sie schnitt sich in der Toilette dieser Transportmaschine die Haare ab und spülte sie büschelweise die Toilette hinunter.

Und an seinem ersten Tag in Amerika legte er sich dann den Tweed-Anzug zu.

Diesen weiten ausgebeulten Tweed-Anzug. Der zwei Nummern zu groß war.

Er wurde sein Markenzeichen.

Tweed-Anzug und randlose Brille.

Schüchternes Auftreten, aber ein brillantes Funkeln in den Augen.

Salem Shaban.

Bitte, nennen Sie mich einfach Sam.

Und gegen die Schmerzen kaute er Kat.

Und so tauften ihn seine Freunde Sam the Kat.

So ähnlich wie die Grinsekatze aus *Alice im Wunderland*.

Irgendwann verschwand alles, nur das Lächeln blieb.

Als er Lesser kennenlernte, seinen neuen Zimmerkameraden bei Naher Feind, hatte sich Salem Shaban wegen seiner Brillanz, seiner Schüchternheit und seiner außerordentlichen Zurückhaltung bereits einen gewissen Ruf erworben. Er duschte niemals mit den anderen Jugendlichen. Redete nicht einmal über Sex. Er war sehr fromm, und soweit sich seine Mitschüler erinnern konnten, hatte er niemals eine Freundin. Die meisten führten das darauf zurück, dass er aus einer extrem religiösen Familie stammte.

Und es gab Gerüchte. Über eine Schwester, die er zurückgelassen hatte.

Eine Schwester, die bei einem Ehrenmord getötet worden war. Von ihrem Bruder.

Er ließ diese Gerüchte unkommentiert.

Manchmal sind Gerüchte hilfreich. Sie halten Menschen auf Distanz. Ließen sie Abstand wahren zu diesem sanft wirkenden Jungen, Salem Shaban, mit der Sandpapierstimme und den hässlichen Narben.

Er musste wirklich Schreckliches durchgemacht haben, so vermuteten alle.

Dieser Junge mit den weichen Wangen und den wulstigen Verbrennungsnarben im Gesicht. Dem deswegen niemals ein Bart wachsen würde. Selbst später nicht, als er sich ganz dem Glauben zuwandte.

Und selbst dann nicht, als er bei Naher Feind ausstieg, um der Moses der Atlantic Avenue zu werden.

Ein Mann, dem andere Männer folgten.

Später unternahm der katsüchtige und radikal gläubige Salem Shaban, den seine Freunde Sam nannten, alles, um die letzten Spuren seiner Arbeit bei Naher Feind zu tilgen. Es begann mit der Theorie, die er entwickelt, auf eine Tafel geschrieben und dann gleich wieder gelöscht hatte.

Der Theorie, der zufolge man für immer in der Sphäre leben konnte, ohne auf einen Körper hier draußen angewiesen zu sein.

Er hoffte, alle Spuren davon tilgen und die Sphäre so stark in Verruf bringen zu können, dass diese Theorie niemals zur praktischen Anwendung gelangen würde. Nur dann, so glaubte er, könnte er sich restlos von seinem alten Leben befreien.

Also machte er sich auf zu einer Mission.

Verkleidet. Die Verbrennungen verborgen. Und mit verstellter Stimme.

Getarnt mit einer schwarzen Burka.

Erneut ging er als Frau in die Welt hinaus. Ein letztes Mal.

Und in ihrer Burka klopfte die Frau an die Eichentore des Cloisters, wo sie einem Orden von Erweckerinnen verriet, wie sie die Sphäre auf immer entvölkern konnten.

Danach war nur noch eine Sache zu erledigen.

Nur eine einzige weitere Person wusste von dem Geheimnis.

Daher rief Shaban mich an. Verzichtete auf die Sandpapierstimme.

Nannte nur einen Namen.

Lesser.

Legte gleich wieder auf.

Eine Stunde später war das Geld überwiesen.

Sie waren einmal beste Freunde gewesen, daher machte Shaban diesen Anruf nur ungern. Aber er wusste, dass er Lesser nicht vertrauen konnte. Dass Lesser das Geheimnis nicht für sich behalten würde.

Die beiden Geheimnisse, genau genommen.

Denn schließlich hatte Lesser mir bereits eines verraten, in dieser Nacht in Stuyvesant Town.

*Nicht sie. Nicht dort.*

All das ist jetzt Vergangenheit.

Lesser ist Vergangenheit.

Die Atlantic Avenue ist Vergangenheit.

New York ist Vergangenheit. Von der Außenwelt abgeriegelt, verschwindet es langsam in unserem Rückspiegel.

Eben saß Salem Shaban noch auf dem Rücksitz meines magischen Wagens.

Aber bald wird auch Salem Shaban verschwunden sein.

# 42

Ich liefere Shaban in meinem Apartment in Hoboken ab. Dann schaffe ich die Leichen von Luckner, Puchs und den beiden Pushbroom-Schlägern aus dem Hinterausgang des Gebäudes, vor dem mit laufendem Motor der Mini-Van steht. Ich schmeiße die Typen hinten rein, dann fahre ich den Van zu einem abgelegenen Platz am Ufer, wo ich ihn ins schmutzige Wasser rollen lasse, bis die Reifen halb bedeckt sind, und dann die ganze Kiste abfackele.

Abrakadabra.

Der magische Wagen verschwindet in einer hellen Flamme.

»Schon-erledigt« soll mir meinetwegen die Rechnung schicken.

Und was alle anderen auf dieser Welt betrifft, die möglicherweise von Berufs wegen ein Interesse an vier Leichen und einem Freudenfeuer haben könnten, so haben sie im Augenblick schon zu viel anderen Kram um die Ohren.

Ich stehe in der Hitze des brennenden Mini-Vans und blicke über den Fluss hinüber nach New York.

Die meisten Lichter in der Stadt sind aus.

Alle Brücken und Tunnel sind geschlossen.

Die Cops und die Nationalgarde haben sämtliche Ein- und Ausgänge versperrt.

Panzer drängen den Verkehr zurück. Auf dem Hudson patrouillieren Militärboote.

Also bleibt mir nichts anderes übrig, als eine Stunde später mit dem Motorboot über den Fluss zu düsen und im Schutz der Nacht Schwester abzuholen.

Ich treffe sie an einem Landungssteg westlich von Chinatown.

Nur ich und der Außenbordmotor, der im schwarzen Wasser tuckert, warten dort auf sie.

Ich nehme ihre Hand, und sie steigt mit ihren makellosen weißen Schwesternschuhen vom Landungssteg ins Boot.

Mark ist immer noch bei Mina, aber er ist jetzt in seinen eigenen Traum eingeklinkt. Was mich nicht überrascht, nachdem er über eine Woche in seinem echten Körper in der realen Welt gefangen war. Nach all dem, was er erlebt hat, erst in der Blockhütte, dann im Zug mit Simon, muss er jetzt für eine Weile in die Vergessenheit abdriften, oder was auch immer er für eine Fantasie gewählt hat. Ich rufe Mina an und erkläre ihr: Lass ihn träumen, solange er will, ich komme für sämtliche Kosten auf. Sie antwortet: Red keinen Unsinn, das geht aufs Haus.

Mina kümmert sich jetzt auch um Simon.

Wir können ihn immer noch nicht rausholen, und keiner traut sich, ihn zu bewegen. Mina schwört, dass sie sich gut um ihn kümmert, trotz ihrer gemeinsamen Vorgeschichte. Sie wird an seinem Bett Wache halten, bis irgendetwas passiert. Sie wird abwarten und ihn beobachten, mit ihrem kreuzförmigen Souvenir auf der Stirn. Ich hätte lieber Schwester dort gelassen, aber ich brauche sie jetzt bei mir. Außerdem meint Schwester, es gibt ohnehin nichts, was sie für Simon tun kann. Simon liegt in irgendeiner Art Koma, er ist weder hier noch dort, aber es ist schlimmer als ein Koma. Boonce hat ihm irgendetwas Übles angetan, aber wir wissen nicht, was. Schwester hat so etwas noch nie zuvor erlebt.

Also bleibt im Augenblick nur, ihn zu beobachten und abzuwarten.

Ich habe Persephone nichts davon gesagt. Und selbst wenn ich das wollte, wüsste ich nicht, wie ich sie erreichen könnte. Ich habe es mehrfach auf ihrem Handy probiert, aber es war tot.

Also lassen wir Simon einstweilen in der Sphäre.

Und niemand weiß, was Boonce dort gerade mit ihm anstellt.

Schwester und ich schippern über das Wasser, während New York hinter uns schrumpft.

Gischt sprüht vom Hudson auf und durchnässt uns beide, während die Militärboote kreisen und den Fluss mit Scheinwerfern absuchen. Aber schließlich habe ich Erfahrung im Ausweichen von Scheinwerfern.

Ich habe Shaban in meinem Apartment zurückgelassen und ihm gesagt, dass ich zwar keinen Fernseher besitze, er sich aber keinen Zwang antun soll, sich auf jede andere erdenkliche Weise zu unterhalten.

Ich hab es ihr gesagt.

Ich hab ihr gesagt, sie soll sich keinen Zwang antun.

Es wird wohl eine Weile dauern, bis ich mich daran gewöhnt habe.

Außerdem war sie ohnehin mit ihrem Smartphone und den Nachrichten beschäftigt. Sie suchte nach aktuellen Berichten. Fand aktuelle Berichte. Und alle aktuellen Berichte waren übel. Besonders für sie.

– die Brände auf der Atlantic Avenue sind jetzt unter Kontrolle, und nach Aussage der Polizei sind höchstwahrscheinlich alle Terroristen –

– Sie können sich darauf verlassen, dass die Verantwortlichen für den Tod von Commissioner Bellarmine aufgespürt und zur Verantwortung gezogen werden –

– eine Terrorzelle, angeführt von dem berüchtigten Agitator Salem Bhukrat Shaban, der vermutlich heute Morgen bei den Vergeltungsschlägen getötet wurde –

– wird die gegenwärtige Blockade weiter aufrechterhalten, während die Behörden noch daran arbeiten, das ganze Ausmaß –

– Shaban, der nach neuesten Informationen auch an dem Anschlag auf den Times Square beteiligt war –

– wir schalten nun live zu unserem Korrespondenten im State Department, wo offizielle Stellen uns die Frage beantworten werden, wie es möglich sein konnte, dass Shaban, ein US-Bürger –

– und die Polizei bittet alle New Yorker muslimischen Glaubens, sich auf ihrem zuständigen Polizeirevier zu melden –

– wobei betont wird, dass dieses Registrierungsprogramm absolut freiwillig ist. Trotzdem –

– der Bürgermeister ist zuversichtlich, dass diese Maßnahmen nur vorübergehend sein werden, vorausgesetzt, die Situation –

– will jedoch nicht so weit gehen, dies als Kriegsrecht zu bezeichnen –

– offizielle Seiten bestätigen, dass die Bürgermeisterwahl unter dem Eindruck dieser beunruhigenden und tragischen Ereignisse auf unbestimmte Zeit verschoben wird –

– Berichten der Polizei zufolge kam es offenbar zu einem weiteren Mordfall; man entdeckte die Leiche des früheren Sicherheitsberaters des NYPD, Joseph Boonce –

– da er als Held des Antiterrorkampfes gilt, wurde Lieutenant Boonce vermutlich Opfer einer größeren terroristischen –

– wird dringend empfohlen, sich an die Anweisungen des Bürgermeisters zu halten –

– diese massive Bedrohung in unserer Mitte, die wie ein Tumor im Herzen unserer Stadt wuchert und zum wiederholten Male unsere Gastfreundschaft ausgenutzt hat, kann nicht länger toleriert –

Shaban schaltet das Smartphone aus.

# 43

Es dauert ein paar Tage, bis wir uns ein Bett beschafft haben.

Es ist gebraucht, aber in gutem Zustand und relativ luxuriös. Es war ein etwas zwielichtiger Handel, aber das Beste, was wir angesichts der knappen Zeit und mit dem wenigen Bargeld, das wir drei zusammenkratzen konnten, ergattern konnten.

Ich bin völlig pleite. Ich habe meine letzten Scheine auf dem Vordersitz des Taxis zurückgelassen. Schwester lebt in einem Nonnenkloster, daher kann auch sie nicht allzu viel beisteuern. Aber glücklicherweise hat Shaban eine Weile lang Spenden gesammelt, und er war so klug, sie sich in bar geben zu lassen.

In den Stunden, in denen wir auf die Lieferung warten, schauen wir wieder Nachrichten, und es sind keine guten. Es erweist sich, dass die beiden Cops aus Boonces Gefolge, die Bellarmine ermordet haben, signifikante elektronische Spuren von ihrer Sympathie für den Islam hinterlassen haben. Google-Recherchen. E-Mails. Verräterische Geldtransfers, die ihre vermeintliche religiöse Vorgeschichte offenbaren. Diese Spuren sind meisterhaft gefälscht und deutlich zu sehen. Am auffälligsten sind ihre angeblichen Verbindungen zu Salem Shaban. Man hat sogar die Broschüren, die Shaban verschickte, in ihrem Apartment platziert, damit die Cops sie dort finden.

Shaban ist jetzt der meistgesuchte Mann der Stadt.

Sein Gesicht prangt groß auf der Titelseite der *Post*.

Alles perfekt eingefädelt.

Wir schalten den Fernseher aus, und Shaban erklärt uns, dass wir uns wegen ihr keine Sorgen machen müssen. Stattdessen fordert sie uns auf:

Machen Sie sich Sorgen wegen Boonce.

Dann erklärt Shaban Schwester und mir, was es bedeutet, dass Boonce da drinnen noch am Leben ist.

Dass er in der Sphäre entfesselt ist.

Ohne an einen realen Körper gebunden zu sein.

Sich völlig frei bewegen kann. Jeden Traum aufsuchen kann.

Er kann ein Imperium errichten.

Panik stiften.

Chaos verbreiten.

Oder Schlimmeres.

Die Typen vom Lieferservice treffen ein und bauen in meinem Wohnzimmer das Bett auf, während Shaban sich verborgen hält, Schwester Kaffee kocht und ich Small Talk mache.

Der eine Lieferant witzelt, dass es der perfekte Zeitpunkt ist, um sich rund um die Uhr einzuklinken.

Sie wissen schon, wegen dem ganzen Schlamassel da.

Er wedelt mit der Hand in Richtung Manhattan.

Ich nicke, als würde ich ihm völlig recht geben. Dann sage ich:

Verrückte Zeiten, was?

Der Lieferant nickt.

Die Endzeit, mein Freund. Definitiv. Bei diesen ganzen Turbantypen und Irren, die überall rumlaufen? Die Endzeit.

Dann erwähnt der Lieferant, dass er unten in der Lobby die Einschusslöcher gesehen hat. Die verbeulten Briefkästen. Man ist nirgends mehr sicher, meint er mit einem mitfühlenden Achselzucken.

Ich zucke ebenfalls mit den Achseln. Glücklicherweise hat er die Einschusslöcher in meinem Apartment nicht bemerkt. Ich habe sie zugespachtelt.

Der Lieferant ist einer von diesen Typen, die kein Ende mehr finden, sobald sie mal ins Plaudern gekommen sind. Wie ein Aufziehspielzeug. Er quatscht mit mir, während er auf ein Knie gestützt dahockt und die Kabel unterm Bett anschließt.

Ich meine, ich hab mal gedacht, da drüben in Manhattan ist es sicher. Aber da drüben ist es nicht sicher. Dann hab ich gedacht, hier auf der anderen Seite ist es sicher. Aber hier ist es auch nicht mehr sicher. Es ist nirgendwo mehr sicher.

Er nickt in Richtung Bett. Tätschelt es.

Außer vielleicht hier drin.

Ich zucke erneut mit den Achseln.

Wir werden sehen.

Wie schon gesagt: Small Talk.

Er und sein Kollege brauchen noch eine weitere Stunde, um alles einzurichten, die Testläufe durchzuführen und sich zu vergewissern, dass wir eine Verbindung haben und das Signal stark genug ist. Wir sind hier an einen halblegalen Server angeschlossen, und es kostet uns einen zusätzlichen Tausender in bar, damit er deswegen ein Auge zudrückt. Die ganze Geschichte verschlingt am Ende, inklusive Aufbau, eine fünfstellige Summe – und das ist nur der Preis für ein gebrauchtes Gerät von zweifelhafter Herkunft.

Dann schütteln wir uns die Hände, und er deutet auf das Bett.

Sie können gleich loslegen.

Ich bedanke mich und überreiche ihm den prallvollen Umschlag. Dann krame ich das restliche Bargeld in meiner Tasche zusammen und gebe es ihm als Trinkgeld.

Es sind ein paar Scheine. Er nimmt sie freudig.

Schließlich werde ich kein Bargeld mehr brauchen. Nicht dort, wo ich hingehe.

Sobald die Lieferanten verschwunden sind, wirft Shaban einen gründlichen Blick auf das Bett. Er nimmt ein paar Veränderungen vor. Einige kleine Modifikationen. Feinjustierungen.

Dann tritt er zurück und wendet sich zu mir.

Es wird seinen Zweck erfüllen.

Ich schaue zu Shaban und Schwester und denke: Schon komisch, dass diese beiden mein Unterstützerteam bilden. Ein auf der Flucht befindliches muslimisches Computer-Wunderkind, das zum Glauben gefunden und der Sphäre abgeschworen hat; und eine Krankenschwester, die Mitglied eines geheimen Frauenordens ist, der sich der heiligen Wahrheit des Wachseins verschworen hat.

Und ich, ein ehemaliger Bett-Junkie.

Ein Terrorist, eine Krankenschwester und ein Müllmann.

Ich hatte nie ein eigenes Bett in meiner Wohnung stehen. Noch nie. Nicht einmal ansatzweise.

Zum einen konnte ich es mir nicht leisten, andererseits wollte ich auch nie eines.

Nicht in meiner eigenen Wohnung. Ich fand es besser, rauszugehen und mich in Chinatown herumzutreiben. Ich lebte diesen Teil meines Lebens lieber dort draußen und führte zu Hause ein anderes Leben.

Damals, als ich mich noch täglich einklinkte.

Damals, als meine Stella noch lebte. Vor Times Square. Damals, als ich mich heimlich wegschlich, um für eine Stunde tief in Träume einzutauchen, weil es der einfachste Weg war, dem ganzen Müll in dieser Welt zu entkommen.

Und dann nach dem Tod meiner Stella. Nach Times Square.

Als ich einfach nur noch hinging, um mich ins Nichts einzuklinken.

Eine volle Stunde.

Vergessen.

Das Nichts.

Ich hatte eine Art Dauerkarte.

Bis ich irgendwann mein Geld lieber in ein Teppichmesser investierte und die Sphäre für immer aufgab.

Ich lasse mich aufs Bett sinken.

Dieses Teppichmesser habe ich immer noch.

Es steckt in meiner Hosentasche.

Als Glücksbringer.

Ich schätze, es ist so ähnlich wie früher, als man auf die Augen toter Menschen Münzen legte, bevor man sie beerdigte.

Für den Fall, dass sie diese auf der anderen Seite benötigen sollten.

Schwester beugt sich über mich.

Hält die Nadel in der Hand.

Die Sensoren sind bereits befestigt.

Sie ist bereit, die Nadel in die Vene zu schieben, hält dann aber inne. Sagt nichts.

Also beantworte ich die Frage, von der ich weiß, dass sie sie stellen möchte, es aber nicht wagt.

Ja, ich bin mir sicher. Und ja, ich bin bald zurück.

Beim ersten Teil bin ich mir tatsächlich sicher. Beim zweiten nicht wirklich. Aber ich lasse beides um ihretwillen möglichst überzeugend klingen.

Sie lächelt, aber es ist ein Lächeln, in dem keine echte Freude liegt.

Sie küsst meine Stirn.

Dann schiebt sie die Nadel hinein.

Boonce war auf der Suche nach einem Geheimnis, das er sich unter den Nagel reißen konnte. Er dachte, das Geheimnis wäre ein Weg, jemanden in der Sphäre töten zu können, aber er lag falsch.

Das Geheimnis war etwas Besseres.

Es ging darum, in der Sphäre zu leben.

Und er krallte es sich.

Er hat mir übel mitgespielt. Er hat die Menschen vertrieben, die für mich eine Art Familie waren. Von seiner Beteiligung an Times Square gar nicht zu reden.

Er hat mir einmal alles genommen. Und dann hat er mir noch einmal alles genommen.

Er hat all das getan, hat darüber gelacht und dann das Chaos auf die echte Welt losgelassen.

Und schließlich hat er sich aus dem Staub gemacht.

Und die ganze Zeit über habe ich nur zugesehen.

Ich hab tatenlos zugesehen, wie er verschwunden ist.

Ohne für seine Taten zu bezahlen.

Jetzt kann Boonce überall sein.

Da drinnen.

In der Sphäre.

In jedem Konstrukt.

In jedem Traum.

Selbst in Ihrem.

Aber soweit ich weiß, gilt die Regel immer noch.

Die erste Regel.

Man kann niemanden in der Sphäre töten.

Diese Regel kann nicht gebrochen werden.

Aber andererseits, warum sollte man es nicht versuchen?

Jemand hat mir mal gesagt, es gibt keine Regeln oder Gesetze in der Sphäre. Nicht wirklich.

Keine Regeln.
Keine Gesetze.
Nur Probleme, die es zu lösen gilt.
Nun gut.
Finden wir es heraus.

Ich klinke mich ein.

# DANKSAGUNG

Erst, nachdem man ein Buch geschrieben hat, versteht man, wie viele Menschen es braucht, um es auf den Weg zu bringen. Ich danke meinem Agenten David McCormick, Molly Stern bei Crown und meinem unverzichtbaren Herausgeber Zachary Wagman, ohne den es niemals einen zweiten Spademan-Roman gegeben hätte. Ich danke Sarah Bedingfield, Sarah Breivogel, Kayleigh George, Rachelle Mandik und dem Team bei Crown, ohne das Sie dieses Buch jetzt nicht in Ihren Händen halten würden. Vielen Dank auch an Mark Leyner und Professor Peter Ohlin. Dank an Megan Abbott, Toby Barlow, Lauren Beukes, Kelly Braffet, Austin Grossman, Lev Grossman, Nick Harkaway, Roger Hobbs und Ian Rankin. Viele Bücher haben diesen Roman auf vielfältige Weise beeinflusst, doch drei davon sollen hier namentlich erwähnt werden: *Securing the City* von Christopher Dickey, *God's Jury* von Cullen Murphy und *The Looming Tower* von Lawrence Wright. Ich danke meinen Eltern, immer und immer wieder. Und vielen Dank, Julia, meine geschätzte Mitarbeiterin in allen Dingen, zu der ich sage: Zugegeben, in dieser Hinsicht bin ich voreingenommen – aber soweit ich das beurteilen kann, ist sie das perfekte Kind.

# NOCH MEHR HARDCORE!

## HEYNE HARDCORE ONLINE:

heyne-hardcore.de
heyne-hardcore.de/facebook
heyne-hardcore.de/newsletter
heyne-hardcore.de/youtube

## CORE – DAS PRINT-MAGAZIN

rund um die Autoren und Bücher
von Heyne Hardcore